玻璃脆

郑茂文 著

内蒙古人民出版社

图书在版编目(CIP)数据

玻璃脆/郑茂文著.-呼和浩特:内蒙古人民出版社,2017.9

ISBN 978-7-204-14985-8

Ⅰ.①玻… Ⅱ.①郑… Ⅲ.①长篇小说-中国-当代 Ⅳ.①I247.5

中国版本图书馆 CIP 数据核字(2017)第 239393 号

玻璃脆

作　　者	郑茂文
责任编辑	段瑞昕
封面设计	海日瀚
责任监印	王丽燕
出版发行	内蒙古人民出版社
地　　址	呼和浩特市新城区中山东路 8 号波士名人国际 B 座
网　　址	http://www.impph.com
印　　刷	内蒙古爱信达教育印务有限责任公司
开　　本	710mm×1000mm　1/16
印　　张	18.25
字　　数	300 千
版　　次	2018 年 9 月第 1 版
印　　次	2018 年 9 月第 1 次印刷
印　　数	1—1300 册
书　　号	ISBN 978-7-204-14985-8
定　　价	25.00 元

如发现印装质量问题,请与我社联系。联系电话:(0471)3946120

聆听都市、爱情与生态的三重奏(代序一)

——读郑茂文的长篇小说《玻璃脆》

张富鼎

我和郑茂文先生的缘分说来挺巧。先生曾读到我的一篇作品，名唤《论导师对我的美学塑造》，薄文偶有辞采，并真情实感，遂得郑先生喜爱。郑茂文先生著有《潮色年华》《浮生浮世》等长篇小说，佳作频出。与茂文先生电话长谈，闻其畅言文学感悟、创作历程及人生体验。蒙先生不弃，嘱咐我撰写其新作《玻璃脆》书评。我本于文学之道浸染正行，然先生厚意，诚难推却，遂细细拜读，继有此文。

长篇小说《玻璃脆》是一部都市言情、商业财经、生态题材的青春励志小说。该部小说以华世赢商贸公司的发展为背景，以主人公向文波、姜晓君、何子晶在如芒市、明平市、上海市、浙江省、福建省诸省市以及西部的足迹，串联起这部宏大的以商业财经、生态为主题的作品，读罢令人荡气回肠，不仅为整个故事的宏大背景所震撼，而且为故事主人公的健康、积极、充满正能量的品行所感染，更为他们主动投身于西部大开发事业、不懈探索人生价值的追求所叹服。

人物是一部小说的灵魂。《玻璃脆》塑造了三位才华横溢、品性坚韧而各有魅力的职场中坚人物。向文波扎实的文案功底、一丝不苟的认真劲儿和丰富的内心情感，使他在华世赢商贸公司如鱼得水，尽管偶有挫折，却总能以顽强的意志、谦虚的态度和过硬的经营管理才能力挽狂澜。姜晓君是一位执着的职业女性，她出色的报道才能、铁肩担道义的媒体责任感以及立足社会大众的正义感，使她不仅得到了电视台台长的首肯，而且获得了上级领导的青睐。尽管如此，她仍能保持谦虚低调，不骄傲，不僭越，恪守本职，淡泊名利。而何子晶则是一位财务管理经验丰富，拥有成熟女性风韵的职场达人。单身的她，始终将一颗如火的心投入雷厉风行的工作中，又在生活中展现着她独特的女性魅力。

商海浮沉，难免身陷铜臭而失去本性的纯真。《玻璃脆》难能可贵地给都市情感、商业财经题材小说刮来了一股清新之风，其人物总能经得起人性的考验，在奉承面前保持清醒，在名利场中飘然身退。无论是姜晓君面对领导的厚爱、赏识、有意提拔而不为所动，还是向文波、何子晶在事业顶峰期却毅然决然地投身西部开发的艰苦历程，都彰显了不为名利所动、淡泊处世和积极入世与创造价值相结合的品性和人文情怀。

相比于逐渐落入俗套的勾心斗角的职场长篇小说，《玻璃脆》的风格简约而不简单，清新而携开阔之气。其视野之宏大、洞察人性之透辟，令读者耳目一新。而这种风格是建立在作家丰富、细腻的人文情怀，游刃有余的文学功底，以及文笔隽永、洗练清新之上的，使得小说语言行云流水，酣畅飘逸；文风淳朴，且温润如玉。郑茂文先生常常以抒情的口吻，对精心设计、刻画的人物性格和小说情节进行铺排有致、酣畅淋漓的表达：

“他的脸上始终挂着笑意，身体上散发出活力四射的激情，心潮澎湃，思绪飘逸，乐观和自信如影随形。他觉得一个人的幸福跟金钱没有多少关系，跟职位权力没有多少关系，只要拥有一颗博爱善良的心，一双发现美的眼睛，长期坚持锻炼的体魄，足以抵御世俗充满物欲横流的诱惑，心理疾病的侵袭。那么，欲少心专，养志意通，德为本源，身体强健，精神自然饱满快意。”类似这样的书写穿插在字里行间，展现的是郑先生对人生的独有体悟和正能量的积极传递。我们甚至可以在向文波的身上看到郑先生的影子，主人公通常是作者的影子——才华四溢，谦虚低调，真抓实干，性情中人。

佳作总能引人思考。作为文艺学审美艺术的研究者、探索者和评析者，我深读郑茂文先生的作品，然而书中多层意蕴的昭示，又那么鲜明地呈现在眼前。都市、爱情、生态，是最能打动我的三大主题。

都市是广场,也是围笼。钱钟书先生早有《围城》,而郑茂文先生的长篇小说《玻璃脆》,同样向我们展示了一个围城——都市,只不过,这个围城在人生赢家向文波、何子晶和姜晓君的眼中并非牢不可破,反而是游刃有余于其中,成为迈向人生更高阶段的跳板。不“破”不“立”,向文波在职业生涯的每一步抉择中都走得慎重、安稳、出彩,遵从自己的内心,又不违生存的法则。他在华世赢商贸公司做得风生水起, 也曾经在丰盈宝上海分公司打破销售业绩记录,而最终选择与何子晶一起到西部开发新的天地。他的每一步,都是对“围城”的打破,一个鲜活的时代创业者形象就这样来到了我们面前。

爱情是壁垒,也是鸡汤。向文波与何子晶超越男女关系的友谊,让我们既羡慕又心生惋惜。这种人类情感的独特存在方式,纯而又纯,夹杂着男人的野性、女人的风韵,像田园牧歌一样感染着我们。与此相对,高小草对向文波爱得狂热而赤诚,姜晓君则爱得沉静而悠长。向文波与三个女人之间,如胶似漆又似蜻蜓点水,一段感情的结束,也是理性战胜感性的洗礼。小说中还有一种爱情也值得注意,那就是李若溪对丈夫施非钱的无条件的“依恋”,实际上是恋父情结与母性情结复杂融合的产物,她既有感于施非钱的“金疙瘩”和“仗义”,婚后又沉溺于一个妻子理应照顾家庭和丈夫的天生使命感,因此才未察觉施非钱的吸毒行为。李若溪的单纯,反而将爱情变为了壁垒,谜住了本该明辨是非的眼睛。

生态和谐始终是郑茂文先生文学创作中极力昭示、浓墨重彩的一笔。正如郑茂文先生在《草原文化抒怀》中所言:“心怀大江山,天下是豪情。”或许,这是《玻璃脆》结局开阔的宏大之源。倘若小说结局于向文波、何子晶的恋情开花结果,或者结局于向文波、姜晓君的爱情复合,也不免落入俗套。然而,郑茂文先生以其文学创作中多年的生态价值追求,将三位主人公的生活带向了青青草原、茫茫高原,让他们接受大自然对灵魂的荡涤,从而实现了从都市到自然生态的过渡与升华,“高山流水的旋律涤荡胸怀, 翡翠谷的曲子牵动思绪。”西部造林的成功,也是主人公心灵再造的成功,在结束了托尔斯泰式的“复活”之旅后,整部小说的格调最终完成了生态美学意义上的升华。

曾繁仁先生在《生态美学导论》中提出,生态美学已经告别了人类中心主义的时代而向生态整体转型。那么《玻璃脆》所暗示的都市与自然生态的矛盾对立，在主人公投身于生态建设的那一刹那即巧妙地糅合了，都市所代表的人类中心主义，实际上被向文波、何子晶、李若溪等胸怀理想的一群青年人所摒弃，转而投身自然的怀抱，在拥抱生态和谐中找寻自身存在的价值和意义。由此，《玻璃脆》所昭示的都市、爱情与生态的三元主题，值得我们进一步反思。

郑茂文先生以其富有博爱的人文情怀的笔触，坚持不懈地进行文学创作，使我有幸得蒙先生抬爱，有机会拜读大作并撰写书评，何所幸也。唯愿郑先生佳作续出，身体康健，一切安好。

夜书于中国传媒大学梆子井公寓

两股重逢的清流(代序二)

高红樱

为什么我要加“两股重逢的清流”这个标题呢,在我读罢作家郑茂文的长篇小说《玻璃脆》的结尾时候,这是一个自然但很强烈感受的结果。作家郑茂文的长篇小说《玻璃脆》塑造了四个主要人物,男主角向文波,女主角何子晶、高小草、姜晓君,这是一个以男主角向文波为中心,呈现圆拱形的人物关系图。何子晶是向文波的同事,曾有一段时间关系暧昧、情感朦胧,姜晓君是向文波的前女友,高小草是向文波的新相识。几个人对爱情的敏感、渴望、寻求及矛盾、失落的心情,在书中有着活灵活现的抒写。在向文波工作生活的不同时间段,分别有这几个女性出现在他的生活里。小说的开篇,作家郑茂文以细腻的文笔把我们引入向文波与何子晶的同事加朋友加知己的情境里。两个人你来我往,似乎即将要发生一些什么,但是,依然是你来我往,情意渐浓,默契如一,志同道合,然而正是在这你来我往的过程中,你的视线追随着主人公,看着进展,听着故事,配合着主人公工作和约见的节奏,以为一定会发生一些可以猎奇的故事,可是终究没有。显然,这个时候,你已经不知不觉地阅读完了十分之一的篇目,这是作家郑茂文创作的技巧和不显山不露水的艺术功底,头开得好,是长篇小说《玻璃脆》的良好开端。

如果你觉得这部小说仅仅是写了这几个人物之间的感情体验,那就小视这部有着丰富的情感体验,积极的正能量,鼓舞励志和加强环保意识的诸多深刻内涵意蕴和具有现实意义的作品了。郑茂文不仅在长篇小说《玻璃脆》里展望了新时代依然存在的纯洁和等待,同时提供了一种参照,一种事业、爱情双丰收的喜悦和可能。在郑茂文的笔下,爱情因为事业而富丽,青春因为理想和锐意进取而可贵。作品分为三十八个单元,在叙述过向文波与何子晶的关系之后,是向文波与前女友姜晓君的故事回顾,如果说前十分之一以展现向文波与何子晶的工作加知己,以及一起出出进进的互动故事递进情节为主并引人入胜,情趣横生;那么向文波与前女友姜晓君之间,则是像电影的蒙太奇,而且是平行蒙太奇,花开两朵,各表一枝。他们两人作为恋人聚少离多,在不同的工作岗位上各自为战。虽是聚少离多,并没有妨碍两个人在"离多"的时候感情升温,彼此激励,而他们一旦相聚,却又浓情似火,但是他们却戏剧性地走向了分手,这也是作家郑茂文为长篇小说取名《玻璃脆》的缘由吗?我没有向作家求证过,好的作品总是多义的。作为读者,我这样理解即便是歧义想来也不为过。

向文波与前女友姜晓君属于情投意合的大学校友,两人在一次辩论赛上共同脱颖而出,继而两个年轻人开启了金童玉女的天作之合。小说简短地叙述了两人相恋时候所拥有的抱负、志向、理想,很快就是两人因工作机场分别的情景,依依不舍中,他们各自奔赴新的城市。先是向文波到上海分公司去做市场调研,后是姜晓君作为知名记者留在了省内。分别后,姜晓君和向文波在各自的战线上,事业风生水起,大有进步。姜晓君受到领导的器重,平步青云,在各级领导的一次又一次的约谈中,在领导一次又一次的提携关注下,姜晓君成长得很快,机会越来越多,最后做到了电视台办公室副主任的位置。而向文波则在上海的分公司崭露头角,如果说姜晓君是得到了上级的器重,而向文波除了上级的认可以外,还获得了一个叫高小草的"女粉丝"的青睐。"粉丝"自然是热情洋溢,两个人经常因工作机会出双入对,情深深意浓浓,有一种无言的默契。可贵的是高小草内外兼修,气质非凡,是一个理性的粉丝,她表现出了对友谊发自内心的尊重和珍惜。那一边,姜晓君作为一个貌美聪慧的记者,前行中一路绿灯,而她善良、仁慈的情怀,废寝忘食的工作态度也很快得到了回报。在一次次的具体工作中,姜晓君表现出了才华超群又悲天悯人的气质,于是,两个年轻人都沉浸在了自己所热爱的、给予了彼此无限希望的工作中。工作着,是美丽的。

向文波和姜晓君异地之恋，电话传情，月光如水，别样风情。一旦见面，年轻的心难免意气用事，磕磕绊绊。也许是因为误会，也许是因为猜疑，也许是对未来的不确定，也许是姜晓君的进步太快，在出差四五十天后的时间里，见面竟然成了他们分手的时间，倏忽之间，两人各奔前程，一别两宽。两个人童话般带着青草露珠一样的青春爱情解体了。向文波伤心地离开了省城明平市，来到了如芒市，开始了新的生活。人是在回忆中完善自我，在反思和领悟中不断成长。以往的爱情已经成为过眼云烟，就在他脚踏实地迎接、开展新工作的时候，何子晶的出现无疑是一个过渡。而在分公司那一段日子里。高小草的盛赞与爱慕也成为久已消失的往事，继而，向文波的事业迎来了一个新的高度，当然爱情还是无果。因为，向文波深爱高小草，他不忍心伤害心爱的姑娘。他与高小草都是在艺术生命里相互读懂对方的人。

新的篇章里，向文波开始心无旁骛地策划着一个新的专题，他专注于工作。大龄单身的何子晶情意是真实的，性格是凛冽的，在大刀阔斧地展露业务上的才华的同时，她的感情生活也是独立的。而在另一个城市里奋斗着的姜晓君凭着上进和灵气迎来了她事业上的黄金期，高小草的清高自矜让她发乎情止乎礼。在这样的格局下，在很长一段时间里，他们几个人之间的爱情故事以向文波为中心划出一个个爱的同心圆。向文波与这三个女人之间爱情无果，但没有影响灵魂的共鸣。做事务实、善良、博爱的向文波终于做出了自己的业绩，成长为集团公司企业管理部部长，这一路跌跌撞撞，终于因为恪尽职守，换了人间。他开始更多地参与华世赢商贸集团公司的决策管理工作。何子晶作为财务总监，财务工作也掀开了新的一页，达到了一个新的高度，两个人朦朦胧胧的感情至此朴素回归，蜕变为一份精致的友谊，在领悟、提升之后显得沁人心脾。放下朦胧的爱情，事业上一个新的计划酝酿出来了：西部沙漠植绿规划设计。两个人一次约会中，向文波赠予何子晶一本自己的小说，让他们共同欣喜的是，小说中的梦想如今竟然可以变为现实。何子晶与向文波相互读懂了埋于内心深处的绿色之公益。

五年过去了。姜晓君攻读了博士学位，直至成为和合市的市长，但是她仍然孤身一人，她在以一个女人的忠贞为初恋的男人守候归期。苍天不负，姜晓君和向文波在一个接待晚宴上不期而遇，相遇即是重逢，面面相觑，喜极而泣，如同两条清流历经坎坷终于汇合，欢快骄傲，他们之间爱的秘密无人知晓。

郑茂文的长篇小说《玻璃脆》中主人公上演的都是波澜不惊的普通生活和凡俗日子，就是在这种日子的延伸中，处处可以嗅到春风一样的气息，这种气息弥漫在城市的上空，弥漫在人们的心里，无比清晰地折射出都市青年工作和生活的态度。作家郑茂文给情怀以关照，是在不声不响之间，没有猛烈和残酷，在细水长流中塑造了活生生的当下现实人物。在这些人物身上也寄托了作家最传统的回归、最执着的守候和对最美好未来的憧憬。该部作品格调清新、高洁，脱离了当代年轻人愤懑、纠结、焦虑、戾气、物化的怪圈和角色标签，独辟蹊径，达到了当今时代下，文学作品鼓舞人、影响人、激励人的新思想、新境界和新高度。同时，在人物的走向和故事的网状发展脉络中，作家郑茂文难能可贵地把生态环境的主题融入其中。作家一方面赞美了城市的快速发展，企业的不断壮大，年轻人怀揣梦想，迅速成长；一方面又能够以生态环境为主旨，注重环境事业的价值与生态格局。郑茂文在长篇小说《玻璃脆》中完成了一次理想与现实的默契合作，思想境界与生活实践的创新融合。生态批评在当下是一个内容宽泛的伞状的批评术语，作为方兴未艾的文学，能够把生态环境的意识不露痕迹地融入作品中需要眼光和情怀。对于生态环境，文学药方未必药到病除，但是站在这个立场上是值得褒扬的一个崇高的理想。郑茂文以赤子之心与爱情对话，与自然对话，与青春对话。在物欲横流的世界里，构筑了一个与自然和谐共生的人文环境，构筑了一个具有情怀施展的自然环境，这是一种勇气，也是一种智慧，展示了郑茂文的自然、人文情怀，社会思考和对美好未来的希冀。有的作家写的人物是本来怎样的人物，有的作家写的人物是应该怎样的人物，郑茂文是后者，因为他有丰富的人文修养，一种深刻的社会责任感。而书中这些青春的身影又显得那么合乎潮流，这是一种前瞻性的创作，可以当作目标去引领，可以当作典范去追求。我们可以窥见，郑茂文一贯的小说创作和其他题材创作，都表现了主旨积极，叙事明白、流畅、简洁，故事结构富于创新变化的文学风格，相信他坚实创作优秀作品的态度,根植于百姓,立足于人民,服务于社会大众。励志如航向,传播正能量。

郑茂文创作出版的另一部长篇小说《浮生浮世》,为这本书作序的是内蒙古自治区文联主席额·巴特尔。额·巴特尔主席说,人们在追逐利益的浮躁中,还有多少人将自己的热情和执着投向文学，多少人还对文学有着执着的热爱？文学已经成为许多人物质满足后的消遣,抑或满足后也无需消遣的东西了。额·巴特尔主席思想深刻、意义重大且深远的话语,我非常认同。板凳要坐十年冷,能够静下心来,一个字一个字敲进去,滴滴心血,点点汗水,这是需要毅力和时间的付出的。在新媒体时代,作者的努力也许显得有些形单影只,鸾孤凤只,但是作者不随风逐浪的勇气依然是深谷清溪,不会被尘俗轻视,不会被错乱的时空迷惑。作家郑茂文一个人立足于自己的竞技场,遵循着自己内心的真诚和初心,就像月光之下,星空之上,总是有清泉在流淌。

写到这里,我很庆幸郑茂文先生邀我撰写序文,因为由他的创作,让我幡然醒悟,比起他,我已经疏远了文学,虚掷了很多时光。同时,我觉得鼓励他继续在文学的园地耕耘，是我这个天津财经大学人文学院教授义不容辞的责任。为此,感谢作家郑茂文先生给了我这个机会,让我自省,让我在纷纷扰扰的红尘世界静下心来想想下一步我要做的事情,还有我那已经搁置了几个春秋的散文书稿。

最后,借着这个机会,我想告诉大家:生活总会给每个人一个机会,这个机会叫明天。这也是郑茂文的长篇都市情感、青春励志、经营管理财经、生态环保小说《玻璃脆》告诉我的,我悄悄地拿出来与大家分享。

(作者系天津财经大学人文学院院长)

一

向文波从来没有像今大这样对一个女人魂牵梦萦,是偶遇,是缘分使然,还是冥冥之中的生命注定。向文波没有与这个女人说过话,也不知道她姓甚名谁。向文波从办公大厅里下意识地看着这个新来的女人。这个女人是公司聘请的财务总监,一个高级职位。这个女人享受的是副总级别的职位和福利待遇,在一个专属的四方玻璃房子里办公。向文波的办公桌正好与女财务总监的办公室斜对着。向文波只要抬头稍微直视前方,目光穿过走廊,就可以看到玻璃房子里专注办公的女人。有时玻璃房子里的女人抬头望远,舒展腰肢,就可以看到向文波。两个人目光相对时,向文波觉得有股电流涌遍全身。四目相对注视渐渐地成了向文波和女财务总监两个人的常态。人是个奇怪的动物,会触景生情,会相互欣赏,相互习惯。他们从面无表情到面带笑容,甚至向文波觉得女财务总监有点含情脉脉,不知道是不是向文波自作多情,他自己心里最明白多情的、陶醉的滋味。那个女人优雅地打开笔记本电脑,即使专心致志地看着电脑显示器上的财务报表,向文波总以为这个女人目不转睛地看着自己。向文波的情感意识产生了丰富的幻觉。

员工们享受着格调高雅现代化的办公环境,人们从内心散发出愉悦的情绪,精神饱满高涨。春日的阳光照进玻璃大窗,照在员工们的身上,慵懒、静谧、祥和、温馨，员工们噼里啪啦地敲着计算机的键盘。大厅里除了电脑主机风扇的嗡嗡声，就是员工们大珠小珠落玉盘的敲打键盘的声音。向文波是个平静的人，平静得知足。然而，向文波有他自己的评价，他觉得一个不起眼的石子放在了关键的地方比在河床里要晶莹夺目许多；一个女人坐在恰当的环境里，价值得以体现，还能装饰环境，给有美学诉求的人以养眼沁心的滋润。向文波的这番感慨，是因为这个女人坐在精致的玻璃房子里。他要尝试着接近这个女人，与她谈话，用眼睛去测量一个女人魔术般的吸引力，用语言去感知一个女人的文化和修养，用心去感应一个女人不动声色的细腻和美丽。

向文波调整了电脑显示器的位置，使自己在注视电脑办公的同时，恰到好处地抬头远望着玻璃屋子里的女人，这样不会引起同事们的猜疑和闲话。他自嘲，女人耐看的原因，是自己的美学触觉发达，神经元敏感所致，这跟传统的好色无关，更与荷尔蒙无关。这是好男人的标准。他曾经在某天的一个下午，用了一个半小时的时间去注视这个女人。女财务总监是一个三十八岁的成熟女人，白皙瘦削的面庞，单眼皮。向文波注意到走进玻璃屋子请示工作的女会计与玻璃屋子里的女财务总监会话时，这个女人甜美的笑意由眼睛射出，灿若桃花般红润溢满整个面庞；从那张薄薄的嘴唇里露出两排晶莹如玉一样洁白的牙齿，简直是诱惑人心，甚至像怕碎的珍珠，真是耐人寻味。

向文波的眼睛近视，但度数不高。向文波请教过眼科大夫，至少不下五个大夫告诉过他，眼睛近视的原因，就是因为眼睛不能充分利用，说明视力弱不是用眼过度造成的，而是视神经懒惰的结果，所以校正弱视的最好办法就是多看，一直努力地向远处看。望穿秋水，眼睛就会如一泓碧水，视神经就会充分调动，视觉神经就会兴奋起来，加速眼部血液循环，眼睛就会炯炯有神。向文波认同眼科大夫的用眼逻辑。因为这个女人的到来，锻炼了向文波的眼睛。向文波看到女财务总监与会计对话的情景，女人面部表情丰富自然。向文波的两手不由自主地像端着照相机一样，摆出造型，选择角度，拉近焦距，嘴里发出“咔嚓咔嚓”的声音，迅速地按动相机的快门。向文波的动作很细致、很倜傥、很利索，其他同事没有看出来。或者，大家认为搞企业策划的小子突发奇想有了什么新潮时尚的创意。不用说很大程度上是向文波自娱自乐在心里。

向文波是华世赢商贸公司企业管理部的一名员工。他负责企业策划、品牌宣传、企业文化建设和对外公关、联络事务工作。他的领导是任吾行副总经理，一个年届六十的长者。别人都说他老奸巨猾、老油条、老蒜瓣、老谋深算，还有的叫他和稀泥。在向文波看来任吾行副总经理有许多优点，打得一手极好的乒乓球，做人圆滑，老而不顽，老而圆融。向文波与任副总经常打乒乓球，两个人相互切磋技艺。向文波没有随波逐流，他没有用一些贬义词去对待在商海江湖积累了丰富的实战经验，企业管理达到炉火纯熟的境界，并且做到了理论与实践相结合；对待问题实事求是，抓住关键，统筹兼顾，有的放矢；对待工作恪尽职守，勤勉低调，默默无闻的任副总。任吾行副总的确是华世赢不可多得的勤奋、务实、灵活、精通管理的老领导。向文波心里更多的是对老领导的尊重和敬佩。一个人将要到退休的年龄仍然被老板重用必须符合老板用人的规矩、要求和条件。一是老板的信任，二是工作的本领和人品修养。原来是华世赢公司董事长亲自到青岛某大型企业登门拜访，以拜访老师的名义，请任吾行到塞外为自己的公司看家护院，让任吾行副总做好内部的调控和管理工作。华世赢商贸公司下发红头文件任命任吾行为常务副总经理。这说明任吾行的经验、能力、德行、境界已经远远超过了年龄的限制和束缚。任吾行副总做人做事，对待管理，活学活用，触类旁通，融会贯通。

向文波是年前从营销部调过来的，是常务副总经理任吾行的直接下属。向文波通过几次与老领导任吾行的谈话，对任吾行的评价十分中肯：任副总做事实事求是，与人交流，亲切和蔼，做人做事的火候总是处在七分的状态；说话尊重对方，但绝不人云亦云。任副总是高人，与任何人打交道，总能让对方尊重他的宽厚为人，让对方感到身心愉悦舒服。去尊重、敬畏一个人需要感动，或者潜移默化；去讨厌，或者疏远一个人，是看这个人的做作、虚伪和不厚道的程度。向文波的教养和敏感成了测量别人道德品质修养的温度计。

“向文波，你到我的办公室来一下。”任吾行副总经理推开他的玻璃门微笑着摆摆手叫向文波。

“好的，任副总，我马上过去。”向文波答应着。

向文波激灵了一下，心里嘀咕是不是这几天让新来的女财务总监牵走的思绪,自己纷乱的眼神,多情的行动,或许被火眼金睛的任老头看出了蛛丝马迹。向文波不敢怠慢,嘴里应付着,用眼角余光扫了一下办公室的人,看了看玻璃屋子里的女人,快步走向任副总的办公室。

"当当当",向文波把食指弯成问号状轻敲了任副总办公室的玻璃门。任副总听到敲门声,伸出右手笑着作摆手状示意向文波进来。

向文波轻轻地推开玻璃门,然后轻轻地关上门,走到任副总办公桌前笑着说:"任副总,您好。有事请吩咐。"

向文波礼貌地站在任副总办公桌前面,倾听任副总的工作部署和安排。

"呵呵,小向,这里有椅子,坐下,坐下。"任副总笑着指着向文波两侧的皮椅子说。

向文波早就看到了椅子,礼貌地站着倾听领导的指教。当任副总示意向文波坐下时,向文波把椅子朝中间拉了一下,轻轻地坐了下来。

任副总优雅地抿了一口茶说:"小向, 华世赢公司为了强化内部运营管理,加强市场和财务管理工作效率,充分利用财务管理工作的杠杆作用,做好融资管理、现金流管理,盘活资产存量,激活市场,一句话就是加快现代企业管理制度的完善和提速;公司以人为本,积极引进企业需要的懂管理业务精的高素质人才,高效稳健地推动企业快捷发展。老板们商议增设财务总监岗位,所以聘请了一位女财务总监,她从事商贸行业财务规划管理工作多年。近几年,公司一直在市场的前沿推产品,布局市场网络。高速发展的华世赢商贸公司在财务战略管理和流程设计方面相对弱化,加强财务管理工作,对内提高财务管理队伍业务素质水平,对外加速投融资发展步伐,加速资金流的运转;遴选优质实体项目和资本项目,加快实体项目运作和资本运作的效率,这是公司在重大市场机遇面前,为适应现代化经济发展需要,做大做强企业;在人才兴企治企上,决策者们做出的重大战略调整。"

任副总打开茶碗盖轻轻地喝了口茶水。

"任副总,我给您打水去。"向文波尊敬地说。

向文波从任副总端着茶碗喝茶的姿势里看出茶碗里的水近乎见底,可能任副总只做喝水状。向文波毕恭毕敬地接过茶碗,转身走出去为任副总去打开水。

任副总体会出向文波尊敬自己的分量，举手投足间觉察向文波的素养和行事作风。向文波看出了老汉眼神善意，态度坦诚。向文波接水进屋后轻轻地关上玻璃门，把茶杯放在任副总办公桌的右手边。

向文波与任吾行副总两个人像初次下棋的棋手，经过摸排棋路，熟悉双方棋风和心灵感应，相互间少了冗繁的客套，向文波的心情轻松了下来。他认真地倾听着任副总讲述着公司里的发展现状，以及对公司灿烂辉煌的发展前景做了积极宏伟的描绘。向文波微笑着附和着，眼睛注视着任吾行副总经理。

“小向，来这里有两个年头了吧？你要抓紧努力呀。”任副总轻声地鼓励说。

“是，是，现在小向接受任副总的领导，需要前辈多多指导。”向文波虚心地说。

向文波明白，华世赢商贸公司是一家空降企业，除了核心团队和重要岗位是带来的外，大部分部长、副部长是本地招聘。眼下自己还是一名职员而已，需要机会，需要苦练内功。向文波从营销部调来直接接受任副总的领导。至少两年多的时间里，向文波在为人处世、工作业务水平方面，任副总应该早有观察。任副总话里的意思自然也就明了。

“新来的财务总监是从锋利商贸公司过来的，叫何子晶。锋利商贸公司，你知道吧？在春风路那边的本地企业，与咱们华世赢商贸公司开展同样的业务，企业十分优秀，公司标准化管理，人才培养、团队建设、品牌塑造、企业文化相对成熟。她就在北面的那个玻璃房子里，你过去问问，给她做个科室牌挂上去。”任副总对向文波说。

“好的，任副总，我下去后马上执行落实。”向文波立刻作出反应回答任副总。

向文波明白，这是任副总上任后两个人的第一次正式对话，第一次给自己安排部署工作任务，第一次安排的任务跟新来的女财务总监有关。这是向文波的工作。向文波伺机而动，任副总给的机会，可以光明正大地去接触这个女人。是距离产生美，还是美需要感知、感应、测量呢，向文波存有一丝侥幸和美好的期待。只要心存美好，运气一般都不会太坏，而且结果都是吉祥如意。向文波脑子里就是这么多美学憧憬下形成的美学生态逻辑。

“你以后有什么事，直接过来找我，不用那么客气。”任副总笑着勉励向文波说。

向文波站起来说：“是、是，好的，谢谢任副总。”

说着，向文波转身退了出去，轻轻地关上了任副总的玻璃门。

向文波从任副总办公室出来，脸上安然无事状，可是手心里真的攥出了水。他轻松地笑了，嘴角里不停地自言自语：知我向文波者，任副总也；善解人意，好好干，有机会也。他在办公桌前坐定，在扭头的瞬间正好与任副总目光相对，向文波立即向老领导礼貌地笑着，任副总示意地点点头。或许，任副总的鼓励让向文波满意，向文波的礼貌增加了任副总欣赏的指数。他们都觉得此次两个人坦诚流畅的谈话是默契工作的开始。

“当当当”，向文波用右手食指轻轻地敲了女财务总监的玻璃门。他隔着玻璃看到女财务总监点头示意允许进去的动作。向文波推门而进。此时，女财务总监没有笑脸相迎，没有露出晶莹剔透的细碎牙齿。她的表情平静木讷，眼神充满冷意。向文波刚才内心的感受与距离产生美的心理落差真是太大了。人是会变的动物，当面对陌生人时，心里的防御程度，以及权力、职位的高低排序等都从面部表情表现，虚伪的本质就会表露出来。向文波不在乎这些，因为他熟读了大量心理学的书籍。书籍里面对人的细微表情、防御动作，一丝一毫的变化都做了心理透视和描述，解释得详尽而细致。向文波侥幸地认为，他本人就是吸引眼球的人，他的魅力是渐进式的，是由浅入深的，会逐渐抓住女人的心。向文波自信他的魅力不是肤浅的，女人一旦了解他，就像印章一样印在女人的心上抹不掉、擦不去。他对征服女人的信心指标设定得很高，他通过数次实践证明了这一点无比准确。

“请问，您是新来的财务总监吗？”向文波轻轻地笑着问。

向文波认真地看着对方，让语气达到对方听起来最舒服的频次，舒适的环境氛围从软化语言交谈开始。

“是。”对面的女人回答。

“您贵姓何，是吗？”向文波说。

“姓何。”对方回答。

“您的全名是？”向文波问。

“何子晶。”

“麻烦您写一下，好吗？我给您做科室牌。”向文波说。

财务总监麻利地拿出钢笔在便笺上写下了“何子晶”三个字递给向文波。

“哎呀，你的字写得好漂亮、好流畅、好潇洒，字如其人，晶莹剔透。”向文波发自肺腑真诚地说：“不错，赞你一个，你的字和我的字有一拼呀。”

向文波轻松愉悦的调侃，幽默的赞美话语打破了女人因为职位高低不同设置的心理防线。何子晶看到眼前这个职员，她放松了心态，向文波由衷地对自己字体的赞美，使何子晶眼神里流露出一丝惊喜，竟然呵呵地笑出声来。这是一个女人喜悦心情自然本真的流露，没有装腔作势，没有矫揉造作。这是心灵的朴素感应。

“你真会让人高兴。”何子晶说。

何子晶绽放笑容，薄薄的嘴唇里露出两排如玉一样的细碎牙齿。向文波曾经远远地注视这个女人，这一次这个女人的全部近距离地在他面前展现出来了，而且一览无余。

“是呀，偌大的华世赢商贸公司，我还没有看到有几个人的钢笔字写得如此漂亮流畅。可以说，尚属首次，包括男的在内。当然了，除我之外。”向文波在女人面前认真地说。

“你真会说话。”

何子晶眼睛里的笑容多了激情，像含苞待放的牡丹花饱满地绽放开来，花蕊的粉香洒了向文波一身。何子晶的笑，是快意的；她的心态从严肃、雅致到肆无忌惮；她的薄薄的嘴唇笑得没有严正地合上，始终露着两排洁白如玉细碎的牙齿。向文波不经意间看到了女财务总监嘴唇薄而且红润，牙齿整齐而且细密，白亮而且温润。

“何总，你写字的姿势，流利的动作，书体的结构和美感可以说端庄、舒展、标准、飘逸。我这样说你满意吗？”向文波说。

“是吗？不错嘛。我还真的没有注意这些呀，你对我的评价很高，我可没有听过别人对我说这样的话，我看得出你的中肯。”何子晶看着向文波说。

何子晶的话语内容从两个字、三个字、一句话到多句话。向文波与财务总监何子晶两个人不知不觉愉快地交谈起来。

“是的。我是真诚地评价，没有言过其实，你应该觉察和体会到了吧。打动不了我的人，我是十分吝啬赞美之词的，但是那样容易伤害人的。我的原则是尊重事实，实事求是。你就应该得到美好的、公平的赞语。”向文波平静地说。

“哈哈哈。”何子晶听到向文波的话，抑制不住地看着向文波前仰后合地大笑起来。何子晶没有了矫饰表情的遮掩，把一个女人的温柔之美在向文波面前全部袒露无遗。

“怎么啦？我说得不对呀？还是有所冒犯？”向文波试探性地问对面的何子晶。

“你坐吧，别站着说了。”何子晶站起来招呼向文波坐下。

“谢谢何总。”向文波说着坐到何子晶办公桌前的皮椅子上。

向文波越来越体会到权力职位的虚伪，给人们带来的沟通障碍和不可逾越的鸿沟，竟然如此不堪一击。他认为，外在的虚张声势和职位高低的标签不足以阻止情感的熨帖，细腻情愫感应距离的拉近和靠拢。向文波与何子晶只有短短数分钟的相处和快乐对话时间，以他坦诚的态度、丰富的学养魅力和开放性的沟通技巧就改变了何子晶对他的戒备、防御和看法，而且两个人的愉快交流没有伪装、修饰，他们之间的交流坦诚、自然。好奇增加自信，胆识破译密码。时间是个好东西，需要机遇来牵线搭桥。向文波的好奇思维总是总结出这么多新鲜的实战公关理念。

“哎，我还没有问，你叫什么名字？是哪个部门的？”何子晶带有歉意地说。

“我叫向文波，企业管理部。”向文波回答说。

“你的工作范围是什么呀？”何子晶笑着说。

“主要负责公司的企划、品牌发布、公关外联和《华世赢人报》的组稿、编辑、创意和发行工作。总之，我干的工作是企业广宣和企业文化建设方面的工作。”向文波平静地说。

“你的工作一定是高难度吧？你一定是个写文章的好手吧？”何子晶夸奖似的说。

“本人现在还是个小学生，当下及将来还望何总多多指导工作呀。要是没有科室牌的缘由，还不知道什么时间与何总搭上话呢。”向文波坦率地说。

向文波的话语总是亲切温和，办公大厅里的人们看着玻璃屋里的一男一女愉快地谈笑风生。尤其财务部正对着何子晶的办公室，财务部的女人们时不时地抬头看着向文波和何子晶这一男一女惬意的谈话交流，眼神里多了艳羡和妒忌。或许，扪心自问，这个三十八岁的女人有什么魅力值得向文波与她谈话这么久，老牡丹到底还能释放多少香气。人家是老牛吃嫩草，才叫浓郁芬芳，香气四溢，真是看不懂，不理解。

“你的工作不错嘛，时间自由、宽松、随意，当然智商也要蛮高。”何子晶把手里的钢笔旋转出了风车一样的花样儿说。

“一般吧，爱好，当然还是个小学生，因为爱好，所以没有法子呀。”向文波说。

“只要爱好就好，爱好就会投入精力，做起事来就会专心致志，就会做出成绩。”何子晶认同向文波的观点，鼓励着说。

“是呀，我还是比较欣赏你的字，你写的字很雅致，如你一样清秀、干练。”向文波说。

“是吗？我怎么没有感觉呀，能有这么大的魅力吗？”何子晶情不自禁地说。

“是的，或许，我说得还不够恰当。”向文波说。

“那就谢谢你的夸奖。”何子晶真诚地说。

“当当当”，一个女会计一手拿着财务报表，一手敲着玻璃门。

何子晶笑着对向文波说：“有空过来呀。”

何子晶换了严肃的表情点头示意女会计进来。

向文波带着兴奋和满意走出了何子晶的办公室。从他的情绪上看得出，愿望实现后就是神清气爽。这个秘密心事只有他自己知道。

二

向文波把制作好的科室牌用纸包着带到了办公室。

向文波第一次戴了一副宽边眼镜去“偷看”玻璃屋里的何子晶，有眼镜做装饰，别人不会轻易察觉他注视何子晶的行为，尤其他的上司任副总。他戴上眼镜后，第一个从玻璃屋子里看过来的就是任副总。老汉笑了，或许是笑他的时尚，笑他的变化。向文波心里窃喜，若无其事地做着自己的事。任副总走出办公室，走过长廊，走进了电梯间。

向文波办公桌上的电话响了。

向文波飞快地敲着键盘打着稿子，他拿起电话慢条斯理地说：“喂，你好。”

“小向，前几天，我给你说的关于给财务何总监制作科室牌的事进度如何？给何总监做好了吗？”电话里说。

向文波听出来了，任副总是从外面打来的电话。向文波明白，任副总是在检查自己的工作和考量办事效率。这是任副总的工作方法。任何一项工作的开展情况，任副总都会跟踪和督促，以便抓紧工作的落实和避免拖拉。

“任副总，您好。我已经从制作单位取上科室牌，马上过去给何总监安装上去。”向文波礼貌认真地说。

“那就好,那就好。”任副总电话里附和着。

任副总挂了电话。

向文波放下电话手柄,还是心有余悸,任副总做管理工作有独门绝技,有变化无穷的硬功夫,事情不管大小,关键要做好、做到位。这让向文波感到跟着任副总工作不可随意和马虎。他认为,这是好事情,跟着蛤蟆学习,不是连蹦带跳,就是只会哇哇叫;跟着高人学习做人做事,学的是礼仪、包容、气度、方法和标准,那是修养、修炼和境界。向文波觉得这是上天赐予他的机会,帮助他找到了师傅,跟对了人。

向文波把制作好的科室牌平放在桌子上,从抽屉里取出双面胶带,抬起头来看了看玻璃屋内专心致志工作的何子晶, 拿起科室牌和双面胶走了过去。办公大厅里的男人女人们各自做着各自的事情,传到耳朵里的是键盘的噼里啪啦的声音,掀翻文件账簿的哗哗啦啦声,打印机过纸的吱吱声。向文波像初次来找财务总监何子晶一样,用右手食指轻轻地磕了三下玻璃门。何子晶抬起头来,示意向文波进来。

“何总,不好意思,打扰一下,我把科室牌做好了,准备给您安装上去。”向文波一副温文尔雅的君子样,还带有半个作揖的动作。

何子晶感觉向文波待人接物不同于其他人,礼貌得恰到好处,谦卑得让人心生好感。

何子晶眉开眼笑地说:“向文波,谢谢你,你竟然做得这么快呀,你对待工作的认真态度和效率都值得我和财务部的每一位员工学习。”

“为了何总,我不敢怠慢。任副总对给何总监制作科室牌的事格外重视,刚刚给我打来电话。时机很巧,我今天上午刚刚带过来。”向文波说。

“没有关系的,早一天晚一天的事。”何子晶说。

“何总,你看,财务总监的牌子马上就弄好了,不过我先把双面胶黏到科室牌上。”向文波对何子晶说。

向文波的话语像荷塘里松软的春泥,黏黏地贴在心上。脸上挂着笑意的向文波总让人觉得舒服。她看不出这个小子有什么特别之处,但是总有一种摄人魂魄的吸引力。

“快坐沙发上粘吧，站着会累的。”何子晶看着向文波关心地说。

何子晶的声音轻柔，不像一个成熟女人的正常声音。向文波不知道何子晶的女下属们、一个四十多岁的单身男人和一位六十岁的审计老汉与这位女财务总监共事是一种怎样的体验。

“贴好了，贴好了。何总，财务总监室这五个字，气派、大方。”向文波把科室牌端正于胸前，让坐在对面的何子晶给予评价。

“不错，十分醒目，清晰，色调大方。”何子晶满意地说。

“那我就贴上了。”向文波转身走出玻璃门。

向文波看了看玻璃门上方的位置，叫了一名女会计帮忙看着高低和水平度，麻利地装了上去。向文波向女会计道谢后进了何子晶办公室取了钢尺和胶带，打个招呼正欲离开。

何子晶说：“你现在忙吗？”

“今天的重要工作刚刚做完，剩下的就是组稿和写策划方案，这些工作正在有序进行，半个月后的产品品牌发布，我已经做了详细安排。”向文波说。

“你关上门，坐一会儿吧。”何子晶让向文波坐下来。

向文波看了看左手腕上的依波手表，刚刚九点一刻钟。向文波关上何子晶的玻璃门，坐在了何子晶办公桌前面的皮椅上。两个人的距离只有一张办公桌的距离。向文波看着何子晶的眼睛，白皙的面容，薄薄的嘴唇，洁白整齐的牙齿，圆润的耳朵，微翘的鼻翼，白润纤细的手指，手腕上温润的玉镯，隆起的丰满的胸部。何子晶是个美人坯子，或许，成熟的女人就是这样好看且耐人寻味，甚至她的呼吸都被自己听到。向文波简直没有想到，在如此短的时间里，自己就与新来的玻璃屋女人走得如此之近。向文波下意识地扭头看看玻璃房子外的办公大厅，有好事的两个女会计目不转睛好奇地看着他们。她们发现向文波看过来，交头接耳后心虚地各自佯装忙碌起来。向文波偷笑起来，心里想：任由你们嫉妒和怀疑吧，风景唯何子晶办公室这边独好。

“向文波，来这里几年了？你是学什么专业的？”何子晶目不转睛地看着电脑屏，然后抬起眼皮看过来笑着说。

“来这里两年半了，学经济管理，没有长进呀。呵呵。”向文波自嘲地说。

“不要那么说,大家都是打工的。有的人运气好,有的人需要等待时机,只要业务能力过硬,慢慢地就会有好的发展。”何子晶说。

向文波听得出眼前的这个女人对问题看法客观公正,不势力,不凌人,还很注意因职位差异所带来的影响,更多的是保护向文波的自尊心,是一位平和、有道德素养的职场达人。

“谢谢你的话,让我感动,真的很感谢你。”向文波说。

“你的文章写得真好,我看了你撰写的关于商贸市场的调研报告,关于扶危济困的倡议通知书,还有诗歌,随笔。”何子晶眼睛里透着善意且真诚地说。

“那都是雕虫小技。因为爱,所以爱;因为爱,所以写。”向文波轻松地回答。

“向文波,你过于自谦了吧,那可不是雕虫小技,术业有专攻,你的工作,你能驾轻就熟,且游刃有余。隔行如隔山。对于我们来说,写文章真是泥牛入海,或者是珠峰横亘眼前,高不可攀。即使优秀的行业专家,或者优秀的骨干人才,做你的工作或者业务,可能还不及你的十分之一。不说别的,我看到你的文章,让别人三天三夜都憋不出来,更达不到你的水平。要欣赏自己呀。”何子晶看着向文波说,“我说的不是孤芳自赏,而是实事求是地、充分地、正确地评价自己和他人,自己没有估计得那么差,别人也没有你估计得那么好,多给自己一些自信和敢于出击的力量。”

“谢谢何总的高见,你的话,让我深有感触,真是别有洞天呀。”向文波老实地说。

“通过与你接触,看了你的文章,你本来就是十分优秀,干吗谦虚呀!你比我岁数小,公司又是大发展的时期,你可以大放光彩,拥有锦绣前程。”何子晶说。

何子晶眼睛里充满了鼓励,用话语激励着向文波。何子晶的话语不仅鼓动着向文波的耳膜,更是敲击着他的内心。

“好,我明天买个风筝,把我的自信写在风筝上,放飞到天上。”向文波调侃地笑着说。

“你是个机灵睿智的人,你的力量写在心里,你的低调平和写在脸上和行动上。我察觉得出来，你是个优秀的人。”何子晶说着的时候，用一只手抚摸着腕上的玉镯，还竖起右手大拇指为向文波点赞。

向文波发现何子晶白皙的脸庞愈加的姣好、漂亮、光润和动人，她这个人有着棱角分明的性格，聪明干练的心机，柔软的身子里一定有瞬间暴烈的桀骜。猫的眼睛，测不出驯服；女人有美丽的温柔，美丽的诱惑，一定有美丽的威胁。

“哎，向文波，我在润金阳光花园那边看了一套房子，正准备购买，做分期付款，你有没有这方面的关系？”何子晶认真地说。

向文波听得出，何子晶是问在房子原来的价格基础上，通过关系能否再度得到一些优惠。

“你现在购买房子每平方米的价格是多少？按照每平方米再适度进行一定比例的优惠，对吗？面积是多大？”向文波试着去理解何子晶提出关于买房信息的意思，说给何子晶听是否自己理解得明白透彻。

“向文波，你真聪明，你理解得十分准确，就是让每平方米的价格再优惠适当的比例或点数。现在每平方米 2800 元，面积是 108 平方米。买房子不是小数目，节省一点是一点呀。”何子晶说。

向文波觉得眼前的这个女人十分现实。财务人员都是金钱游戏的玩家，数字模仿高手，理财专家。他体会到了何子晶对金钱功能的敏感和老练，第一次与女人开诚布公地探讨房子价格的问题。因为她要求向文波帮忙，何子晶待人处世的真诚，让向文波没有理由不动仁义心肠，若有所思地搜索着房地产方面的亲戚关系。

向文波谨慎地说：“我有一个亲戚在房地产公司，至于何种职务，我从来没有问过能否帮忙，我先问清楚后给你回复，但是不能保证成功，只能说我给何总监尽力而为。”

“谢谢你呀，不过没有关系，我已经找了熟人，你不用太放在心上。”何子晶怕给眼前的这个男人带来压力，轻描淡写地说。

审计部戴着眼镜的老汉表情严肃地站在了何子晶的玻璃门外。

“何总，老汉向你请示工作来了，我不打扰了，你忙吧。”向文波说。

“好的。改天我请你吃饭。”何子晶看着向文波说。

向文波说：“不用客气，我一定尽力而为。”

向文波站起来整个身体挡住了坐在椅子上的何子晶，审计老汉和办公大厅里的人无法看到何子晶丰富的面部表情。何子晶没有站起来，挤眉弄眼笑了一下。

向文波推开玻璃门的一瞬间，审计老汉面无表情地看着向文波。向文波礼貌地笑着从审计老汉身边走过。

向文波与女财务总监何子晶只打了两次交道，谈了两次话，何子晶就说请向文波吃饭。向文波把这句话一直记在心里。他对何子晶的首次印象就表现出赞赏，没有一点儿偏见。这两次的接触，何子晶对向文波表现了逐步递进的好感和热情。凭何子晶的这句话，两个人就有继续交往下去的可能，不然不会真诚地说出请自己吃饭。之后，向文波打电话咨询了神通广大的堂叔向万通。堂叔向万通答应一定要帮堂侄这个忙，便于侄子在华世赢商贸公司立足和开展工作。堂叔向万通知道，侄子向文波是一个有才华、有思想、善良勤奋、踏实肯干的小伙子，只是缺少施展才华的机会和平台。堂叔向万通是商场上的老前辈，风流潇洒，善于交际，沟通交流颇具外交辞令，人又厚道，务实坦诚，在商界树立了良好的口碑和信誉。堂叔向万通在为人处世方面堪称向文波的楷模。向文波从做人做事、礼仪礼貌、语言交流到人品气度都得到堂叔向万通的口授心传。何子晶是个有眼力、有心机的人，否则不会对向文波这个其貌不扬的小子感兴趣。堂叔向万通还在电话里问，为谁帮忙，姓甚名谁。向文波都一一作了回答。向文波的做法得到了堂叔向万通的赞许和支持。他认为，财务总监是一个企业的命脉职位，仅次于常务副总经理的职位。企业的财务战略、融资计划、现金流管理，各种与财务有关的报批、报销手续，现金支出等需要林林总总的部门领导签字，最后一个关键的领导签字就是财务总监。许多企业的员工为了报销费用简直磨破嘴跑断腿。倘若与财务总监关系默契，合理报账，财务总监顺畅签字，算是支持了自己的工作，提高了结算效率，融洽了客户关系，工作成绩就会全面提高。向文波把自己的想法说给了堂叔向万通，堂叔又是一阵子赞许，表示理解侄子的想法和工作思路，一定支持堂侄的工作，一定尽心全力帮忙。都是一家人，举手之劳而已。向万通正在广州出差，一星期后回来，需要向文波到时候打电话提醒。

堂叔向万通真是自家人，给向文波打来了电话，经过向润金阳光花园房地产开发公司的领导询问，润金阳光花园小区的多层九号楼东单元四楼东户的房子购房合同书上的名字是何子晶，属于银行大客户集体优惠购房，价位已经低于市场价。房地产公司已经没有了这个价位，现在润金阳光花园小区的房子每平方米在原来价格的基础上已经提高了700元，以后永远不会有这样的好运气了，何子晶已经十分幸运了。向文波明白，何子晶提出的关于润金阳光花园小区的房子加大优惠政策，降低房子价格的事无法心想事成，呼风唤雨的向万通已经无能为力。向万通回电话说，再好的关系，不可能在一视同仁情况下，为一个人打破惯例。经济规律决定市场价格，需求决定产品价值。何况黄金地段，何子晶应该可以理解。

向文波接到向万通的电话后，第一时间打电话告诉了何子晶。何子晶在电话里听到向文波的解释，很是感激，并连忙说着客气话："向文波，代我谢谢人家。"

"何总，我还认识一位搞房地产的朋友，可以让他侧面问一下，朋友一定鼎力相助。"向文波电话里说。

"向文波，不用麻烦了，我知道，我的房子已经是市场最低价格了，问谁都无济于事呀。谢谢，我知道，你的用心。改天咱们一起吃饭。我这里来人了，以后聊。"何子晶电话里说。

"好的，再见。"向文波挂了手机。

向文波行驶在繁华的大街上，顿觉心里豁然开朗，神清气爽。他驾驶着轿车，忽然间他觉得车水马龙的车流都在为他让道。向文波踩了油门，轿车风驰电掣般疾驶而去。

三

如芒市的冬天，连续下了三次大雪，自然界的万物都进入了冬藏休眠期。向文波的日子过得悠哉乐哉，像明媚春天里，温暖的阳光下翩翩起舞的蝴蝶一样，他的脸上始终挂着笑意，身体上散发出活力四射的激情，心潮澎湃，思绪飘逸，乐观和自信如影随形。他觉得一个人的幸福跟金钱没有多少关系，跟职位权力没有多少关系，只要拥有一颗博爱善良的心，一双发现美的眼睛，长期坚持锻炼的体魄，足以抵御世俗充满物欲横流的诱惑，心理疾病的侵袭。

向文波一觉醒来，太阳照进了窗子，照在了舒软的床上，照在了他穿着花裤衩的屁股上。他侧着身子，把被子蹬到了床的另一头。他觉得暖气烧得无名的热，大冬天里竟然出汗，而且全身汗津津。向文波翻转过身来，仰面朝天，四肢伸展，平躺在床上的姿势，像一张羊皮钉在墙上一样，像空中放飞的大风筝。向文波揉搓眨眨眼睛，工作了一周，肿胀的眼睛因放松的懒觉得到了恢复。他怀念不看电脑的日子，眼睛不至于疲惫，不至于酸胀，不至于肿疼。其实，眼睛舒服就是身体的放松，情绪的舒坦，心灵的惬意。这是向文波的感觉和体会。

向文波百无聊赖地看了看墙上的石英钟，已经是九点三十五分了。以前的日子，向文波总是在外面与狐朋狗友们海吃海喝，或者胡乱应付。因为他是山东人的缘故，有仁义胸怀，情义如泰山，这是山东人的秉性，更是他为人的真实性格。现在因为房贷，因为父亲的病欠下的债。三十多岁的人了，应该节省着过日子。房贷是按月支付的，所欠下的债务总归不能拖得太久，毕竟是亲戚朋友的钱。他们关键时刻，鼎力相助，咱不能言而无信，信守承诺是一个人的立身之本。岁数不小了，应该学会节俭过日子。人家老二不仅买了房子，而且屋内的装修和布置全部是现代化，可自己的生活不能像和尚一样呀。向文波有良好的生活习惯，从来不抽烟，也不嗜酒，只是在外面为了人脉气场，花钱方面尽显大方。人与人之间除了感情维系，还是需要交际应酬。生活需要从长计议，生活需要“可持续发展”。向文波渐渐地在外面吃饭的次数少了，学会了平衡和节制。向文波开始警觉起来，每个月不多的工资有很多用处。近年来，他除了按部就班工作外，就是回到家里老老实实地钻进书房给媒体、杂志、广播电台、电视台撰写稿子，算是挣点稿费，还好向文波撰写的各种题材的稿件发出去基本上都能被采纳录用，稿费像发出的稿子一样落进口袋。这两年来，纪录片频道和一些杂志主动来信来电约稿。向文波年轻气盛，有的是精力，有的是激情，浮想联翩，幻想充满爆发力。再加上调研之后，他较强的归纳能力，撰写出来的文案有深度、有思想、有画面感，电视台、广告公司的老板们慕名而来。向文波名声在外，撰稿的第二副业做得风生水起。此时躺在床上的向文波想着想着笑了起来。平凡人一个，就这点聊以自慰，舞文弄墨的穷酸书生本事。向文波十分自信。毋庸置疑，这是他的优势。

向文波的脑子里掠过何子晶坐在办公桌前聚精会神办公的样子；或者，何子晶下班后换上便装，背着包优雅地走在办公室的长廊里，朝收拾办公桌的向文波回眸一笑的悦人情景，所有这些温馨浪漫的画面不断在向文波脑海中闪过。

向文波的手机震动起来。

向文波接起电话：“喂，你好。”

“向文波，干嘛呢？我。”电话里传来一个女人的声音。

向文波兴奋地一骨碌坐起来，笑着说：“听出来了，何总，你好。今天我休息。”

“我也休息，今天没有什么事做，所以电话约你，咱俩出去坐坐。”何子晶电话里说:“我给你说过的。”

“我请何总。我穿上衣服,洗漱完毕就出去,好吧。”向文波对电话里的何子晶说。“咱们去哪里呀?”

“我家在富华宫购物广场附近,我定在草菁菁大饭店好吗?饭菜不错,环境也不错。”何子晶商量似的说出了吃饭的地址。

“好的,一切按照何总的指示。”向文波坐在床沿上,用脖子夹着手机附和着,顺手拿过一条花毛毯披在身上。

“向文波,外面天气挺冷,现在时间还早,我到了草菁菁大饭店给你打电话,大约十一点半,你出来时多穿点衣服,免得冻感冒。”何子晶关心地说。

“何总,喝什么饮料呀?我顺便取上好了。”向文波说。

“这都不用你操心,红酒和牛奶我已经准备好了。不用开车,你人过来就行了。”何子晶在电话里嘱咐向文波。

“谢谢何总。”向文波礼貌地说。

“不要说客气话,到了我给你打电话。”何子晶在电话里说。

向文波听到电话里传来长长的忙音。

此时,向文波觉得何子晶温柔似水,体贴入微,做事周到细致。三十八岁的何子晶成熟中透着干练,清隽中绽着温柔,自信的眼睛,会笑的嘴唇,她说话时的眼神和轻柔的话语,像蚂蚁爬在他的心尖上、骨髓里,让向文波情动不已。

向文波唱着轻快的歌曲,麻利地穿上衬裤和袜子。他庆幸自己通过行动在极短的时间内遇到了一位知己，不，准确地说应该是一位理解自己工作的同事。他与何子晶从陌生到托付事情到饭店聚会,这可是网络时代友谊的高速快车向自己行驶过来。向文波自信自己的办事效率。在洗手间里,向文波对着镜子笑着,笑自己的自信,笑自己的实力,笑自己的惬意,笑何子晶来电话邀约带给自己的欢乐和幸福。向文波调了水温,利索地脱了个精光冲了热水澡。在镜子面前,攥拳、挺胸、屏住呼吸、直视前方。他优雅地拿起胡刷,把泡沫涂在上面弄成了冰激凌的造型,软软地涂在长满络腮胡的面颊和下巴上,用左手托住下巴,右手轻轻地拉着吉列刀架,胡须被他轻松地“收割”下来,瘦削的脸庞,顿时一片光滑。在华世赢商贸公司三楼办公大厅里近四十岁的男男女女中,只有他的胡须标新立异，是独树一帜的络腮胡。一个个男同胞，一个个奶油小生，清秀，白俊，干干净净，他们没有一点胡须，嘴角边，或者鼻子下只有一点黄绒毛的印记。比胡子，比真男人，谁能比过他向文波呀，就连五十多岁的任副总，还有从眼镜框上面观察世界的审计部长老汉每天熬神费力，在胡须的长势上，他们都甘拜下风。向文波的胡须另类，三天不刮胡子，那简直是以"满脸都是头发"实力示人。向文波十分注意自己的形象，每天都打理得洁净清爽。或许，何子晶愿意接近他，除了其他个人的优点，那么一张男人脸，脸皮上附着的浓浓的胡须，这是向文波的魅力所在。他没有一点长相上的优势，五官平淡，脸部"平铺直叙"，个头仅仅一米六五。但向文波始终认为，男人的长相不代表男人的魅力、魄力、气度和格局，关键看是不是以男人的雄性的绝对特征优势去吸引女人。他自信地认为，他浑身上下的每一个零件都足以经受住女人的考验。向文波用电吹风吹干了头发，喷了发胶。平时他不喜欢这些，也不在乎这些，他比较在意随和、大方，爱生活，保持博爱善良的心态。他是一个简约而不简单的人，把不该做的程序简化到最简单的状态，用更多的时间去做有意义的事情。现在，他做了这些程序，只是让何子晶体会到他向文波是一个爱干净的人。向文波特意取出一件从未开封的富绅衬衫，一条羊毛嫩黄领带。他喜欢色彩的明快亮丽，至少让人觉得新鲜、放松，不会产生压抑和距离，而是像磁铁一样的引力牢牢地吸引在一起。

向文波戴上依波手表，穿上外套，若有所思地抬手看了看时间，时针指向了十一点一刻，他吹着口哨走了出去。向文波忽然意识到了什么，走出数十步远距离转身回来，他摸出钥匙插进锁孔旋转开门，然后重新把门关住旋转钥匙确认锁住门后，匆匆走了出去。

手机响了，向文波急忙接通。

向文波把手机放在耳边，何子晶说："向文波，我已经到了，你可以过来了。"

"何总，十分钟后见面。"向文波说。

"那好，二楼晶莹宝光厅。何子晶的晶，晶莹宝光厅，一定记住啦。"何子晶电话里说。

"记住了，何子晶的晶，晶莹宝光厅，对吧？"向文波重复着说。

“好的，一会儿见。”何子晶说。

“再见。”向文波挂了手机。

北方的冬天，寒气袭人。前几天，刚刚下过一场大雪。大街上，道路两旁堆满了高低不同的雪堆。今天是大年二十六，再过五天就是春节了，车潮人流，五颜六色的春节景象，浓郁的过年的味道扑面而来。目光所及处，鼻翼的呼吸中，空气里充满了鞭炮、煮肉的浓重味道和各种水果的香味。

向文波打的上车，出租车驶过两条东西大街，驶过城中金水河来到富华宫购物中心附近的草菁菁大酒店。他下车付钱后，穿着旗袍露着大腿的服务小姐轻盈地过来问询，礼貌地引领向文波。

这时，在二楼晶莹宝光厅里，何子晶从窗户上看到了向文波，兴奋地喊道：“向文波，我在这儿。”

向文波似乎听到有人喊他的名字，大街上的嘈杂声、鞭炮声混杂在一起，他以为是错觉。

何子晶拨通了向文波的手机。

向文波听到手机铃声马上接听起来：“向文波，往上看，我在这儿。”向文波听出是何子晶提示他。

“好，我看看你在哪里？”向文波接着电话抬头望上去。

饭店旗袍服务员提前看到了何子晶的位置，俯下腰对向文波说：“您顺着我手指的方向看，这位小姐已经等候多时了。”

“明白。”向文波回答说。

女旗袍引领服务员个子真高，起码高过向文波一头，真是人高马大。

向文波看到了摆着手势的何子晶说：“我马上上去。”

向文波在女旗袍的引领下走进饭店，三步并作两步上了二楼。在楼梯口处，何子晶热情地等候在那里。两个人喜笑颜开地寒暄着来到东南阳光地带的晶莹宝光厅门前。

明亮宽敞的二楼餐厅，布置得富丽、简洁和明快。大厅里，视野开阔，环形的低矮的圆桌配着低矮的半圆形的皮沙发，音响里放着班得瑞经典的曲子。

“我觉得这里环境很好，虽然身居闹市，这家餐厅与其他餐厅明显不同的特点就是安静。”何子晶对向文波说。

“何总慧眼,难得寻这么好地方,洁、静、雅,还有放松。”向文波真诚地说。

“这里是大厅,晶莹宝光厅在这边,进去吧。”何子晶指着开着的门说。

“不错,商家不是唯利是图,打的不是价格战,而是服务和关心并举。这里真是会友谈心交流的上好佳处。”向文波说:“环境真的很好,何总好福气。”

“你真会说话,不过,的确是这样。寻找到好地方,把你带来了,你的福气也不差呀。”何子晶笑着说。

“那就祝咱们新的一年旺旺旺。”向文波真诚地说。

“借你吉言。好了,天不早了,快坐吧。”何子晶说。

“我现在都不饿了,美丽景色,魅力桃花源,秀色可餐。”向文波说。

何子晶看着向文波说:“哈哈,秀色一时,饭要一世。饭是要吃的。服务生过来一下。”

向文波有些莫名其妙地一脸疑问,说:“房门紧闭,服务生能听到吗?”

服务生轻轻地推门走进来说:“您好,请吩咐。”

何子晶春风一样的气质,幸福红润飞满面颊,接过服务生手里的菜谱双手递给向文波。

“你看着点吧,我没有要求。”向文波看着何子晶说。

何子晶把菜谱端在自己近前,要了两个自助火锅,两盘羔羊肉,一盘精选牛肉,一个凉菜,两盘小料。她从手提袋里取出了原装进口的拉斐尔干红葡萄酒,还有两瓶酸牛奶。

火锅和菜很快上来了。向文波给何子晶倒了一杯酸牛奶放在她的面前,给自己倒了多半杯。何子晶看了向文波的杯子没有倒满,笑着说:“这不是白酒,两瓶二斤半的酸牛奶,还怕不够喝呀,倒满。”

向文波笑笑说:“我是想让何总多喝点酸奶,这可是养胃润肤的营养品。”

“我能喝多少呀,我的肚子有多大,我还不知道呀,你说得有点夸张了。”何子晶说。

向文波把自己的牛奶倒满。

何子晶用葡萄酒起子使劲地旋转着酒瓶塞子,因为是木头塞子,所以要用力气旋转。向文波看在眼里,说:“何总,我来吧。”

“你来吧,马上就开了。”何子晶把拉斐尔葡萄酒递给向文波。

向文波三下五除二拧开盖子,然后拿过两个玻璃高脚杯斟上葡萄酒,把一杯端到何子晶近前,一杯放到自己的边上。

火锅在酒精的燃烧下翻腾不已地冒着热气。向文波何子晶两个人各自往沸腾的火锅里把羔羊肉放进去,顿时翻腾变成了平静。

这时,何子晶端起葡萄酒杯说:“来华世赢很短的时间内认识了你向文波,这是我们的缘分,共同祝福你我。”

“首先感谢何总,再者祝福何总在华世赢工作一切顺利,事业蒸蒸日上。”向文波礼貌真诚地说。

“好,让我们都一切如意。”何子晶看着向文波的眼睛真诚地说。

向文波不知道何子晶的酒量,礼貌地端起酒杯说:“让拉斐尔的琼浆滋润我们的心田,让拉斐尔的浓红养颜,祝何总在新的一年里工作愉快,成绩卓著。”

“谢谢你的祝福。”何子晶说。

何子晶向文波从火锅里用筷子夹起羔羊肉轻轻地蘸了小料放进嘴里,细嚼慢咽,品尝羊肉的鲜嫩。

何子晶品尝着说:“很香很嫩,可口,快吃吧。”

何子晶的关心把向文波弄得有些腼腆和害羞,曾经的调侃,现在体会到的是兄弟姐妹般的手足情谊。

向文波端起酸奶杯子与何子晶端起的杯子轻轻地碰了一下,以示感谢和祝福。一杯稠稠的酸牛奶的白和着何子晶的清秀,真是恰到好处的衬托。

两个人第一次在一起吃饭,何况是何子晶请客,这可是领导请小兵。向文波不敢怠慢,在礼仪上,频频举杯,热情周到地照顾,表示礼貌祝福以示尊敬。何子晶看得出向文波是一位有着较高修养、学德并重、心理健康、心地善良、敞亮爽快的人。她举起酒杯礼貌地招呼向文波,一口喝下了杯子里的拉斐尔。向文波不敢怠慢,一股脑儿喝干了杯子里的葡萄酒。何子晶取过向文波的杯子斟到三分之一的位置,然后,给自己斟上。红酒在胃里已经发生反应,向文波的脸上像裹了一块大红布，心跳突突地加快，可不亚于火锅里汤料翻腾的速度。而何子晶的面容依然白皙清秀，旁若无事般没有半点的化学反应。向文波觉得，面不改色心不跳的女人酒量一般都很大，而且大得惊人。

何子晶看了向文波红红的脸膛，平静地说："酸奶是养胃解酒的，多喝点酸奶。葡萄酒可以营养身体，不会醉人，没事的。"何子晶鼓励着："经常喝一些葡萄酒，身体溶解葡萄酒的转化酶就适应了。葡萄酒可有软化血管，强健心脏的功能，在延缓衰老，补充精力上有很大的功效。"

"何总，还有下次，就是你过完春节回来我请你，给你接风。"向文波看着何子晶些许激动地说。

"不用你请我，我请你即可。"何子晶说。

"何总，你要给我向文波表现的机会，我的心里过不去呀。"向文波说。

"向文波，我们要实实在在。我请你吃饭，我不是伤你的自尊心，因为我挣得比你多，所以我没有任何经济负担和压力，你按照我说的，服从我的决定就行了。我们生活在世界上都要面对现实。"何子晶实在地说。

向文波明白，何子晶是个慷慨大方的女人，不是那种得到小恩小惠满足后再去承诺的虚伪的女人。向文波心里多了尊敬和钦佩。何子晶已经完全接纳他，没有丝毫的鄙夷和做作，这是向文波一直期待的愿望。两个人聚会交流谈心是语言的表白，内心的坦诚。何子晶的简单、简洁、直白，是不用解释的，一语中的。但是向文波对何子晶还是有许多的好奇，对一个人曾经的经历可以不去打搅，了解一个女人的情感、内心世界和人生未来走向是他一直好奇和最需要关注的。

向文波、何子晶两个人第一次在一起吃饭，客套礼数自然多了一些。由于何子晶和向文波对彼此都有好奇的缘故，话题就自然而然地展开了。毕竟向文波是早有准备的，来之前他在家里找了一些材料，包里塞满了表明自己人生价值、业务能力、工作水平等方方面面的材料。一个女人佩服一个比自己年轻的男人，不仅仅是他一表人才，关键是这个人有多大的本事，做出何等成绩，有何优秀品质，至少拥有未来的无限潜质，展现出丰富的思想。这样才能去折服一个女人，一个历练丰富、卓越优秀、聪慧睿智的女人。向文波不声不响地拿出了在原单位勤奋工作获得的各种荣誉证书的复印件，在各杂志、广播电台、电视台登载播发的各类学术、经营管理理论研究稿件，用稿通知书和征文获奖证书的复印件。待何子晶接过一摞材料仔细阅览后，抬起头仔细地打量着对面其貌不扬的男人向文波。

“你的表现的确十分优秀，出乎许多人的意料，你一定挣了不少稿费？”何子晶惊奇地说。

“对我的夸赞是给我鼓励，我应该虚心接受。稿费是有的，不是人们想象的那样，但是熬夜费电灯泡可是常有的事，只是遵循能量守恒定律，不充电费而已。”向文波平静而又调侃地说。

“你不简单，文采确实不一般。”何子晶由衷赞赏地说。

向文波坦诚地说：“这没有什么！我说过，因为爱好，所以有成绩，一直从事这项工作，自然而然，量变引起质变，自然水到渠成。一点雕虫小技而已，还需要向高人学习，学无止境呀。何总在财务规划、财务管理，财务统筹，负债管理、投融资管理等方面是专家。我应该老老实实地向何总学习更多财务管理的知识和业务技能，提高自身的综合经营管理的能力、修养和境界，以后还需要何总多指点。”

“不管怎样谁也抹杀不了你的才华。在写作方面，我们确实差之千里，这方面你是老师。我们写个财务报告都需要半个月的时间，弄出来的东西说不清道不明。在我的工作经历接触的一些人中，还真没有发现有几人能写得一手好文章。你可以写小说呀？”何子晶尊敬地对向文波说，眼睛里闪着激动和好奇。

“是呀，我在尝试，现在只是些豆腐块。”向文波平静地说。

“这已经不简单了，来，祝贺你，这样有才华的人让我遇到了，这是缘分。”何子晶说着举起了拉斐尔碰了向文波的酒杯说。

两个人从相互了解到逐步深入，酒兴正酣，情绪正浓，何子晶、向文波每人喝了一大口，酒量因高涨的情绪而见涨。

何子晶夹了羔羊肉放进向文波的自助火锅里，火锅里水花翻滚，瞬间把红白相间的羔羊肉给煮熟了。向文波蘸了小料，细嚼慢咽地品尝着。何子晶看着向文波吃得津津有味的样子，眼神里面容上透着平和、温馨、满足。

向文波端起酒杯顺势说道:“为华世赢来了您这样一位经验丰富、干练优秀的财务总监,干杯。财务总监相当于副总经理呀,甚至常务副总经理有过之而无不及。”

向文波中肯地赞扬让何子晶心花怒放。两个人碰了酒杯喝了拉斐尔。何子晶今天心情特好,葡萄酒喝了许多。

两个人的心绪由最初时的拘谨、小心,现在因向文波的一沓材料,开始转向了相互欣赏、开放、自由和更为流畅的谈笑。向文波惊叹自己的铺垫,他更加佩服何子晶的爽快、干练和真诚。

“你抓紧吃吧,我给你夹一筷子牛肉。”说着何子晶夹了牛肉放进了向文波的火锅里。女人开始表现出母性的特征,频频地关心男人。此时何子晶给向文波夹肉的动作透着温柔和体贴,眼神里透着善良的情怀。

“谢谢何总。”向文波礼貌地道谢说。

向文波给何子晶夹了牛肉放进四溢的火锅里。

“快点吃吧,你只顾着给我加肉了。”何子晶说。

“何总,您的到来,一定给华世赢的财务运营管理模式带来一些新理念,注入新活力,完善运营管理体系,提高财务管理工作的效率。”向文波认真地说。

“我是从锋利商贸公司过来的,在那边有五年的财务部长的管理经验。企业规模要比华世赢商贸公司大四五倍,商贸物流产品遍及华北、华南、华东、西南近二十余个省市,并且涵盖省级及以下的地级市、县和乡镇。我来这里应聘的是财务总监。我有全国认证的注册会计师证书,在接近二百万人口的城市,不过区区五六十人拥有国家级注册会计师证书。”何子晶平静地说。

“我已经看出来了,何总是重量级的财务管理精英,高级职业经理人,财务总监职位非你莫属。”向文波说。

“那倒不敢当,打工吗,用自己的能力和价值为企业创造最大化的效益,这是咱们应该做的,也是我们恪尽职守的本分。”何子晶说。

何子晶站起身利索地把咖啡豆放进磨碎机里,按动开关,磨碎机发出嗡嗡的响声,她把打碎的咖啡粉放进咖啡壶里煮起咖啡来。咖啡的香气随着电炉的温度升高从壶嘴里飘散出来,浓浓的香气溢满整个晶莹宝光厅。明媚的阳光从窗户外照进来,照在两个人的身上,照在蓬蓬松松、葱绿繁盛的阔叶花卉上。这时,咖啡壶发出了声音,何子晶关掉电源,她轻轻地往两只咖啡杯里放了方糖,把煮好的飘着香气的咖啡倒进了带着卡通图案的杯子里,然后,用白皙的手指把铜勺放进冲好的咖啡里,依顺时针方向轻轻地搅动,旋转出了金色的漩涡。何子晶的一招一式,像摆弄打磨一件工艺品,流畅自然地呈现在向文波的面前。

“向文波,好香的咖啡,你尝尝,绝对与商店里买来的不一样。”何子晶说着把自己亲手挑选饱满的咖啡豆按照工艺流程熟练煮好的咖啡端到向文波的面前。

向文波看着紫金色的浓浓的咖啡，他低下头去轻轻地闻着飘逸的香气，用长把铜制的小勺轻轻地按照反时针方向搅拌着。

向文波抬头轻轻地说:“何总煮的咖啡,百分之百的纯绿色、无任何添加剂、现场加工。此时我是这个世界上最幸福的人。”

“由于我经常熬夜看报表,所以煮一杯咖啡有提神的功效,当然咖啡也充满了营养,不知不觉养成了自己煮咖啡的习惯。你看,这个地方还能现场加工,酒店为客人考虑,真是恰到好处,你才有机会喝到现做的纯正咖啡。”何子晶说。

“商家引领消费、引领服务,与何总的需求十分契合,何总是引领时尚潮流消费的专家。”向文波说。

“我在达能国际财务公司工作过,在那里学会的煮咖啡,之后又去北京宜家国际公司工作了三年,咖啡一直陪伴在我的身边。我的咖啡磨碎机和全套的设备都是原装进口的,是公司给我的奖品。这瓶拉斐尔是进口的,我们公司从国外厂家直接进来的,发给员工们的福利。物以稀为贵,拉斐尔只与你向文波共享。”何子晶平静地说,脸上没有一丝激动。“那些成绩都是过去的事了,现在坐在草菁菁与你共饮葡萄酒,品尝咖啡是最真实美丽的曼妙时光。”

向文波听得出何子晶是个见过大世面的人,是一位在商场上历练多年优秀的管理精英,一名卓尔不群的高级职业经理人。华世赢商贸公司为了适应快速发展的商贸物流产品服务业，需要接受更多的人才精英加入团队，这是明智的决策。他知道，以他的经济管理专业眼光看，外部选拔和内部晋升同样重要。稳定和流动才是企业的用人和发展企业之道。自己要向何子晶一样稳健、干练，面对工作游刃有余，得到商家和公司的青睐，还需要加强修炼，勤奋钻研业务，苦练内功。当然，何子晶的辛苦、煎熬、勤奋，脆弱、错误、缺点等诸多要素已经成就了她事业的高度，宽广的平台，稳健发展的阶梯。她已经做到了面对问题时坦然，解决问题时灵活和决断，有把握权力的自信，执行工作的智慧与力量。

向文波何子晶两个人像多年交往很深的朋友，谈话交流，心驰神往，心与心没有距离，对视而坐，无言相守，总觉得恰到好处，相得益彰。

四

春节放假，何子晶回外地老家过年。外地的同事订了车票陆陆续续离开，华世赢商贸公司办公大厅里空荡荡的，剩下向文波及三四位同事坚守在工作岗位。大年悄悄来临，年味愈来愈浓。华世赢商贸公司的员工们早已没有心情工作，有的无聊地上网、有的惬意地聊天，有的翻阅着报纸杂志，胡乱地看着消息、新闻，搜索着打折物品的信息。散漫、放松是每个人年关时的心态。向文波是一个静动矛盾一体的人，这段时间由于玻璃屋里新来的财务总监何子晶，使他的情绪高昂兴奋，长期注视电脑工作的神经性疲劳一下子轻松了许多，已经没有了发酸、发胀、发疼、视网膜模糊的感觉，看任何物体都是光鲜明亮。他隔着走廊和玻璃注视何子晶工作的细节、面部表情、微张的嘴唇、如玉一样的牙齿，甚至均匀的呼吸，他仿佛都能听得到。向文波看后满足的笑意一直挂在脸上。生活需要爱，需要热心肠，心存美好，拉近了他与何子晶的距离。向文波经过仔细地思考，在心里设计了某种规划，勾勒了他与何子晶的某种合作蓝图。现在至少在工作上，何子晶给予了向文波鼓励和自信。秀色不但可餐，而且还能润眼；人不是因美丽而可爱，而是可爱产生美丽。说到底异性之间相互取悦，没有心理障碍而滋生的好感，这份好感可以一见钟情，可以经过渐进式的接触而相互认同；还可以经过野性的刺激、驯化，产生一种力量，抑或内在素养唤起的雌雄引力。向文波正在想入非非、得意满面的时候，手机来了信息，是何子晶发来的。向文波迫不及待地打开信息：竹炮响，新年到；冰雪冻，情更浓；波光粼粼，晶莹剔透，是两人。祝你明年更比今年好。向文波看了何子晶的原创祝福短信来了情绪，手指在手机键盘上利索地按动起来：向文波，何子晶；草菁菁，心相近；同事知己，情深意浓；兄弟姐妹，增长情感。祝晶明年感情事业双丰收。接着，他发了过去。三十秒后，何子晶又发回了短信。两个人你来我往，好像玩起了手机信息游戏。

假期的这段日子，向文波和何子晶几乎天天短信联系。向文波好像时时刻刻都被何子晶的丰富、细腻的情感包围着，雄性荷尔蒙的增加，让一个男人身体里的血液流量加速，神经细胞扩张，神经末梢始终处于高度敏感状态。

同事孙海洋过来与向文波调侃聊天。

“向文波，你小子快成红牛了，天天唱呀跳呀，有什么高兴事快给弟兄说说，是不是拿外快了，还是泡漂亮妞了？”孙海洋刻薄地说。

“挣的还是那点钱！泡妞的欲望野心大，胆子还是那么一点点，就是那白天鹅飞得太高远。孙海洋，把你女朋友的闺蜜给我说说吧。”向文波说。

“你提起爱情来，让我回忆，让我伤悲。我步你后尘。前天晚上，我已经被女朋友蹬了蛋！大路朝天，各走一边。”孙海洋说

“为什么呀？你们两个不管怎么说曾经都是患难至爱，马拉松战友吧。”向文波脸上表情诧异地说。

“是呀，刚开始她相中我，形影不离黏着我，因为我能给她买泡面，能陪她一起吃冰激凌，而且我们能租一间小南房，挤在一张单人床上，她都满意地笑个不停。从她妈妈那里要来钱给我买衣服书籍。如今，她对我的事业前景望不到边，她的闺蜜给她介绍了新人选。我们前天晚上正式和平分手，走之前，她给了我最后的温存。”孙海洋说。

“你女朋友对你是有感情的，她是理智的、冷静的，因为你的事业前景跟不上时代发展的步伐。”向文波拍着孙海洋的肩膀说：“兄弟，你应该努力才对呀！”

“是呀，我一直在努力，这个月已经交了房子的首付，我还要每月拿

出700元给在中国传媒大学上学的妹妹作生活费。”孙海洋笑着说，“而我的那个她，飞出我的小南房，钻进别人的油被窝。她的新人选男朋友，可是比她大了整整十五岁，有别墅，开的是宝马5系。这就是差距。感情无法弥补欲望造成的物质金钱的现实和梦幻的心理距离。但愿她的老男友，老当益壮。”

“我懂得你此时的心情。孙海洋，你没有做错。男人需要有骨气，更需要感恩的心，你具备了。不要灰心，将来一定有扶持你的温柔善良的姑娘，在前方等着嫁给你。”向文波说，“缘分是不能强求的。女人是只富贵猫，是富养的。患难夫妻取决于一个女人的善良、忠贞、心志，风雨兼程都不会分道扬镳的、坚贞不移的爱情。”

“我不会强求，现在筑好安居乐业的巢，多给妹妹挣点学杂费，让父母少操心就好了。”孙海洋说，“当然谢谢这个女人走到我身边，谢谢她离开我，让我不断地成长，以至于成熟、沉稳、理智、清醒地看待人世间的情和爱，还有麻木形同虚设的面孔，狐假虎威的世态炎凉。”

“孙海洋，世间还是有许多美好，不要因一时的挫折，把明媚的阳光看成灰色。鼓足干劲，力争上游，祝福你早日觅到心心相印的知心爱人。同时祝福我，因为我和你同命相怜呀。呵呵。下班了，走吧。”向文波笑着说。

向文波孙海洋说笑着走出了办公大厅。

不错，向文波与孙海洋有过一样伤心的初恋境遇。

向文波的初恋女友姜晓君是省城大学不同院系不同班的校友。向文波是经济学院营销策划专业，姜晓君读的是文学新闻学院的播音主持专业，面容姣好、身材修长、端庄大方。姜晓君家在农村，一直在农村上学，高考以651的高分从县城考进省城大学，该所大学全国排名第十三位。姜晓君成了全地市的高考状元，接受了市县电视台“文曲星栏目”的专访和连续报道。

向文波认识姜晓君不是通过别人介绍，而是在学校里各院系组织的大学生辩论赛上。他们都是身兼重任带领各自的团队击败本校数个辩论队，经过激烈竞争角逐脱颖而出，参加学院与学院之间的高层次演讲辩论大赛。巧合的是，代表经济学院的向文波率领的蓝海队与代表文学新闻学院的红英队进入总决赛，蓝海队与红英队就“经济发展是民生优先重要，还是保护环境重要”为题设计演讲方案，严格按照程序展开激烈的辩论。红英队的姜晓君与蓝海队的向文波都是担任开场的第一辩手。关于这次辩论赛，大学组织方还专门从复旦大学、北京大学、厦门大学、中国传媒大学、中国人民大学五所名牌大学请来了演讲与逻辑思维训练方面的教授专家作为演讲辩论裁判。辩论的结果，谁都无法预料，向文波姜晓君被评为本届大学辩论赛的最佳辩手。姜晓君率领的红英队以 9.13:9.10 的微弱优势摘取桂冠，向文波率领的蓝海队屈居第二。两个队激烈的辩论，可以说妙语连珠，观点新颖。立论，论据有力；驳论，立场鲜明。蓝海队和红英队之间的辩论掀起一次次高潮，他们的辩论制造了思维风暴，他们的辩论诞生了许多新语汇、新概念、新思想。姜晓君高举金杯，金光闪闪；向文波高举银杯，星光璀璨。省电视台的领导抑制不住激动，在演讲比赛颁奖现场，厦门大学的教授决定吸收姜晓君为自己门下的硕士研究生。省社科院向向文波抛出了绣球，签订了毕业用人协议书。是英雄惺惺相惜，还是身经百战，相互倾慕；是优胜劣汰的物竞天择，还是才情双美的痴情，两个年轻人竟成了情投意合的好朋友、知心恋人。他们一路杀进决赛，每次都是过关斩将，并且互相交手，各有胜负。他们之间语言的交锋、思维的碰撞，睿智的观点、智慧的思想都搏得了观众雷鸣般的掌声，成了大学院校关注的焦点。

时光荏苒，日月如梭。向文波和姜晓君的四年大学学习生活结束了。人各有志，同学们纷纷走向社会参加工作。向文波和姜晓君搬出学校，过起了在一起租房的日子。向文波没有去社科院上班，因为曾经在两年前辩论赛上找他意向签约的领导调往异地，“县官不如现管”，所以过去的承诺，现任不买账，成了昨日的过眼云烟。向文波去了一家企业做起了营销代表，深入市场前沿去做产品渠道建设和品牌传播工作。姜晓君去省广播电视台当上了采访上镜记者。两个人相互扶持，虽然生活艰辛，爱人在一起却快乐幸福无比。向文波文思泉涌，写了十八万字的长篇小说《与上镜记者同居的日子》，作为生日礼物，在姜晓君许愿的那一刻，向文波把厚厚的一沓书稿递到她的手上。姜晓君对书稿进行了编辑、校对、润色，通过省城晚报的大学同学在副刊上连载，当然小说里的主人公均用了化名。因为这事向文波和姜晓君着实兴奋了一阵子。这篇小说在省城文学界、娱乐界、时尚界刮起了一股清新的都市情感励志文学之风。向文波被评为该家晚报年度优秀副刊作者。

向文波、姜晓君两个人以苦为乐，在各自的工作岗位上做得有声有色。他们懂得在象牙塔里学习，就要凭考试成绩说话；在学生会或者团体组织中做些有意义的事就能制造出明星或焦点效应；离开学校，走向社会，参加工作一切要适应社会现实的角色和游戏规则，工作中的业务能力，团队里的先后次序，无关痛痒的寒暄，把能力提高到专业水平，态度要谦虚谨慎，保持阳光心态，要承受得住压抑煎熬的磨练；等等。其中的滋味不是大学里的唇枪舌剑、舌战群儒就能解决应付的。现实社会的工作、学习和生活需要技巧，更需要修养，关键时刻对自己要有足够的自信、安慰和鼓励。向文波学会了修养和技巧，而姜晓君更多的是专业技术的提高和磨练，因为工作性质的不同，面对广大受众，他们两个人都是阳光善良、积极向上的，所以得到了上司、师傅和贵人的指点。他们的素养、能力和为人处事的能力，在团队里都得到了锻炼和提升。

姜晓君在农村长大，是过惯了朴素日子的人，从来在生活上、物质上没有任何挑剔。作为电视台的出镜记者，穿衣服都是相当廉价的。作为女朋友，两人一起的生活用品、粮油物资都是自己及时买回家，做好可口的饭菜端到桌上。她知道，向文波跑市场非常辛苦，帮他分担压力是对男朋友最大的支持。向文波的工资收入取决于产品的销售情况，不管如何每个月都要节省800 元钱供在上海同济大学上学的妹妹的学杂费用。姜晓君的工资属于政府拨款，省电视台是事业单位，所以工资收入不错，她主动拿出工资提前预付三个月的房租。

夜里，向文波和姜晓君在出租房里挤在一张单人床上，两个人看着窗外挂在空中皎洁的圆圆的月亮，幸福美丽的生活不言而喻。

“晓君，你看，你每天在电视台，电视里那么风光，千家万户的百姓都看你的访谈节目和关注民生的跟踪报道。你是大明星，却跟我住在这样简陋的地方，真是委屈你了。我抓紧挣钱买房子，给你一个自己的家。到那时，你有书房，可以专心致志地写你的新闻稿，策划你的选题。”向文波说。

姜晓君枕在向文波的胸脯上，听着一起一伏的呼吸说：“不许你说这样的话。生活拮据和困难都是暂时的，我们这是人生的开始，只要我们面向太阳，就会有春暖花开，通过我们的努力一切都会改变。缘分是福，平安是福。我要的是我们在一起的幸福、温馨和美好。从见到你的那一刻，我就没有质疑过；从咱俩舌战的那一刻，我就要把你拿下，我们第一，你们第二吧，这不把你拿下了。”姜晓君用手掐着向文波的胳膊说。

“经济社会，人们生活得十分现实，要爱情，还要面包。当今社会人们的生活、工作压力都很大，所以对于每一个人来说，能生活得好，真的不是一件容易的事。我们都来自农村，靠我们自己的双手去改变，靠我们的勤劳和智慧去改变，需要时间，需要跋涉千山万水。你完全可以提高你的生活品质，你没有发现呀，象牙塔和现实的经济社会真的是两码事，我们是幸运的。百分之八十的大学生在就业这道坎上都要经历许多，你可以有更好的选择。我有疑问，我哪一点让你这样执着？”向文波平静地说。

男人是理性的动物，向文波的平静、永远挂在脸上的笑容、与人对话的真诚、开放的心态，曾吸引了许多女生向他表白或用求爱信的方式告诉他，只要他愿意，可以凭借女方父亲的权势和家产，一辈子风风光光地生活，当然他可以按照自己的理想兴趣发展，有强大的后盾事业自然会做得风生水起。

姜晓君明白，向文波完全是为自己好。向文波不会暴富，不会扭转乾坤，只是凭一己之力做合适的工作，拿合适的薪水而已，他不是招摇过市之人，他做事讲原则守法律，担心自己不能给她更好的物质生活，不如让她趁早好自为之。他怕耽误了她的事业发展，未来美好的幸福生活。

姜晓君说：“你的善良、踏实、简单、阳光是我们缘分的土壤和营养，这是我们在一起的缘由，任何有损爱情的话都不要说了。我会守护好我们的爱情，我会忠贞如一，至死不渝。生活是平淡的，是阳光的，我们要面向阳光，汲取能量，建设属于我们的美好的新生活。向文波，你是最棒的！”

向文波听了姜晓君的话，两个人没有了顾虑，激情似火地亲吻起来，月亮含羞地躲在了云彩后面……

五

向文波到省外分公司去做市场调研。在机场候机大厅里,向文波接到姜晓君发来的祝福短信,他经过检票口登上了去上海的航班。飞机经过短暂的起跑加速飞上了飘着悠悠白云的天空。向文波透过舷窗饱览了明平市的全貌,当飞机飞过广播电视台时,向文波下意识地挥了挥手,他知道,他是在向姜晓君挥别,同时也期待着三十天后的团聚。

姜晓君作为解说员在新落成的广播电视大楼里为省领导艾副省长一行视察工作进行讲解。姜晓君亭亭玉立的身姿,姣好的面容,明亮有神的眼睛,睿智的气质,干净清亮的声音,站在领导面前,仔细地讲解,时而严肃,时而动情,一笑一颦,含情脉脉。领导们听得仔细认真。当姜晓君说:我们要感谢农民工兄弟的辛勤劳动和日夜奋战,在保证工程质量的情况下,提前 180 天竣工,为我们明平市的建设工程项目做出了示范。领导们听到满意的讲解不约而同地鼓掌,宽敞明亮的直播间想起了雷鸣般的掌声。

电视台汪台长看到姜晓君的讲解引起了艾副省长一行热烈地鼓掌,心里暗暗佩服:好厉害的姜晓君,给电视台锦上添花,表扬了电视台的成绩,传播了正能量。电视台汪台长原本压抑的表情开始舒缓,稳重地说:“我们的新闻工作者在第一线体察社会动态,倾听民众心声,积极宣传构建和谐社会的国家政策；在新广电大楼的施工建设上，我们注重质量第一，注重时间进度，注重建筑工人的安全和伙食改善、监督跟踪，保证了工程进度和建设质量；当然在施工期间，注重环保和减少噪声污染，禁止扰民，把安民工作放在第一，作为工作的重中之重。”

艾副省长说：“广播电视台领导科学决策，管理有方，在意识形态领域，宣传政策，关注民生和新广播电视大楼的落成都带了头做了示范。刚才这位解说员讲解得清晰、透彻，我们视察调研一定结合今天的实际见闻，写好调研总结材料，予以宣传。”

当艾副省长讲完话，姜晓君第一个鼓起掌来，接着响起雷鸣般的掌声。艾副省长自然注意到了姜晓君，朝姜晓君友好地点头。电视台汪台长看到了这一幕，笑着看着艾副省长和姜晓君。

艾副省长压低声音对电视台汪台长说：“这位记者是？”

电视台汪台长像汇报工作一样说：“姜记者曾经是咱们省大学的最佳辩论赛辩手，带领辩论队参加了新加坡华语辩论大赛。三年前我在辩论赛现场签约了她，现在是‘新闻关注’‘民众心声’栏目的一线外景记者，工作勤奋扎实，是重大选题的策划者；写一手好文章，语言清新明快，思想深刻，她撰写的社论、评论文章充满了正能量，笔杆子相当有功力。”

“我们作为领导应该好好地爱惜培养人才，这样我们才能更好地推进我们各项工作持续、全面、深入开展。”艾副省长说：“优秀的人才应该有更广阔的空间，更大的平台施展才华，贡献聪明才智。只要思想觉悟高，可以逐步参与建言献策方面的工作。”

汪台长听出了艾副省长话里的弦外之音，姜晓君的解说引起了领导的关注，不仅在工作方面，还有她个人方面。

汪台长急忙赔着笑说：“艾副省长，我们以人为本，大力做好培养人才，输送优质人才的工作，做好意识形态领域宣传方面的服务工作。”

“你们在选拔人才方面慧眼识珠，网罗人才、用好人才、扩大广播电视事业的影响力，为国家、社会和人民服务，这个案例回去一定让秘书处写进调研材料，这是一个亮点。”艾副省长对汪台长说。

艾副省长给电视台汪台长打来电话,要看一下姜晓君的简历材料。汪台长正在召开广播电视总结会议。姜晓君作为秘书处人员参加了会议,汪台长在会上特别地表扬了姜晓君。可以看出,他是在快速地打造和提升姜晓君的影响力。散会后,姜晓君回到了工作间准备下一步工作的采访提纲。

"丁零零……"姜晓君拿起电话说:"您好。"

"姜记者,我是汪台长,请来我办公室一趟。"汪台长电话里礼貌地说。

"好的,汪台长。"姜晓君回答说。

姜晓君站起来拢了头发,转身走了出去。她来到台长办公室门外,轻轻地敲门。

汪台长的声音从里面传出话来:"请进。"

姜晓君推门走了进去,说:"汪台长,您好。您有事吩咐?"

"姜记者,请坐。"汪台长站起来招呼姜晓君坐到沙发上。

"台长,您说吧,我站着听您吩咐就是了。"姜晓君礼貌地说。

"坐吧,就几分钟。"汪台长热情地招呼着姜晓君。

姜晓君轻轻地坐到沙发上。

"姜记者,上午艾副省长一行来视察工作,表扬了咱们广播电视台工作取得的一系列成绩,希望我们电视台再接再厉,继续发扬优良作风,做好省里各系统的示范和楷模引领作用。"汪台长说。

姜晓君听着汪台长的话语,这哪里是在布置工作,纯属是在汇报工作。姜晓君觉得汪台长对自己的态度有些异常。

姜晓君拘谨地笑笑说:"汪台长,您给我们布置的工作是?"

"姜记者,晓君,你听我把话说完。"汪台长站起来说:"艾副省长今天特别地表扬了你,讲解专业、大气。你工作勤勉认真,成绩优秀,各方面条件不错,我听艾副省长话里的意思,以后你可以参政议政,还可以积极建言献策,发挥聪明才智,积极贡献力量。晓君,你是咱们广播电台的骄傲呀。在省委、省政府领导下,我们在广播电视战线上,科学规划,做好全省广播电视事业的排头兵,起到引领和示范作用。经领导们研究,准备把你调到新闻办公室工作,任办公室副主任,过上半年,业务熟悉了任命你为办公室主任。"

姜晓君听出了汪台长找她谈话其中的原委,调任她负责其他部室开展工作。“汪台长,我只是一个刚毕业的大学生,实在承受不起。我需要时间磨练,需要实践提高业务素养,把四年大学课程和采访工作做好紧密结合,为电视台为社会大众服务。”姜晓君彬彬有礼地说。

“晓君,你说得不错,你是艾副省长重视的优秀人才,你在今天的讲解中,已经展现了你的专业水平;在平时的工作中,我能看出来,你业务素质过硬,工作踏实,恪尽职守,有责任心。”汪台长说。

“汪台长,我作为讲解员与艾副省长仅一面之缘,他怎么知道我的工作能力呀?再说,眼下,我只想踏踏实实地当我的记者。”姜晓君说。

“艾副省长从事政府管理工作几十年,可以说身经百战,经验丰富,眼睛雪亮,现在在常务副省长的位置上,阅人无数呀。艾副省长今天告诉我,做好人才工作,一定做到以人为本,一定要全方位考验提拔优秀合格人才充实到社会管理工作的队伍中。”汪台长说。

姜晓君觉得汪台长突然找自己谈话,工作上关照,完全超乎自己的预料,总是觉得今天的谈话有些异样。她说:“汪台长治台有方,电视台创新工作成绩突出。感谢台里的老师们对我指点教育,让我实现了从书本到业务的过渡,已经能够在面对镜头时,把了解的信息快速地进行语言整合,传递到社会大众面前。我已经考了硕士研究生,正在等录取通知。”

“晓君,你就是这样坚持、勤奋,希望你继续发挥优势,提升业务素质,做好新闻采访工作,传达国家政策,倾听民众心声,为政府提供好社会管理的决策和建议。”汪台长说:“你整理一份详细的简历,明天给我。”

“汪台长,其他人都上交简历吗?”姜晓君疑惑地问。

汪台长听出姜晓君是一位性格直爽,认真有余,喜欢较真的女记者,不能过于直白地说出太多艾副省长的意思,怕姜晓君一时接受不了,惹得鸡飞蛋打。

“你们新进的这批记者要上交的。你让曹主任来我办公室,我让她通知下去,现在让你去通知各部门不太妥当。晓君,没事了,你可以回去准备你的简历材料;加强业务本领,不断提高业务水平。”汪台长笑着说。

“谢谢汪台长的指点。好的,我回去马上整理简历。”姜晓君说。

姜晓君觉得来到汪台长办公室,近半个小时的谈话,简直搞得一头雾水,总觉得汪台长像是在向自己汇报工作,觉得自己就是他的顶头上司。姜晓君走出台长办公室,轻轻地掩上房门。在走廊里,姜晓君遇到曹主任,点头示意。她听到了曹主任轻轻敲响了汪台长的办公室门的声音。汪台长绕了几圈子就是要自己整理一份简历。

姜晓君回到桌位上，打开电脑把原来的简历粘到桌面 Word 文档里做了删减,添加了来广播电视台工作的履历。

“姜记者,刚才汪台长通知让新来的人员上交简历,那就辛苦你了。”未见其人,先闻其声。曹主任笑着走进了姜晓君的办公室,一副热情和体贴地说:“刚才汪台长表扬你工作认真,恪尽职守,将来有很好的发展前途,到时候别忘了我们这些老姐妹呀。”

曹主任来到姜晓君面前,姜晓君礼貌地站起来笑着说:“曹主任,您坐。我刚走出校门,工作上需要您多指点。”

“姜记者,您是高材生,汪台长十分器重您,一定有好的发展,需要我帮忙,您尽管说话。我还要去告诉那几位记者,我先走了。”曹主任说。

“谢谢您,曹主任。您打个电话通知一下不就行了吗。”姜晓君说。

“汪台长说了,领导干部必须密切联系群众,这是我的工作,应该的。”曹主任说着迈出了姜晓君办公室的门。

姜晓君送了出去。走廊里传出了曹主任爽朗亲切的笑声。姜晓君欲转身时,曹主任喊过话来说:“姜记者,明天上班后发给我,我还要上报给领导。”

“谢谢曹主任,明天上午九点前发给您。”姜晓君笑着说。

姜晓君回到办公桌前,快速地检查了两遍简历。她站起来走到窗前,俯瞰明平市,整个城市被阳光罩上了一层金色。

曹主任拿着一叠简历材料走进汪台长的办公室，轻轻地递到汪台长面前。

汪台长说:“景泰蓝、金翠柳、花岗岩、肖栓家、黄国书、周部署收集上来了。”

汪台长接过简历材料翻阅起来。

“汪台长，他们的收集上来了。”曹主任说。

“王一全、郝大雅、冯二马、郑中涌、贾高峰，他们的有吗？”汪台长说。

“汪台长，一共十二份，全都收齐了。”曹主任说。

汪台长看着曹主任说：“刚才我说了十一个人，还差一个，想一想是谁呢？”

汪台长重新说了一遍，他看了一眼曹主任，四十岁的曹主任乱了眼神，笑着说：“汪台长，数一下份数就知道了。电子版的简历材料，我已经发到您的电子信箱。”

“我是好记性，从事笔杆子工作二十多年，好，想起来了，是姜晓君姜记者。”汪台长眼前一亮说，“曹主任，刚才我没有说到她吧。”

曹主任脸上飞上欣喜和激动，笑着说：“汪台长，好记性。昨天，我第一个通知的姜记者。这十二名记者的顺序，汪台长今天说的与昨天说的颠倒了顺序，都怪我没有提醒汪台长。”曹主任笑着一本正经地说。

“曹主任，你做我的办公室主任，不愧跟我这么多年，你算是读懂我了，默契呀。”汪台长看了一眼曹主任说。

“不敢，还需要汪台长指点。”曹主任故意扭了扭腰肢。

汪台长没有看到曹主任得意洋洋的、故意做的动作，低下头去看起了每个人的材料，最后一个是姜晓君的个人简历。他把姜晓君的放到最上面，仔细地浏览起来。

“曹主任，没事了。”汪台长没有抬头，目不转睛地盯着姜晓君的简历材料说。

曹主任说：“汪台长有事打电话，小曹抓紧办理。”

曹主任走出了汪台长的办公室，轻轻地掩上房门。

汪台长听到关门的声音，抬头下意识地朝办公室门看了看，看完姜晓君的简历材料，他又翻看了两个材料，然后查收了电子信箱里的简历材料。

汪台长抓起电话拨通了号码，对方接起了电话。

“喂，你好。”电话里说。

“艾副省长，您好。我是汪利来。”汪台长忙赔着笑说。

“小汪，我马上有个会议，抓紧说，一分钟时间。”电话里艾副省长说。

“艾副省长，我已经给姜晓君做了思想工作，档案材料发到了您的电子信箱，您抽空查阅。姜晓君还是小孩子，需要慢慢培养。”汪台长说。

“我知道了，你尽可能做好工作就是了，我去开会了。”艾副省长说完挂了电话。

汪台长的工作得到了艾副省长的肯定，心里马上放松下来，嘴里不由自主地哼唱起了最近十分流行的歌曲《小苹果》。他点着一根烟抽起来，吐出了一个个飘逸悠闲的烟圈，四个连环并排的烟圈缓缓地拉长飘向高处，四缕阳光穿过烟圈照在洁白的墙上，反射出彩色的光晕。

六

飞机经过两个多小时的飞行，开始从蓝蓝的高空向云层沉降。空姐说马上到上海虹桥机场，向文波扭头向舷窗外俯瞰，上海大都市的景象尽收眼底，城隍庙、外滩、南京路、上海明珠电视塔等标志性建筑彰显着国际大都市的现代、发达、繁华的景象。

向文波对上海一点都不陌生，他认为这里是他的福地。向文波想起第一次来上海时的情景，由他发起的同省城的八所大学的学生会组成 31 人的交流团访问了同济大学、上海交通大学、复旦大学。向文波为参加新加坡大学生辩论赛，独身一人专程来复旦大学拜师学艺，学习演讲与口才，让自己的语言思辨达到一个新高度。因为辩论赛的缘故，向文波和姜晓君成了志同道合的好朋友，两个人结伴走访了上海外国语学院、同济大学、上海戏剧学院，拜访了老师和同学。上班后，向文波作为丰盈宝饲料公司的业务代表派往上海分公司建设开拓上海、江苏、浙江和福建等地区的市场。向文波对上海感受颇深，大都市让他变得勤奋，坚毅，有前瞻性。他觉得上海和南方的经济发达的地方培养了他的务实态度，勇往直前精神。他用国际化的视野审视世界变迁，经济的快速发展；用富于逻辑和流程化的思维思考问题和解决问题。向文波以吃苦耐劳的性格著称，他跑遍了三省一市的五十多个城市，拜访了生意场上的名人，结交了朋友，发展了众多客户。向文波经过两年时间，把沪、苏、浙、闽市场做成了丰盈宝除原产地之外的第二大饲料产品销售市场。向文波以自己的勤奋和担当创造了不俗的业绩，连续六个月获得了销售冠军称号。

向文波作为丰盈宝饲料公司优秀的业务代表，让上海分公司的吉小象总经理对他刮目相看，让丰盈宝饲料公司的朱育才老总大为吃惊。在年会上，朱育才总经理告诉上海分公司的吉小象总经理说："把你们的向文波留下来担任总公司的品牌策划，根据丰盈宝饲料的五年战略规划，丰盈宝品牌要突破现有瓶颈，要发展壮大更大的事业，需要有能力的人到更大的平台施展才华，为丰盈宝公司的发展做出更大的贡献。"

吉小象不愿意让向文波到总公司任职，想把他继续留在自己的上海分公司创造业绩。他支支吾吾地找出借口说："沪、苏、浙、闽都是向文波管辖的地盘，他拍屁股走人，客户会撤销合约的。"

朱育才总经理劈头盖脸地数落起吉小象："吉小象，我都要给你跪下了，你太不懂事了。公司是谁的？你好好地给我回答！"

"公司是朱总的。"吉小象一看朱育才来了脾气，赔着笑谨慎地说。

"那就对了。是我这个'猪'(朱)的个头大，还是你这个'鸡'(吉)的个头大？"朱育才严肃幽默地说。

"当然是'猪'(朱)的个头大。"吉小象回答说。

"那为什么不听从我的吩咐，还给领导拉更较劲。"朱育才总经理说。

"朱总，我这个'小鸡'(吉)没有你'猪'(朱)的个头大，可是我后面有个象呀，你说谁大谁小？"吉小象说。

"好小子，吉小象，你是和我说相声吗，那我就给你抬到底。"朱育才总经理说。"你说，是才大，还是象大？"

"朱总，从文化学的角度讲，还是才大，那我甘拜下风。"吉小象笑着说。

"吉总，你就不要狡辩了。把向文波给我调到总部来，是从企业发展的大局出发，是从统筹兼顾的工作角度考虑问题。我们应该要做到以人为本，育才是关键，让有能力的人到更大的平台发挥更大的本领，为企业做更多的事，推动企业全面发展；再者，你还要培养更多优秀的业务人员，做好人才梯队的建设工作，凝聚团队，开拓更大的市场，创造更多的效益。你是一个有能力、有水平的高级职业经理人。你拉班子带队伍，执行力强，善打硬仗，勇于开拓。当初我面试你，就看到了你良好的业务素质和能力水平；在市场营销方面快速的反应能力，超强的渠道建设，排兵布阵的竞争优势。眼下，公司需要你用更大的信心和实战的管理办法凝聚团队，把市场做深、做精、做细，公司要逐渐做大做强。集团人力资源部已经制定了新的用人政策，销售业绩和育才管理纳入考核分公司领导的管理流程体系。你是聪明人，下一步你的业绩连续第一，擢升你为营销公司总经理。现在，你的眼界和大局观还需要修炼。记住，关心员工，培养人才，团队建设，科技研发、网络布局是我们丰盈宝公司实现稳健、高效和持续发展的根本保证。”

向文波在朱育才总经理办公室里，亲眼看到自己的领导吉小象和公司总经理朱育才为争到自己，口水功夫都发挥到了极致。向文波尴尬地站到一边不知道如何是好，但是他的心里充满快乐，自己的业绩得到了高层领导的认可。在朱总的开导下，吉小象终于甘拜下风，决定放人，让向文波到总部从事丰盈宝集团公司的品牌总监工作。

吉小象转过脸来说：“向文波，刚才你都看到了，我和朱总都当你是人才。呵呵，向文波，你就是名副其实的人才。今天，我推荐你到朱总手下负责整个丰盈宝饲料集团公司的品牌策划工作，你要担大任，负大责，做大事，创佳绩。当然，沪、苏、浙、闽地区的一些工作还要多贡献你的聪明才智呀。在这里给朱总表个态。”

向文波在两个东家面前，真不知道如何表态，深了不行，浅了不中，他认真地说：“谢谢朱总、吉总的厚爱，不管咱在哪个岗位上，我向文波都要恪尽职守，勇于奉献。”

朱育才哈哈大笑起来说：“这小子真会说话，谁也没有得罪，与没有说差不多。吉总，你说是不是呀？”

“向文波，你告诉朱总，平台大了，贡献多了，薪水可要提高呀。呵呵，是吧？朱总。”吉小象对朱总说。

“吉总，这才是爱护人才，我赞同，人力资源部对向文波的薪资表已经做了调整，你看，我在上面已经签字。”朱育才说着把向文波的调令调资单放到了吉小象面前。“吉总，签字吧。”

“朱总早有预谋，向文波，你看朱总厉害吧。”吉小象说。

吉小象接过调令通知书，在上面原领导签字栏位置签上了自己的名字。

吉小象把调令单和笔递给向文波。向文波在上面签上了自己的名字，他清楚地看到薪资栏，好家伙，着实吓了他一跳，每个月工资涨了五千元，总工资已经达到两万五千元。

向文波浮想联翩，他觉得工作虽然辛苦，但不是痛苦，领导的赏识和爱护，使得他在工作中加倍努力，熬夜写策划书和走访客户，他心中却充满了愉悦和幸福。在丰盈宝公司的平台上，他的全局观和统筹规划能力得到了全面提升。

飞机在虹桥机场低空盘旋后，在滑道上划过长长的距离后缓缓地降落在停机坪上。向文波收起快乐回忆的胶卷，站起身从行李架上取下了行李。

向文波拉着行李箱走出来，上海公司已经派人高举写着向文波名字的接站牌等候多时了。一个姑娘左顾右盼地往里面看着。这个姑娘不认识向文波，但是向文波看清楚了，接站牌上写着自己的名字和丰盈宝上海分公司的字样。向文波在举牌子的姑娘身后停了下来。姑娘真是高个头，看上去是打排球的材料，足足高过向文波三十厘米。向文波在姑娘的侧面目测了一下，自己的眉心还不及姑娘的上胳膊。倘若两个人正面比试的话，他的个头还不及姑娘的胸脯。向文波自嘲地笑起来。

向文波抬手拉扯着姑娘高举牌子的胳膊，姑娘好像没有察觉到别人的打扰，身体前倾，目不转睛地向前盯着。向文波看着无动于衷的姑娘，心里又是一阵子偷笑。他踮起脚尖，伸直胳膊，幽默地去抓那个牌子。举牌子的姑娘好像意识到了什么，不耐烦地说了一句：“小朋友，不要在这里瞎胡闹，我是来接人的，一边玩去。”

向文波听得出，这是一个南方姑娘，说话柔声细语，对自己说话竟好像哄着小朋友的样子。

“你是上海丰盈宝分公司,吉总派你来的吗？”向文波说。

姑娘放低了高举的牌子,转过脸来说:“是呀,我是来接总公司的向先生。”

“那就对了。你叫什么名字呀？你是丰盈宝公司上海分公司的？”向文波说。

“我叫高小草,丰盈宝上海分公司的。”姑娘边说边打起了手机。

这时,向文波的手机响了起来。他礼貌地对高小芳说:“不好意思,我接个电话。”

向文波转过身走了五步远的地方接通电话:“喂,你好,你是哪位？”

“您好,您是向经理吗？我是来接站的高小草,您在什么地方？我在接站口等候。”电话里传来高个子女生高小草的声音。

“高小姐,你好,举牌子的高个子女生是你吗？”向文波在手机里逗着见面不相识的高小草说。

“向总经理,您看到我了,我还没有看到您。”高小草说。

“我马上就见到你,只有几步之遥。”向文波笑着转过身来说:“看到我了吗？你叫小朋友的那个人就是你要接的向文波。”

向文波拉着行李箱走过来,走到高小草面前,挂了手机。

“您就是向总经理呀？逗我傻大个没有心眼,耍得我好辛苦。”高小草兴奋地说。

“谢谢你来接我。我抓了两次牌子,你都无动于衷,敷衍了事叫我小朋友,肯定没有进入你的视野。”向文波幽默地说。

“吉总和上海分公司的同事们经常提起你,我对您早已耳熟于心,但没有想到咱们俩的见面充满了戏剧性。但是我一直认为向总经理一定高大上吧。向总经理真幽默。”高小草说。

“我干的策划工作高大上,但是我做人比较低调,呵呵。”向文波风趣地说。

“向总经理,走吧,来,我替您拉上行李。车在外面。”高小草说。

高小草弯腰从向文波手里接过行李箱,拉着行李向外面走去。向文波平时是一个急性子,走起路来快似急雨。现在他跟在高小草的后面简直是兔子与长颈鹿同行,一溜小跑。因为高小草的一步胜过向文波的两步。让向文波感觉好笑的是,自己好像旅行刚刚归来,像个娃娃一样跟在大人后面。高小草有时停下来扭头等着向文波。

"向总经理与我走路不大习惯吧。"高小草说。

"没关系,这很好,上海国际大都市快节奏的高速发展步伐我已经习惯了。呵呵。"向文波笑着说。

"车到了。"高小草对向文波说。

高小草捏了手中的遥控器,宝马 SUV 屁股上的灯闪了两下,后备厢缓缓升起。高小草按下行李箱的拉杆轻轻地放进后备厢里,利索地落下宝马后备厢盖。

"向经理坐后排吧,我给你开车,咱们走南京路,经豫园—外滩—陈毅雕像—上海明珠电视塔—浦东经济开发区—自贸区。"高小草说。

高小草启动马达,一个旋风倒车。高小草的车技不错,马上摆正,掉头,宝马车驶出机场,像风一样疾驶在外高桥的高速路上。

"向总经理累了吧?可以闭眼睡一会儿。"高小草礼貌地说。

"有高小姐大美女陪着,我没有一丝困意,正在欣赏你的车技,体会你的驾驶乐趣。"向文波幽默地说。

"让向总经理见笑了。我加入上海神行宝马俱乐部两年,车技还差得远,现在达到了玩车艺术的 7.5 级,还需要多多训练。向总经理玩到几级呀?"高小草戴着墨镜,悠哉地旋转着方向盘,爽朗地说。

"你是高手,坦诚地说,我对车一窍不通。"向文波说。

"没有关系,向总经理准备在上海待多长时间?我可以教您。"高小草说。

"在上海一个星期,日程排满了,时间紧任务重,还要去杭州—宁波—绍兴—福州—漳州—厦门等地。"向文波说。

"没有关系,以后有时间来上海随时找我。"高小草爽朗地说。

"请问你在上海丰盈宝负责哪块业务呀?"向文波书归正传,问驾车美女。

"接您的班,上海分公司的产品策划、渠道建设和品牌传播工作。"高小草说。

“你给我说一下，上海分公司今年的品牌建设和产品发布计划，还有初步开展工作的进展情况。”向文波说。

高小草从产品渠道建设、媒体发布、网络营销、重大活动赞助、客户关系维护、重大采购客户合同签订、公益活动参与等方面一一向向文波做了汇报。她从产品的市场投放、开辟县级市场，寻求代言等方面提出了实施计划，准备上报到总公司。

高小草笑着说：“向总经理来到上海，可以现场办公审批签字了。今年要比去年扩大 30%的市场，销售产品提高到 30%，回款率争取 97%，经济效益达到 391.2 亿元。”

向文波听了高个子姑娘关于品牌策划的规划和执行情况， 面无声色，心里暗暗佩服高小草是一个专家型的策划人才，一定科班出身。此时，向文波对开宝马车的高小草产生了好奇和极大的关注。

“高小姐原来从事什么工作呀？对产品品牌树立、传播，市场调研颇为专业。”向文波平静地说。

“向总经理，我是中央美术学院美术专业毕业。由于我爱好文艺，后来到上海戏剧学院表演系进修学习，一次服装表演赛上顺利地通过选拔进入了上海华文服饰模特公司。有美术功底，又补了经济管理的课程，在一家外资企业市场策划部工作。五年海外工作的经历，回国后应聘到丰盈宝上海分公司公司，吉总免试录取，我还以为丰盈宝是女性用品，或者男性用品呢。呵呵，原来是一家饲料公司。平台够大，薪水够高，所以我就来了。不到两星期的时间就来机场接大名鼎鼎的向文波总策划，怀有好大的兴致看看我的前任。”大个美女高小草轻快地说。

“高小姐策划专业，眼界开阔，创意思路新奇，思维活跃，是难得的企业策划人才。我们互相学习，你的理念足够先进，我的思路需要你多补充。”向文波谦虚地说。

“向总经理，请不要叫我高小姐，叫我小草，或者妹妹就好。在丰盈宝公司，您是领导，是大哥，您的骄人业绩至今还挂在墙上，成为了全公司业绩突破和跨越的标杆。要实现突破和超越，先要遵循学习，在您的指导下才能迎头赶上。”高小草说。

“好的。大家都一样，在平台上好好做事，相互学习，相互鼓励 。”向文波平静地说。

向文波觉得高小草是一个阳光、简单的女孩子，纯净，爽快，不亢不卑，说话坦诚，掷地有声。

宝马车的方向盘随着高架桥的回旋，在高小草的手里转出了花儿。阳光西下，宝马车拉出长长的影子。前面就要进入南京路，接着是外滩路，上海最著名的标志性建筑尽收眼底。另一面是具有吞吐之势的黄浦江，大轮船满载着客人，或者集装箱货物，进进出出。国际大上海的胸襟在黄浦江口一览无余。

“你看，上海滩广场上聚集了好多人。向总经理回到总部见过吉总后，我带您来外滩广场看明星演唱会。当今中国最著名的演艺明星，还有港台，韩国的，北美、欧洲的。今晚的演出，可以说是上海有史以来规模最大的一次国际明星演唱会。上海由国际开放的经济作支撑，我们都学过经济基础决定上层建筑。上海毕竟在经济、文化等创新发展、研究方面代表国家形象，市委市政府在开放区域经济贸易像飞机引擎一样高速运转，在国际化的舞台上尽显马达威力，让西方国家感受到中国经济发展和现代化的文明。上海作为全球国际化的大都市，其引领和包容性就在这里。”高小草说。

“高小姐颇有见地。我自小就五音不全，从不 K 歌，对明星大腕也从不崇拜。我依稀记得音乐课上，老师让我和另一个同学学公鸡叫。那时，我是一个胆小害羞的孩子，我的同学不但公鸡叫学得很像，而且学灰喜鹊、百灵鸟、麻雀的叫法都十分逼真，学狗叫、羊叫都是惟妙惟肖。我被老师撵到了教室外面，我那个同学到外面嘲笑我。从此以后，我受到了惊吓，对什么激动人心的事都唱不出来了。呵呵。我的经历让我如何爱上明星大腕演唱会呀！”向文波调侃幽默地对高小草说。

高小草听了哈哈大笑起来，说：“在你幼小的心灵里有了创伤，真是悲哀呀。那您有没有比那个学鸟叫的同学有优势的方面呀？总归不能自卑一辈子吧。”

“那肯定有,他不是爱学鸟叫、动物叫吗,我能考高分呀,会作难题呀。他就会跟着他爷爷的屁股提笼架鸟,学习一塌糊涂。作业抄我的,考试也抄我的。他嘲笑我一次,我可以让他道歉十次。他在学习上很自卑,所以对我百依百顺。老师发现他学习十分糟糕,考试分数还特别高,所以老师按照高矮个排了桌位,我们两个不是同桌了。后来,我记得他上到小学四年级就辍学了,跟着他爷爷干农活去了。”向文波说。

高小草说:“后来,他成了闰土,您成了鲁迅。您一点都不自卑,您是一个很会讲故事的人。”

前面的轿车像游蛇一样排起了长队,而且比乌龟爬得还慢。

“这是大城市的通病,人满为患,交通瘫痪,所以要多一些耐心呀。”高小草说。

“人在旅途,我已经习惯了。”向文波说。

高小草开着宝马车随着蚁行的车流接近外滩广场, 广场的喇叭里喊起来:“请大家遵守秩序,请大家维护公共环境,请大家少安毋躁,人多一定注意安全。”

华灯初放,明珠电视塔,黄浦江沿岸,雄伟的高大建筑物顶天立地,彩灯四射;外滩广场,镭射灯照射得如白昼一样。外滩三个方向步行的人流往外滩广场像潮水般涌入。

广场发出噼里啪啦的声音,顿时乱作一团,听不清发生了什么。这时喇叭里喊起来:“注意秩序,安全安全。”前面的车流里面喊出话来,说是发生了踩踏事故,请司机调转方向。这时交警过来维持秩序。步行的人流,像江河里倒游的鱼群转身向后迅速撤离,广场上人声鼎沸。

一大队武警官兵迅速赶到,经过向文波面前,其中一部分前往广场救援,一部分指挥车队迅速掉头、撤离。

“高小姐,我从这里下车,你调转车头,找合适的地方停车,或者回公司总部即可。今晚外滩明星演唱会看样子要展开救援行动。我从这里下车,我是服务志愿者,我要过去看看情况,并且参加救援服务。”向文波对高小草说。

“向经理,我是来接您的,我回去如何向吉总交代呀?”高小草似乎左右为难地说。

“高小姐,救人要紧,你看救护车赶到了,武警官兵赶到了,他们都在疏散人流。你要注意安全。就这样,我下车了。你一定替我保密,不要把这事告诉吉总。”向文波严肃地说。

向文波脱掉西装,摘掉领带,从包里掏出了爱心志愿者的牌子挂到脖颈里,迅速下车关上车门,叮嘱高小草安全第一。向文波神速地跑向广场。

向文波向参加救援的武警官兵说明来意。武警领导拒绝向文波的要求说:“我们有的是力量,怕你越帮越乱,你最好离开这里。到时候,我们救你会浪费我们的救援资源,不要添乱,抓紧离开。”

向文波大声地说:“我是一名爱心服务志愿者,你看,我的牌子,不是骗你的。我的身体十分健壮,我曾接受过严格的自救、救护他人的严格训练,参与了全国 30 多个城市 120 多次救援活动。”

警官看过他的志愿者牌子说:“那就抓紧与我们一起参加救援吧。”

向文波跟着武警战士投入了救援行动。维持秩序,保护弱者,抬担架、背伤者、抱孩子,以最快的速度、最高的效率做出更多的事情。他像一个勇士,果敢地冲在最前面。他敏捷的步伐,矫健的身姿,坚毅的面容,干练的救人动作, 以及安抚人心温暖的喊话都被现场的人员、摄像记者和实地记者看到。记者们内心里涌起暖流般的感动,有的录像,有的按动快门,有的做了现场纪实报道。

四个小时过去了,救援结束。暗夜像海水一样无边无际地漫过来,上海外滩广场恢复往日的平静,广场上没有了欣赏夜景的人们,变得异常的安静。黄浦江口轮船出出进进发出刺耳的汽笛声,时常划破浩瀚深邃的夜空。

向文波站在陈毅雕像的下面,注视着这位伟人。这时,他的手机响起来。

“向总经理,您在哪儿?”电话里传来高小草的声音。

“高小姐,你休息吧,明天公司见。”向文波看看腕上的手表,已是凌晨一点一刻。

“向总经理,您告诉我,您现在的具体位置告诉我,我去接您。我在外滩不远的停车场,一直等候您。"高小草说。

向文波听后心里充满温馨和感动，一面之见的女孩居然还在等候着自己。她嘴角微微蠕动了一下说:"我在陈毅前辈的雕像下面,好,我等你。"

向文波没有了困倦,没有了饥饿,浑身充满了无限力量,步履坚实地走上黄浦江岸边的平台,双手扶栏杆望着江中的轮船,时而远眺对面的明珠电视塔。此时,他觉得好像有了音乐的灵感,上海外滩午夜的风,从他的脸庞轻轻拂过,他的呼吸弹奏着微风像弹奏一曲符合他心境原创的"上海滩午夜的风"轻音乐一样,平静而静谧。

向文波觉得后面有人轻轻地拥着他。他没有回头去看,一件衣服披在了他的身上。向文波轻轻地拉了一下衣服,触碰了一只纤细柔软的手指。

"高小姐,这么晚了,你怎么还不回家呀?"向文波说。

"向总经理,第一次见您让我好感动。您的善良、博爱的气象,见到您的那一刻,我已经有所感觉了。人与人之间的不同,不因身外,但又因身外,因为身外的行为。我要给您画一个像。"小草说。

"高小姐,别,我只是遇到做了一件力所能及的事而已。你快点回家吧。"向文波说。

小草的手机响起来,她接起电话说:"爸爸,今夜我不回去了,去我的工作室住吧。"

"小草,你该回去了,不要回去太晚。"小草的爸爸挂心地说。

"知道了,爸爸,晚安。"小草说着挂了电话。

"你看,因为我,耽误了你与家人的团聚,时间已经到凌晨,家长能不挂心吗。你是一个女孩子。"向文波歉疚地说。

"向哥,说哪去了。对了,您还没有吃东西,走,附近有家快餐店。"高小草说。

向文波坐上高小草的车到了一家快餐店。

夜是大自然的形态。年轻人的生活、工作不分白天黑夜,条件只有一个,那就是身体健康,血液里流淌着激情。

高小草开着宝马车风驰电掣般穿过数条大街，来到上海郊外一片别墅区,溪水缓流,菜地包围,蛙鸣清脆,油蛉浅吟,蝈蝈低唱。

小草拿起一个遥控器,电动大门缓缓开启,宝马车开进院里。大门自动关闭上锁。两个人下车后,小草开门启动灯光。

“这是我的工作室,让您参观参观。”小草说,“这一间108平方米,是我的画室,今天路上告诉你了,我是中央美院的高材生,不是因为我姓高。您看,这些画,有素描,写意,咱们国内的画派我就不说了,还有西方画派的意识流。我为此还专门去了两趟法国的卢浮宫、巴黎圣母院;去了俄罗斯,俄罗斯的画派在世界上独树一帜,对中国影响甚大;中欧和北欧的画风,在西方绘画史上,有着独特的地位,都是其文化底蕴决定了艺术风格、艺术流派、艺术形式以及绘画表达的方式。当然咱们中国的绘画技艺和文化积淀,历来都是西方国家审美意象画师、艺术评论家研究的课题,关键是与众不同的丰厚的文化理念和意蕴表达。”

小草在向文波面前侃侃而谈,没有遮掩,没有世俗,没有娇媚,没有艳羡,像一个透明的宝石一样闪闪发光。

“高小姐,你这是在对牛弹琴。”向文波笑着说。

“没有,人生就是一次长长的旅行。在旅行途中,就会遇到无数的人,在所遇到的人流中,许多人都是过客,没有印记,也许过了今天,明天就会忘记。但是我愿意与向经理分享我的经历。”高小草说:“跟我来。”

向文波跟着高小草上了二楼,来到西面一间房子。高小草推开房门,按动开关,屋内摆满了各种乐器。

小草说:“我是上海金凯悦重金属乐队的一名架子鼓手。当然,笛子、箫、钢琴都能应付。上海外滩的国际明星演唱会,有我们团队的五名成员。我加入丰盈宝饲料公司后,这些都成业余爱好了。”

“高小姐,你太让我佩服了,用才华四溢都不能确切形容,而才华横溢,一个横字,比较形象妥帖,科学合理。我们乡下人比不了呀,谈到音乐艺术,你让我更加自卑了。路上我给你说了吧,自从一年级学公鸡叫,当时被老师撵出教室后就有阴影了。呵呵。”向文波笑着说。

“您是一个乐观的人,热爱生活,策划师都是美的发现者,美的塑造者,美的眼睛、美的心灵，您的工作决定了您的素养，您的低调和谦逊更加绽放你的美丽的心灵。”高小草说。

向文波觉得眼前的这个上海女孩有着良好的思想品德和人格素养，较为完善纯粹的文化艺术造诣。他认为，一个人的人品跟金钱没有太大的关系，但是一个人灵魂里的本质决定一个人的修养；后天的学习和对心灵的修炼是需要不断进化的，像一块璞玉，纯粹再加上雕琢，思想内涵和文化审美才能达到一定的高度。高小草就是睿智、简单、美丽的女孩。

“高小姐，由于工作的原因，我平时阅读一些文学及艺术审美方面的书籍，所以有时有感而发写一点外行的感受，或者类似的评论。但在绘画和音乐方面，我应该老老实实地听你的见解，分享你的故事。你尽管说，我会认真地聆听，这对我应该是心灵的淘洗和教育，能产生更多的感悟。”向文波说。

“谢谢您对我的认可。一句话，您已经把我征服，您的敦厚、博爱、善良、责任、担当、气度综合了一个男人应该具备的优秀品质。应该说，我对您了解不多，也不需要太多，一切都已经证明，您让我钦佩。”高小草说。

“没有，我已经养成了习惯，只是一个服务志愿者该做的事习惯做的事而已。”向文波平静地说。

“你说得很好，我所接受的学校教育和各种业务素质教育，确实比农村的孩子好许多；我已经开始为农村的孩子进行捐款，捐物和捐书籍，成立了爱心支边服务队，每年开展两次支边服务活动。”高小草说。

向文波和高小草一南一北两个年轻人，皆因为对方的博爱善良而相遇。今夜无人入眠。他们没有倦意，各抒己见，相谈甚欢，一直到东方露出鱼肚白。向文波换好衣服，两个人驱车赶往丰盈宝上海分公司。

七

“姜记者,刚刚接到119新闻处打来的电话说,飞度商业大厦发生火灾,现在我们马上出发。”摄像记者急冲冲过来喊着姜晓君。“抓紧带上报道采访用的麦克等物品材料。”

“好的,我带上东西马上下楼。”姜晓君从座位上站起来,拉开采访包检查了一下,穿上夹克衫向走廊跑去。

走廊里的记者和工作人员纷纷给姜晓君让开道。开电梯的阿姨待姜晓君进了电梯,随手关上电梯门。姜晓君冲出电梯直奔采访车。采访车飞快地驶向东城的飞度大厦。

滚滚的浓烟夹杂着火光,从飞度商业大厦高层的窗户里冒出来。姜晓君远远地看到熊熊燃烧的火苗,还有“噼里啪啦”烧东西的响声。数辆消防救援车纷纷赶到,消防战士果敢地架上云梯,有的手拿传水带,有的直接进入大厦搜索被大火浓烟包围困住的人员。姜晓君和摄像记者站在大厦下面,尽可能地全面呈现救火的纪实画面。消防战士闪电般英勇果敢把个人生死置之度外的行动和气魄呈现在摄像机里。姜晓君来到消防大队廖政委面前,询问引起火灾事故的原因,廖政委告诉她:经物业管理人员查明,一是烟头引燃垃圾造成火险;二是超负荷用电引起事故;三是照明线路为铝质材料,在建设铺排电线时有偷工减料的嫌疑。姜晓君面对镜头,说出了发人深省的话:“城市化进程越来越快,大楼越建越高,人们的安全意识需要提高,职业道德素养要随着现代化的经济建设发展全面提高。业者德之助,德者业之本。唯利是图,利欲熏心,偷工减料,表面上看是节约了成本,其实是违反了建筑标准,人们的生命和财产安全受到威胁,这与我们倡导的和谐社会背道而驰。社会大众的安全意识,自我保护教育,房地产建设的督查和验收都要保证质量、安全。防微杜渐是第一道防线。道德意识、责任意识、安全意识、自律意识不是口号,而是震颤我们良心的基本准则。和谐社会不是一句空话,长治久安才能取得成效。我们不能麻木,不能用死的代价和血的教训重复悲伤。”此时,消防战士有的冲进火海,有的背着被烟火熏昏缺氧的人从大厦里出来,有的消防战士身上被火苗烧着。姜晓君被消防战士面对熊熊火势,无畏火险,冲进火海的壮举震颤了。姜晓君冲到了最前面,去记录救火的壮观场面。消防战士再三提醒姜晓君远离现场。

姜晓君回答说:“你们让我感动,我是一名记者,我要尽一个记者的责任,用我们的镜头去记录这一切。”

这时,一名消防战士背出了另一名消防战士,看上去消防战士已经牺牲了,医务人员现场做起人工呼吸,虽然经过医务人员的全力抢救,但是这位消防战士还是没有醒来。

战士们全部凄惨地痛哭起来:“肖排长,您不能走呀。”

一个小战士趴在肖排长身上,大声地抽泣着呼喊着:“哥哥,哥哥,你醒醒。”

全部的战士哭着说:“肖班长,肖排长已经走啦。”

“哥哥,哥哥,你不能走呀,哥哥,今天早上,你告诉我,嫂子来电话说,昨天刚生下了儿子,长得胖乎乎的,特别像你小时候的模样。哥哥,你还没有见到刚出生的儿子。我嫂子一个人带着五岁的女儿和刚出生的侄子怎么生活呀?”消防战士哭得万分悲痛。

姜晓君也抑制不住地哭了起来,把麦克对着肖班长。摄像记者一直给这些悲伤的消防战士特写镜头。

消防廖政委擦着眼泪对姜晓君说:“肖班长是肖排长的亲弟弟,肖排长连续七年立功受嘉奖,肖班长来部队两年,也连续立功。兄弟二人在执行消防任务时英勇果敢,为部队官兵做出了榜样。”

姜晓君说:“武警消防战士都是我们可敬可爱的人,都是廖政委带兵有方。这一对武警兄弟,他们来自哪里?”

“他们来自山东济宁梁山。山东人就是这样英勇、果敢、担当。”廖政委说。

廖政委俯下身去把小肖搀扶起来说:“肖排长是好样的,是我们消防官兵的楷模,人民的英雄。战士们,我们还没有结束战斗,我们要战斗到最后一刻。”

肖班长站起来低头看着躺着,已经牺牲的肖排长说:“哥哥,你是英雄,你的弟弟一定像你一样勇敢,一定为父老乡亲争脸,为我们的部队树立一面旗帜。哥哥,我还要战斗。”肖班长转过身来看了看廖政委说:“我们都是勇敢的战士,不会给消防部队和政委丢脸。”

肖班长稚气未脱,眼神里充满了机灵和正气,他迈着坚实的步子登上云梯从窗户里进入了大厦。肖班长进进出出多次背出了好多易燃易爆的物品,还背出了十余个保险柜。摄像给肖班长许多的特写镜头。他的悲伤化作了救援的无穷能量和英勇力量,一直冲锋在火险的最前线。

飞度大厦楼层太高,肖班长到上面搜寻时,温度过高的夹层墙壁发生坍塌,把肖班长压在下面。

消防战士呼喊着延伸传水带,飞度商业大厦莫名的大火被消防官兵英勇扑灭了。姜晓君目睹了救火的整个场面,以及山东火警兄弟英勇献身的悲情壮举,让她久久不能平静。面对躺着的兄弟二人,她对着镜头说:“安全不是仅仅安全自己,是为了我们生活在这个美好世界上的所有人,请让我们多一份责任;责任就是安全,就是幸福,就是和谐。”

姜晓君现场报道当天的省新闻联播节目播出后,在全市观众中引起强烈反响,人们被她舍生忘死奔赴火险一线报道的情景震撼。她犀利直面问题的解说和呼吁,引起各界领导和社会大众深思。电视台把姜晓君和记者组火灾抢险一线的报道加工成专题,在电视台“新闻关注”栏目播出。艾副省长看后给汪台长打来了电话，称赞姜晓君面对火险的理性报道。艾副省长说，我们要树立典型，弘扬勇于奉献的正能量。他说，安排时间去慰问消防部队、烈士父母和家属、记者代表姜晓君，让记者姜晓君谈谈现场面对火险的报道，将生命置之度外的心得体会。

汪台长听了艾副省长的话高兴地从高皮椅子上站起来，右手举着手机毕恭毕敬地听着艾副省长语重心长的话语，对自己工作的肯定表扬。通话完毕后，汪台长站在26楼办公室的窗前，俯瞰着明平市全貌。

丰盈宝饲料集团公司上海分公司的沪、苏、江、浙、闽等省市的十二个分支机构办事处的经理、业务代表、营销企划纷纷赶来，听取向文波做的《关于新年度品牌建设、产品渠道和营销网络建设》报告。会议室里座无虚席。吉小象总经理走上讲台，说："国家的经济发展政策，给我们民营企业提供了发展空间和广阔平台，让我们生产更多的饲料产品为养殖专业户服务。我们公司的饲料产品开发，从原来的单品种已经转变到现在的宽系列多品种，从简单的饲料配方到现在成立了科研队伍，拥有了发明专利和知识产权；市场销售从我们前年的进入市场的试水销售到现在集团军作战，并且精耕细作，纵深市场，全面深入地服务广大用户。随着公司的规模化发展，科学化的品牌建设，销售渠道建设提上了发展日程。丰盈宝集团公司品牌总监向文波先生根据集团公司的经营战略，制定了科学的品牌发展规划书，丰盈宝饲料系列产品市场渠道建设新举措，如何做好调研，如何创造更多的经济效益，如何做好丰盈宝饲料产品的社会效益，如何把丰盈宝品牌和公益事业进行有效对接等，就这些问题给我们上海分公司十二个办事处的领导员工进行培训，希望大家好好领会。向总是实战家，从营销一线成长起来，他创造的月销售年销售的营销业绩，至今还没有人打破。我希望大家认真听讲，丰盈宝在全国十三个分公司一百多个办事处机构，五百多名销售代表中，第一个能打破向文波神话的就在咱们上海分公司产生，大家有没有信心呀？"

吉小象总经理的一句话，把全场的严肃气氛一下子弄得高涨起来，大家不约而同地鼓起掌来。

“好，把掌声送给丰盈宝集团的向文波向先生。”吉小象总经理向到会的人员为欢迎向文波的精彩演讲发起了热烈欢迎的鼓动。

全体参会人员又是一阵热烈的、雷鸣般的掌声。

向文波不好意思地静静地笑着，站在前面鞠躬致谢。

“现在，我向大家传达一个消息，就在昨天下午五时三十分左右，我方企划经理高小草小姐去上海虹桥机场接向先生返回外滩广场附近时，由于国际明星演唱会演出发生踩踏事件，向先生下车后参加救援行动，一直持续到凌晨一点钟。他的无私奉献精神和务实行动都是值得我们学习的，这是善良博爱的外化，这是人格人品的具体体现，不仅展现了他的个人品质素养、人格魅力，更是我们丰盈宝公司企业文化、核心价值观的体现。”

投影仪上播放了上海电视台记者拍摄的一段关于向文波参加救援行动的视频，剪接了《新民晚报》的头版报道。

“当我驾驶着宝马车在外滩路时，向先生决定下车参加救援时，我还执意劝阻。他坚决地说：我是一名爱心服务志愿者，我责无旁贷。向总经理毅然决然地下车参加救援工作。向总经理平静的话语、内心强大的人格力量深深地感动了我。”高小草站起来说。

会议室里，人们全部站了起来，鼓掌声一波高过一波。

“欢迎向文波先生上台做培训演说。”吉小象笑着迎接走上讲台的向文波。两个人双的手紧紧地握在一起。

“我们都有一颗向善的服务他人的心，当面对危难危机到来时，积极主动的心态，担当意识和责任心就会驱使我们去行动，这是造福社会，服务他人的行为，于人于己、于国家、于社会有百利无一害，所以构建和谐社会，建设中国梦，就要从我们的务实行动开始。我做的只有一件小事，一个志愿者应该做的，不应该大肆渲染。”向文波平静地说，“好，我们现在开始工作，我把丰盈宝公司品牌战略的规划、产品渠道建设的新思路，如何做好客户开发，扩大经济效益，社会效益与公益事业进行有效对接等就有关问题向大家汇报，或者说是我们共同学习。之后，大家谈谈心得，我希望更多了解营销一线营销代表面对客户时出现的新问题，并进行汇总、归纳和研究，设计新方法新措施，并予以应对。”

向文波把公司的战略规划、经营使命、经营方针、人力资源、科研开发、企业文化等集团五年的发展思路进行了详细讲解，又把公司品牌和产品品牌融合发展和举措，产品宽系列渠道布局和营销的纵深发展，如何开发新客户，如何调查研究进行了实战性的表述和引导。他时而阐述理论，时而佐证案例，时而用数据分析，时而进行归纳总结，时而谈笑风生，把气氛调适得轻松愉悦，让培训过程在谈笑风生中进行。向文波还让参会人员现场模拟，使一面之缘的陌生人变成无话不谈、敢于开诚布公、敢于直面问题的老朋友。在解决问题，创新营销策略上，他善于调动气氛并发挥每个人的主观能动性和聪明智慧。

向文波说："销售过程是释放真诚真情的过程，也是建立信任相互帮助的过程，展示产品，满足需要，就是心里相互容纳的过程；打开心扉，服务他人，我们的工作基本上就做好了，做对了，自然客户就来了。"

大家听得认真细心，每个人的脸上洋溢着热情愉悦的笑容。

向文波还就人们一直头疼的营销业绩开发问题给予了解答："营销业绩不是主观生成的。它要满足七个要素：一是产品的定向性、环保性和最大价值的服务性；二是产品走进用户前的传播性，指导性、测试性；三是保证服务品质的收益性；四是品牌效能释放、植根用户、全面推广；五是业绩指标的建立及无限扩大；六是顺势开发密集客户；七是科研产品的持续开发支持市场业务。这些要素组成是一个循环过程，不要一蹴而就，但要稳扎稳进。"

参会培训人员真是大开眼界，他们的思路得到无限拓展。向文波为了充分调动学员的积极性，给他们展现营销热情和发挥才华的平台，相互切磋，共同促进，每个人都有讲演展示自己的机会，内容与形式的结合也比较灵活，只要大家用创新的思维得出创新的结论，在向文波的培训课上都会得到鼓励和欢迎。因为天马行空的创意都是基于自己的本职工作，基于取得更大的业绩，服务更多的社会受众，所以要有内容和形式灵活创新，他们就会找到更多更新颖的营销工作的方法，创造更大的业绩将会成为现实。大家的快乐表现，快乐创意，感染了每一个人，而且每个人的表现都得到了鼓励和满堂彩，培训会上响起一阵阵雷鸣般的掌声。

晚上,大家一起聚餐。向文波向吉总及数位上海分公司的领导敬酒,到每个桌前问候参加培训的学员。整个宴会大厅气氛热烈,你来我往,推杯换盏。许多人过来给向文波敬酒。向文波明白,这么多人敬自己喝酒,倘若实实在在地喝下去,非得喝得不省人事。所以他提议大家进行现场表演。向文波的聪明转移了大家的注意力,挪动了酒桌,腾出一片场地。向文波在狭小的空间里,第一个走向中间,表演了倒立和蝎子爬,说唱了山东快书。渐渐的人们的胆子大了起来,表现欲更是如芝麻开花节节高,有的单练,有的团队组合,有的唱,有的跳,有的美声,有的通俗。高小草从宝马车里取来吉他和小提琴,她站在中间,陶醉般地拉起了《梁祝》,自弹自唱了《嘀嗒》。有了高小草的这两种乐器,现场的人们还组成了乐队,唱得如醉如痴,疯狂至极。高小草支起画架,拿起画笔,画了两幅速写,一幅是现场的集体场景,一幅是向文波的特写。高小草的两幅画作为礼物赠给了向文波。

大家经过七天的学习, 陌生的面孔慢慢地在真诚的浇灌下绽放笑颜,淡淡的眸子慢慢溢出热情,平静的心湖慢慢盛满真诚,增进了感情,拉近了心与心的距离。在营销渠道建设和销售产品的沙盘演练课程上,向文波给出题目和要求,由每个分公司派数名代表组成团队,共同演练完成季度任务及创造业绩的情况,以检验团队的市场开拓能力,品牌传播力和持续创造业绩的生命力。最后根据表现排出名次。每个分公司都抽出了不同题目的内容,每个队自行研究如何让演练合理,展示出本队的能力水平。每个队都有表演的机会,展现团队的创造力、凝聚力。当每一个队表演完毕后,向文波都会给予指导。十三个办事处整整表演了两天半,最后大家共同对课程进行评估和完善。没有最好只有更好。向文波没有给他们排列名次,却给予了评语。向文波说:你们代表了丰盈宝上海分公司团队的凝聚力,发挥了淋漓尽致的创新力,渠道建设严谨,产品投放准确及时,一定创造一流的市场业绩。今天的表演是给市场做计划,给市场注入能量,市场表现是品牌传播效果的直接体现。产品更多的服务客户,客户才能忠诚品牌,为丰盈宝饲料产品创造成倍数级的经济效益;月度、季度、半年度、年度的柱状图是你们的真正名次和效益。”

向文波高小草跟着浙江办事处的代表到没有产品覆盖的地区亲自现身说法，深入前沿开辟市场。向文波做市场调研，与农民伯伯拉家常，了解他们的生活，以及他们使用其他公司产品的优缺点。向文波对症下药，给农民伯伯提供急需的产品让他们试用，签订试用合同，50 公斤先付 75%的货款，一个半月后，过来回访，根据使用效果，创造效益的情况，再支付余款。向文波的这个办法打消了用户的后顾之忧，而且用户还有主动权。这一优惠政策一下子让没有丰盈宝产品覆盖地区的农民积极地接受了。短短三天时间，一个乡镇就销售了 2350 吨丰盈宝产品。这是一个新的历史销售记录。从关心受众，双方都是赢家的营销理念出发，创造的业绩就会在实际工作中体现。

高小草看着排队来买丰盈宝的农民伯伯笑着说："向总，你真的好厉害，你不仅是很好的演说家、培训高手，而且在偏僻的乡镇，在老百姓毫无知晓丰盈宝的情况下，他们购买的热情竟如此高涨。我真的是第一次见到。"

浙江分公司办事处的领导笑着对高小草说："向总就是厉害，我们不仅听了他的课，还帮我们开辟了新的市场，我们彻底被他征服了。他敦厚的品格，让朴实的农民心里踏实。"

向文波看看小草又看看浙江分公司领导说："一个人只有用心去做事，通过眼睛看到内心的真诚，体会到内心的温暖和关怀，而不是索取；只有奉献，所以奉献真心，奉献真诚就会得到回报，达到意想不到的、积极的、良好的效果。"

农民们付款、装车后，过来与向文波话别。向文波十分平静地握着他们的手说："一个半月后，客户代表会回来听取你们的意见和建议，我们生产出满足你们要求无污染环保绿色的饲料产品，这是我们共同的愿望。一切从用户出发，一切为了人民的健康。食品安全使我们企业的宗旨。"

夕阳西下，向文波高小草与浙江办事处的负责人和业务代表看着来时满载产品的十五辆卡车，现在如释重负，全部销售一空。丰盈宝红旗招展，十五辆卡车一字排开，轻松返程。在高速路口，向文波向浙江分公司负责任人话别。

"庞经理，你们的工作十分到位，送货及时，保证了这个乡镇购买 2350 吨的饲料产品供应。你们要经常过来与客户们做好沟通交流和服务工作，及时反馈问题，大家共同解决，客户乐意购买，市场效益就会正向增多，经济效益自然就会大幅度增长。我们从这里下车返回上海，时间紧，任务重，还要去其他地区指导和开展工作。”向文波说。

“向总亲临第一线指导和开展客户工作，还没有去杭州喝一口我们的龙井茶，没有吃我们的一顿饭，真是辛苦您了。这次销售的2350吨产品算不算我们的营销业绩呀？”庞经理激动地说，眼睛里多了恳求的目光。

“庞经理，你放心好了。你们的地盘你做主，我这是无偿服务，给你们鼓劲打气，现身说法，总部希望你们建设更大的市场，创造更大的营销业绩。我们的工作使命是真正地从无污染绿色环保饲料的源头做起，来改善和提高肉食品的品质。”

“这就好，这就好。这是向总白送给我们的业绩呀，三天就超过了我们一个月的销售量。我们将以实际行动汇报向总，汇报集团总部。”庞经理说。

向文波与庞经理说话的时候，驶来一辆开往上海的长途客车，在站牌停车下了旅客，向文波和小草上车。客车消失在星光闪烁的夜幕下。

深入营销一线的奔波对于向文波来说，是习以为常的事情，功夫不负有心人，所以他成就了营销业绩的神话；与客户真诚谈心，众目睽睽之下平静如水。一个人的成熟和老练，不是圆滑的程度，不是口齿伶俐，哗众取宠，而是心存善念，奉献服务他人的心胸和务实行动。他相信“桃李不言，下自成蹊”这句话的真正含义，这是一个人做人做事注重品质，讲求效率，不事张扬，踏实修炼的最高境界。

向文波看着窗外灯光忽明忽暗的远方，看着呼啸而过疾驶的车辆。高小草经过旅途的跋涉显然累坏了，上车不久便睡着了。一个轻柔的文艺性十足的女子，一个享尽富贵的金枝玉叶，一个金点子迸发的策划师，着实没有受过深入乡村营销一线的煎熬。她睡得十分香甜。现实与营销业绩很近，好像与艺术的浪漫气息很远。平淡的现实需要带着泥土味的真诚，匍匐在土地上，倾听大地的声音，农民的声音，才能做好这份工作，丰盈宝的饲料品牌才能被农民兄弟认可。通过数天的培训、深入基层的工作，高小草应该体会到了取得成绩的辛苦。她是一个乐观坚忍的女孩子，接送向文波，并且深深地被向文波的言行所感染。乡村一线营销之行，应该带给她非同寻常的感受和体会。

客车疾驶，忽明忽暗的远方射过来的光线不时地照在高小草熟睡的面容和上半身上。高小草微闭嘴唇，呈现一个女人没有一丝设防的放松，轻轻地匀称地呼吸牵动着胸脯一起一伏。客车内一丝丝的冷气，拂过向文波的面庞，他打了一个寒颤。向文波脱下外套盖在高小草的身上。客车颠簸，高小草的头靠在了向文波的肩膀上。向文波紧紧地挨着高小草，让她感觉睡得安稳舒服。女人是用来疼的、体贴的、关怀的，向文波此时感受更为真切。

八

姜晓君前往北山村植树造林现场实地采访报道。明平市实施荒山造林已经有三十年的历史。风起云涌的植树活动，雷声大雨点小，树木的成活率不尽如人意。每年三月植树节前后，可以说兴师动众，政府、学校、企业等各方面人员都会一波接一波地上山栽树，场面可以说蔚为壮观，广播、电视、报纸等媒体的记者为了抓选题、抓场面更是蜂拥而至，跟踪采访报道。国家级的媒体也在其中。姜晓君为了这次植树造林的现场报道做足了功课，查阅了往年的植树造林计划，统计了栽种树木的棵数、品种，合计了植树造林的人数，打电话到林业局咨询了往年栽种树苗的成活率。她通过统计、调研、总结分析了植树造林历时之长，规模之大，收效甚微的原因。她总结为上级主管部门对植树造林的重视程度和责任心不够。植树造林大军走过场走形式，一哄而上，图热闹，缺少对树种进行持续浇灌、持续养护和保证成长的基础条件；植树造林的生态观念缺乏，对社会大众的教育、灌输深入不够，所以就形成了只管栽树，不管存活的尴尬局面。

市政府、政协、财政局、林业局等政府部门领导班子及成员，以身作则，挖坑栽树，累得汗流浃背，大有愚公移山之力气。姜晓君来到市长面前："费市长，您好。我是省电视台'新闻关注'栏目的记者，我们为您亲自带领各大班子领导植树造林的场景所感动，为我们创建生态环保城市带了好头，起到了示范作用，请您谈谈植树造林对城市建设、生态文明建设的积极贡献和影响。”

费市长接过秘书递过来的洁白的毛巾把脸上的汗珠擦干净围在脖子上说：“植树造林是我们国家的一项基本国策，对增加绿地、净化空气，涵养水源，创造一个天蓝地绿的生态城市十分重要。我们正在创造生态文明城市，植树绿化要用指标来衡量，植树的数量就是其中一项指标。种树就是打造生态文明城市的重要内容。”

姜晓君问：“费市长，您作为连任的市长，成绩有目共睹，请您谈谈过去五年共植树多少？成活率是多少？给城市带来了怎样的影响？我们离全国生态文明城市还有多远的路子要走？”

“你是省电视台的记者吧，问题好犀利。呵呵。”费市长笑了笑说。

秘书递过来一瓶矿泉水，费市长拧开盖子一口气喝掉半瓶水，凝神聚气有了思考的时间，面对姜晓君的麦克严肃地说：“从过去城市建设的情况来看，可以说是快速发展的五年，再造一个新城的目标已经初步完成。旧城改造，基础设施建设有条不紊地开展；扮靓城市，绿化城市、加大绿地空间，外围植树造林等一系列工作都提上了市委市政府的工作日程。我市现在提出了生态环保宜居文明城市的目标，所以植树造林工作是我市城市发展，关于国计民生的一件大事。过去的五年伴随城市建设，工作纵向深入开展。如今根据市委市政府的创城规划，加大了植树造林的力度。至于植树的数量，这要问一下林业局，我们要标本兼治，狠抓成活率，对每一年植树的地区都是划片完成，我们北片山坡植树造林是建设城市的外围生态圈，对城市的绿化环保和净化、改善空气质量一定起到积极的作用。”

姜晓君说：“费市长的回答思路清晰。我给您看几张图片，仅这个地方就有六次植树的记录，我们今天依然在这里植树，我们不说过去的成活率，就说今天栽种的树苗采取怎样的措施让小树存活、成长？”

姜记者采访省城市长引来了许多媒体记者的围观，纷纷拿出录音笔麦克风凑到近前，有的文字记者掏出笔记本，仔细倾听以做记录，摄像记者找好最佳角度按动快门，摄下领导最有风度、激情饱满、富有展望的讲话风采。

费市长面对围得密不透风庞大的新闻记者团队，姜记者抛给他的是一个非要给出结论的问题，他调整了呼吸做镇静状，喝了口水，平静地说："首先湿润的气候和一定的降水量是保证植物生长的必要条件；其二，以前口号多于行动，报道多于实干，责任意识不强，所以年年喊年年栽树，却年年不见树成长，今年就不同了，我们领导班子做了反思，保证百分之八十的成活率。当着新闻媒体记者，我今天表态，希望记者朋友监督，涵盖市政府各个方面的工作，要全面予以落实，问责要成为制度，怠政懒政不出成绩就要受处分。"

记者们听了费市长激动人心的回答鼓起掌来。市政府八大班子领导一字排开向宣誓一样，在植树节的当日全部表态，坚决做好本系统的事，种好自己的"责任田"，采取层层推进的方式一定让秃山变绿山，杜绝领导走过场的做法，把务实工作放在第一位。

当天晚上，明平市的电视新闻联播播报了植树节市政府领导表态秃山变绿山的新闻。广大市民们对费市长和八大班子的表态拍手称快，更为姜晓君记者提出犀利问题的勇气表示钦佩。姜晓君仅仅用了十个月的时间就成为省电视台老百姓心目中的名记者，一个铁肩担道义，敢于向领导提问，表面柔然、内心充满责任力量的走上工作岗位的大学毕业生。

姜晓君走进广播电视台大门，向传达室葛大爷问好，走向电视台办公大楼。传达室大爷正发着报纸。他看到是寄给姜晓君的信件。老人从玻璃窗户低头望出去，看到姜晓君还没有走进广播电视大楼，老人拿着信件出来喊着：

"姜记者，你的信。"

姜晓君停住脚步，回转身向葛大爷走过来。

"葛大爷，有我的信？"姜晓君说。

"这是写给你的信，今天早上邮递员送过来的，你拿上好了。"传达室葛大爷说。

姜晓君接过信件，礼貌地说："谢谢葛大爷。"

"不用谢，这是我该做的。你们在做着大事，许多市民都夸奖你、喜欢你。"传达室葛大爷慈祥地笑着说。

“葛大爷，这都是我该做的。您要是听说市民们关心关注的话题可以告诉我，我们尽快报道，跟踪反馈，给予最快的解决或者答复，免去市民的担忧。”姜晓君对葛大爷说。

葛大爷说：“姜记者是个好孩子，有问题的话，凡是我知道的，让他们打新闻热线。”

葛大爷说着转身回到传达室。

姜晓君拿着信件看着封面，她稍微踟蹰了一下。信封上没有写上寄信人的地址，姜晓君意识到，或许寄信人另有隐忧。她快步向广播电视大楼走去，进了电梯上了26楼，在楼道里与同事们打着招呼，开门进了办公室。她快速地用剪刀剪开信封取出信件看起来。

姜记者：

您好。我是你的一名忠实的观众。踌躇再三，还是决定给你写这封信。明平市是国家的二线城市，这几年城市建设突飞猛进快速发展。高楼林立，道路拓宽，城市面貌改善，面积扩大，城乡一体化，开发区连城片，所有这些都展现了大都市的发展格局。然而，城市快速发展的同时，也加大了城市治理的难度，人流增加，车辆增加，工厂增加，用水增加，那么，排污排气废水增多，带来了大量的社会问题，环境严重污染，直接体现在：雾霾天数增多，空气中悬浮颗粒物增加，甚至我们呼吸的空气都是毒气；化工废水缺乏治理，节能减排，虚晃一枪，老百姓饮水安全严重受到威胁。我家住在城西电厂附近的一个小区。三十年前，这个电厂选址正确，设计科学合理。随着城市规模的扩大，就今天来说，现在确实不适合在这里发电，它产生的废气废水，污染空气的危害超过发电对人们造福的贡献。上马的二期项目，扩大了火电的装机容量，不仅危害附近的居民，已经开始对整个城市的空气质量，城市环境造成危害。我们的市民面对天天呼吸的空气，落下的灰尘，产生的废气、废水、废渣已经成为他们生活的一部分，可悲地造成了习惯性熟视无睹。姜记者，你只是一个记者，这个问题，对于你来说是扛不起来的大问题。我作为新中国培养起来的环境治理工作者，已经年逾七旬。从年龄上说，承担社会责任已经毫无意义，从科学的社会管理、人类道义的良知，对子孙后代的健康考虑，十年前就应该规划搬迁，而不是上马二期扩大装机容量。今天，我只是想通过报道呼吁一下，但愿能引起政府及社会方面的注意，给予提上日程，彻底治理，给明平市的市民一片蓝天，让他们呼吸洁净空气。市民健康的身体是社会科学发展的财富，是国家强盛，家庭和谐、社会稳定的根本。

我是一名肺吸病患者，病魔折磨我近二十年，去医院检查，医生让我经常晒太阳，经常换洗衣物。我们这里窗户一年四季不能开，衣服洗后只能在室内晾干，放到室外一层灰尘。

恪尽职守，兢兢业业工作，我没有怨言。社会的快速发展，而不是科学地发展。我作为奄奄一息的环境工作者，确实有些失望。人们颠倒了发展的根本，全然不顾发展与社会大众健康的关系。我给你写这封信，是因为看到你历次对突发事件、重大事件的报道比较贴近民生。希望你看到我的信件会受到启发。或者，在你的工作职责内给予呼吁。

祝学业进步。

一位城中电厂附近小区的居民、肺吸病患者、老环境工作者

三月十二日

姜晓君看完信件，坐在办公桌前静静地陷入了沉思。她知道，这是一位有着道义良知的老人的来信，一位有着较高的社会责任感，心中装着社会大众的健康和对美好生活的向往的老者。

传达室的葛大爷抱着一叠报纸给姜晓君送来，进门就喊："姜记者，你又上头版头条了，昨天当着市长的面提了那么多有分量的问题。费市长在你的提问下做出了承诺，列出了时间表，而且各大班子在植树现场摄像机面前表态，队伍如此庞大，这不是一件简单的事，就看他们的行动了，政府的任何事都像市长回答的植树造林的事就好了。"

姜晓君站起身接过报纸说："大爷，需要您多提意见。"

传达室葛大爷说："姜记者，我没有意见，也没有建议。你从农村出来，这

么高的思想觉悟，让我这个干了一辈子革命工作的老汉汗颜。是呀，新闻工作者不仅仅是吹号手，不仅仅响应号召，锦上添花，而且要铁肩担道义，影响社会，引领社会主流价值，弘扬社会正气。”

葛大爷的话说到了姜晓君的心坎里，真是字字珠玑，重若千钧，既有葛大爷的深思启发，又有对姜晓君的表扬和勉励。

“葛大爷，您出口成章，关注时事，您的话教育了我，我一定慢慢体会，铭记于心。葛大爷是个学识渊博的人，做事雷厉风行。年轻的时候，您一定是风华正茂、意气风发、有理想、有梦想的青年人。”姜晓君眉开眼笑地夸着葛大爷。

好话一句三冬暖。姜晓君的话把葛大爷夸奖的脸上展开笑颜，刚才的严肃劲儿没有了。

“是呀，我年轻时响应毛主席的号召，从山东济南坐上火车，去见毛主席；响应上山下乡支援边疆建设的号召，和全国的许多年轻人一样，怀揣报国理想，写出了好多诗歌，诗歌里都是红心向党，红旗招展，并且以实际行动坐上火车西进，来到塞外，以苦为荣，以苦为乐，风餐露宿，无私奉献，没有怨言，心里装的全部是建设美好社会主义的饱满情怀。”

姜晓君的话，把葛大爷带回到了青春年华的火红年代，老人古铜色的脸上，浑浊的眼睛里渐渐升起了亮光和精神，眉头上的青筋暴露着当年的激情。姜晓君好奇地听着葛大爷讲起年轻时代的故事，老人家眼睛里神采飞扬，嘴里咯咯咯地笑个不停。

“葛大爷，您来时多大岁数呀？那时候搞对象就要讲志同道合吧？”姜晓君充满好奇地问着葛大爷。

“那时我十六岁，记得刚加入了共青团，组织号召我们向雷锋、黄继光、邱少云、王杰、向秀丽学习，正是因为英雄们的事迹感染，西进的火车载着全国各地的有志青年，在夕阳西下的时候出发了。窗外满天星光，原野苍茫，群山连绵，大河奔流，江山多娇、万里美好画卷装在我们的胸间。我们用革命乐观主义胸怀点亮理想，我们要建设我们美好的国家，建设美丽的西部边疆，我们要永远跟着我们的共产党。在那个火红的年代，我们都是志同道合的革命战友，坚定不移地跟党走，听毛主席话的年轻人。我们在一起，男女平等，有欢乐有笑声，大家意气风发，手挽手西进，扎根边疆，保卫国防，建设边疆。后来，我住在一个牧民家里，帮助他们干活，建设苏木嘎查，教牧民大爷的孩子识字。我不仅爱写诗歌，平时特别用功，五年后，我考上了中国人民大学，走之前，我和牧民大爷的大女儿塔娜建立了恋爱关系。我俩一块学习文化，学成后，回到草原。一晃几十年过去了，退休了，来到你们广播电视台传达室做些力所能及的活儿。”葛大爷说。

葛大爷说得轻松自在，却道出了老人的人生历程。姜晓君体会到了老人的艰辛。从与葛大爷的谈话中，全部是革命乐观主义情怀的浸染，有英雄主义的昭示和鼓舞。姜晓君觉得自己的人文素养需要很大提升，应该好好学习葛大爷的健康阳光。

这时，葛大爷的手机响了，他看了看号码说：“我要走了，下去要挨批了。我在姜记者面前没害臊地胡乱说了一些遥远年代的事。我走了，抓紧送报纸去。”说着葛大爷走了出去。

“谢谢葛大爷，听您的故事让我心明眼亮。今天属于开场，以后听您接着讲。”姜晓君笑着说。

姜晓君翻阅着葛大爷送来的日报，浏览着头版头条采访市长的关于植树的报道。传达室葛大爷的褒奖对她来说是极大的鼓励。有时候，姜晓君觉得当面对大众困惑的问题时，一定要带着一份责任去直面领导等被采访对象的时候，常常有模棱两可的想法，或者主观动力不足。因为记者的任何一个选题，一个提问，不管积极意义，还是社会重大关切都带有两面性。她有良好的判断力，事实和是非只有一步远，自己不惧怕什么影响，让政府领导心之所想心之所系与社会大众心理和愿望形成契合，是一个记者起码的素质和要求。听了传达室葛大爷的人生故事，知道葛大爷是一个经历风浪和绝顶聪明的人，老人的棱角经过岁月的冲刷已经如卵石般光润，内心里的判断和坚持的原则依旧分明。姜晓君放下报纸，拿着信件，权衡着如何处理，而且让写信者得到慰藉、看到希望，能作为一个重大新闻选题得到批准采写、采访，引起政府相关部门的重视，提上研究的日程，还城市洁净的环境、洁净如新的空气，还有一片蓝天碧水。姜晓君思考着这封信所透出电厂事件的重大意义和影响,她的心里充满了严肃的思考。她思考着希望汪台长签字同意。她不知道汪台长的此时想法,不知道台长对这个选题是否感兴趣,更不知道台长面对信件该如何解决。这封信就像巨石一样压在姜晓君的心里。

姜晓君决定请示汪台长。

姜晓君把信放到了衣袋里,从打印机里打印出下个月的选题计划呈报汪台长。记者们穿梭在走廊里,相互打着招呼,姜晓君礼貌地微笑着、应和着。她走到汪台长办公室门口,轻轻地敲了办公室的门。

屋子里面喊出话来:“请进。”姜晓君轻轻地走进去,看到汪台长正襟站着接着电话说着:“是、是,好的,艾副省长。”

姜晓君听得出是汪台长正在向艾副省长汇报工作,不敢打扰,正要静静地走出汪台长的办公室。汪台长说:“艾副省长,我们台里一定按照您提出的指示精神做好采编和意识形态的宣传引导工作, 一定本着贴近民生的原则。您说的姜晓君记者,她就在我的办公室。小姜是一名优秀的记者,是我们台里的骨干和骄傲。”汪台长轻轻地捂着电话朝姜晓君摆摆手:“小姜,请坐。”

姜晓君听到汪台长的话不好意思离开,拿着材料坐在沙发上。

“好的,汪台长,明天上午九点半,让姜记者去会议中心。消防大队廖政委和代表在前面,其次是烈士父母和妻子,再者就是我们台里的代表姜记者。”

汪台长按了电话免提,电话里艾副省长说:“你们台及时宣传报道重大事件,‘新闻关注’栏目的姜记者团队策划了一系列重大选题,引起了社会的广泛关注,力争办成全国省市广播电台的名牌栏目。”

“按照您的指示,台里将再接再厉,不辜负期望,抓住社会重大问题,难点焦点问题,久而未决的问题以及老百姓最为关心的问题,为省委省政府提供决策,为社会大众排忧解难,为建设和谐社会起到助推作用贡献力量。”汪台长表态说。

“那就看你们的行动,就这样。”艾副省长说。

“我们尽职敬业,争取抓住重大选题,热点、难点、焦点问题。再见,艾副省长。”汪台长说。

汪台长放下电话,用纸巾擦了脸上的汗珠,笑着对姜晓君说:“小姜,你听到了吧,艾副省长点名表扬你呢,这是很大的荣幸。你的事业刚刚开始,艾副省长就在我面前提过三次了,我不关心你,说明我这个台长不称职呀。”

姜晓君冷静自处,没有得意忘形,她表现得很平静,像没有发生任何事一样,任由汪台长面部表情不停变换。姜晓君把下个月的策划选题计划方案递给了汪台长。汪台长浏览着。刚才姜晓君听得明白,艾副省长要台里紧跟形势,突出策划报道重大关切问题,久而未决的焦点难点,向碉堡一样一个一个攻克,创造有利于人民大众健康稳定和谐的社会环境。她把手伸进衣袋里捏着那封匿名信件,看着汪台长对选题材料表现出来的表情。

汪台长一会儿眉头紧锁,一会儿淡然放松,他从头至尾仔细地看完后,连续翻看了五页选题材料,笑着说:“这几个选题材料计划翔实,每一个选题都切中了当前政府、各行业和社会大众关注关心的问题,既有重大经济文化科研成果,也有投资建设拉动取得的成绩,还有教育医疗等问题,还有养老设施建设的跟踪报道,还有公益事业的开展情况,选题全面,逐个展开,予以落实。”

“谢谢汪台长,我们栏目组,从问题提出—采访调研—合成—播出—关注后续进展已经列出了流程,您批准了,我们按照您的指示就可以去开展工作。”姜晓君说。

“明天部分记者可以下去开展工作,刚才你听到了吧,因为那次火险,为扑灭大火消防火警兄弟英勇牺牲,你们亲临一线报道,着实让人感动。明天在省会议中心,艾副省长要接见你们。你作为艾副省长接见慰问的嘉宾,这是莫大的荣幸,我可是没有坐过那排沙发的。”汪台长说。

姜晓君平静地看着汪台长兴奋的表情说:“谢谢汪台长的栽培,给小记者发展的平台。我只想默默无闻,不愿在大庭广众之下承受这么大的荣誉,还是汪台长接受接见为好,这是台里的荣誉,这不是姜晓君的荣誉。”

“你在大学学习优秀,学有专长,敢于担当,你具备优秀记者的素养和品质,给台里和新闻界起到了示范作用,理应得到表扬和赞赏。”汪台长肯定地说。

汪台长的话，说得姜晓君感觉更是无法承受荣誉的分量。姜晓君心想，荣誉归团队，表扬也不能仅仅是镜头前的她一个人，这样有些不公平。本来出镜记者这一角色就已经光彩照人了，而摄像、撰稿、设计、合成、制片等等出工出力，团队协作，共同做出的成绩，应该是团队的荣誉，大家的功劳。姜晓君总觉得有些不合适，还是台长出面比较恰当。

姜晓君说："汪台长，消防大队廖政委和消防大队官兵应该由一台之长出面接受接见最为合适。论时间，我来到台里仅数月；论资历，仅仅是一位见习记者。我仅仅是一个新闻战线上的新人，一个刚刚拿到记者证的小记者而已，我真的承受不起。"

姜晓君每一句话都是回避和推辞。汪台长没有想到一个二十五岁、气质大方、禀赋睿智、形体俱佳的女大学生在荣誉面前如此淡定沉稳，没有一丝一毫的矫揉造作，他彻底佩服了。艾副省长真是好眼力，第一次就看准了如此优秀的年轻人，真是火眼金睛呀。难怪艾副省长升到如此高的位置，这都是修炼的结果呀。

"小姜，你说得十分正确，是出于公心和对台里方方面面的考虑。我作为一台之长都为你能接受省政府的接见高兴，而且这是省政府的决定，这个决定会形成红头文件。把我们意识形态宣传部门的示范带头重心下移，是进一步提高及整个新闻记者队伍的权威形象。可以说，我们记者队伍忠于党忠于人民，勤勤恳恳工作，不分昼夜，挑灯夜战，夜以继日，无私奉献。你要理解成你只是数万名新闻工作者的代表，不要放大，要还原成记者的责任和义务。"汪台长面对一个刚刚出道新闻行业，在荣誉面前丝毫不为所动性格鲜明的大学生女记者仔细地解释说。

"当当当"，办公室响起敲门声。

"请进。"汪台长看着门口喊道。然后对姜晓君说道："放下负担，眼界开阔，顾全大局。"

办公室工作人员把一份红头文件递给汪台长说："汪台长，这是省政府送来的明天让您与姜记者参加省政府火险报道接见事宜的文件。"

办公室人员把红头文件递给汪台长后退了出去。

汪台长浏览了一下红头文件，上面写着受接见人的名字，汪台长位列姜晓君名字的前面。汪台长眉宇舒展开来，笑着递给姜晓君说："红头文件已经下发到咱们台里了，咱们的争论毫无意义，我的名字在上面，你不用担心了吧。我这个台长要出面。"

关于明天省政府艾副省长接见慰问事宜，姜晓君不好说什么。虽然内心里有些不平静，经汪台长的开导她总算想开了些。红头文件里汪台长的名字，连他自己是没有想到的，因为艾副省长与汪台长通电话，灌输到他脑子里的全部是姜晓君，难免让汪台长有些许的羡慕嫉妒恨。而这些正是姜晓君所担忧的，把荣誉的光环让给汪台长是她最为明智的做法和行动，她的坚持感动了汪台长。汪台长作为领导和长者，循循善诱的开导和举荐，显示了一个领导的魅力和宽广胸怀。

姜晓君觉得和汪台长对话多了一份踏实，开诚布公，可是原来更多的是服从和执行。她从衣袋里掏出信封取出信件展开递给汪台长。她说："这是一小时前收到的信件，我这个小记者把握不准，还是请汪台长过目，是否纳入'新闻关注'栏目的选题。"

姜晓君说着递给了汪台长。汪台长接过看看信件，抬起头来看着姜晓君。他又仔细地逐字逐句阅读了一遍，尤其最后的落款，汪台长一字一句地念了出来：一位城中电厂附近的小区居民、肺吸病患者。汪台长看着信件足有三分钟的时间没有说话，眉头紧锁，面部表情严肃。他想着姜晓君说的把握不准，是否纳入"新闻关注"栏目的选题。这封信件反映的问题与明天的接见事宜是正反选题，一个是付出沉重代价后的表扬和激励，而这封信的内容是真正烫手的山芋，这个问题多年来就摆在那儿，而且都是绕着走，甚至还加大了风电项目的规模建设，又上马了两台火电机组。城市基础设施建设扩大，三十年前的西郊电厂，随着经济的发展，现在是名副其实的城中电厂。这个问题怎样解决？它就像一个碉堡一样存在着，选题就是炸碉堡的火药捻子。电视台倘若将这个问题策划成了新闻选题就会引发一系列的问题，以前领导的工作政绩就会荡然无存，还会引起政府和全体市民的高度关注。汪台长想到这件事关乎方方面面，要谨慎对待，至少他认为，现在台里策划报道这件事不是时候。

“小姜，这个问题你汇报得十分及时，至于电厂对城市和居民造成的危害问题应该说有目共睹，有悖于当下倡导的治理环境污染，建设生态文明城市的理念，显然是需要政府全面推动研究的课题。人们意识到了，或许城市发展需要解决的诸多问题分散了市民的注意力；只有多年致力于环境建设的专家认为电厂是城市环境最大的污染源，影响市民健康的罪魁祸首。电厂再加上周边开发区的化工厂、小电厂、造纸厂，废水废气废渣等废弃物的排放设施不配套等问题，这应该是市政建设和社会管理工作，以及综合治理的重大规划课题。我是一个广播电视台的台长，行政服务工作各有分工，当然各有侧重。这封信件让我想了许多，所以做好意识形态的宣传，社会价值观的引导，弘扬主旋律，稳定和谐等方面是我们工作的重中之重。我们为之集中精力，一心一意做好深入宣传，贯彻，持续创新地开展工作。”

“谢谢汪台长，您给我讲的话，让我受益颇深，是我在工作岗位上、社会课堂里上得非常有意义的人生课，我的想法太简单了。”姜晓君说。

“小姜，我是文学与新闻专业毕业的，与你有一样的责任感，不是在岗位上视而不见，或者左右而言他。你没有错，一个新闻工作者的责任和道义就是忠于事实，记录现状，还原真实，剖析问题。有时候，我们开展工作不是一蹴而就，需要环境，需要时机，内容和形式结合，就能在规划下达成目标，完成任务。”汪台长说着把信件交给姜晓君说：“这是一位老人的愿望，或者说是期望，我们应该策划一个重大选题，一个引起政府重视全力推动改造，民众关心拍手叫好，让全社会受益，为民造福的重大问题。姜记者，你先把信件收起来保存好，合适的时机我们来推动该项工作。”汪台长意味深长地说。

姜晓君从汪台长的话语里听出好多信息。姜晓君原来对汪台长没有这么多的认识，只是形象地认为每个领导简单地坐在代表威严、黑得发光的高背椅子上签字和发号施令而已。汪台长的一番话加深了她对高层领导的认识。他们一步一步地从基层走上领导岗位，除了领导赏识以外，良好的业务素养，开阔的视野，忠诚的思想品质，也是必不可少的。经过培养和专业训练，这样才能去做事，才能干大事。姜晓君知道信件交给了汪台长，汪台长阅后对自己讲了肺腑之言，而又旁敲侧击地没有答案地回答了问题和对这个问题的处理办法。她忽然意识到,“新闻关注”栏目的选题不仅仅是领导签字批准、调研、采访、制作合成、播放、追踪反馈结果这么简单。以前,她策划的选题都百分之百通过了,一封来信让她觉得对选题策划的看法和做法不该再如此简单。正如汪台长所说,做好新闻工作者该做的,就是有选择地做好。姜晓君反问内心,还是不太情愿,但是事物的局限性是大势所趋,不是以个人的意志为转移。

姜晓君带着一封信走进了汪台长的办公室,但是没有带着满意的答案轻轻地走出了汪台长的办公室。姜晓君走在长长的走廊里就好像走在一条望不到尽头的大道上,一位老者的希望就在这条茫茫大道的前面。

省政府会议中心,艾副省长接见消防大队的廖政委、官兵代表、烈士家属、汪台长及姜晓君坐在已经安排好的座位上。她没有了实地采访饱满的感情和缜密的思维,对于严肃正式的场合她实在有些不适应。姜晓君看到烈士的父母、妻子和两个孩子,她的思维像凝固了一样,艾副省长如何与他们对话,说了哪些话语,她一句都没有听进去。接见的形式与百姓的承受之重,在她的心里倾斜。她睿智的思辨语言在这里沉默了,充当一个花瓶的角色。静态的、无言的接见,在别人看来重若千斤,而姜晓君觉得只是尽职而已。让姜晓君深有感触的是艾副省长平易近人地过来与她握手,并嘱咐汪台长,要给年轻人施展才华的平台和应有的关心。姜晓君在正式会议结束后,走到烈士妻子的面前,拉住她的手问好,鼓励她对新生活要充满希望,并把自己准备好的存有三千元的银行卡交给她,这一幕引起了包括艾副省长、政府领导、汪台长、廖政委等人的关注。记者们有的举起相机,有的举着麦克,有的掏出笔记本呼啦一下子围了过来。新闻记者们认为,这才是真正的新闻,新闻的意义所在。

九

昨天的上海，阳光明媚；昨夜的上海，繁星满天。今天早上，黄埔江边没有冉冉升起火红的太阳，天幕阴沉，细雨霏霏。天气的莫测变化影响着人们的心情，人们在变化莫测的大自然中总会把心情调适得恰到好处。

向文波要去福建办事处调研工作，在上海分公司向吉小象总经理及同事们告别。高小草过来接过向文波的背包。

吉总笑着说："你向文波多幸福呀，我们上海分公司从国际大公司聘请来的策划经理高小姐快成你的勤务员了，有缘呀，呵呵。那就辛苦高小姐啦，请人和送人都由你代劳了。"吉总转过身看着高小草说。

"吉总，没有关系，向总不辞辛苦，兢兢业业，不仅有睿智的思维，还有好的创意，传播品牌更是技高一筹，我还担心没有尽到服务义务呢。"

"高小草，是不是与向先生一见钟情呀，那么投缘！在向先生来上海的这些天里，你是全程陪护，形影不离，小心得了相思病呀！你看，这上海的天气，细雨蒙蒙，恰似小草的心情。"上海分公司的华先生风趣地说，"我们从没有坐过你的宝马车转过半圈呀。"

高小草平静地说："你说得不错，有缘是一定的。还有你们不懂得企划人员的细腻和辛苦,这些我是能读懂的。我的宝马车,你们可以随时开呀,可是要我真正钦佩,那你要从人品、素养、能力等各方面来打动我呀。”高小草咯咯地笑着。

华先生笑着说:“明天我就去十字路口见义勇为呀。”

“上海是和谐社会,等上一年你就失业了。”高小草说。

华先生和高小草的对话惹得在场的人一阵大笑。

向文波与大家握手话别后,上了高小草的宝马车。高小草发动车子驶向立交桥。

高小草开着车经过上海外滩, 东方明珠电视塔在他们的对岸直冲云霄。高小草忘不了十天前接向文波路过这里发生的情况。向文波的果敢坚毅的决定和行动,高小草已经完全被他的人品打动了。高小草觉得对一个人的了解无需长时间的观察, 一次突发事件足可以衡量一个人的道德品质和思想素养。对社会大众的关怀和奉献,是因为他心存善良,不仅仅显示一个人的气度,而是一个人的思想道德水准的气象。培训课上,开放包容的培训风格,善于发现、善于鼓励他人的优秀品质深深地影响了她。高小草是个见过世面的人,游走于国际大都市,服务于国际大公司,在国际 T 台聚光灯下尽展风采,自然而然她与向文波有一种无言的默契,心有灵犀的相通。

外滩金融大厦墙上的 LED 广告屏上,正在播放“平安上海,有你有我”的公益广告片,蓝天、白鸽、大海、轮船、武警救援、服务志愿者等跃入视线。平安上海,有你有我,我们都是志愿者,众多公益人物中出现了向文波微笑的画面。

高小草手握着方向盘兴奋地说:“向先生,请看,你在其中呀。你是我们上海人了。”

“好呀,不管哪里人,有一颗志愿者的心,就是一颗想着大家的心。”向文波平静地说:“这事过去了,大家平安啦。”

“向先生,这些天与你接触,你的正能量深深地感染着我,影响着我。我准备成立两家书店、音乐爱好者组织,还有小画家学校,我的音乐会和绘画的收入都用于公益事业,你要给我出谋划策呀。开业的时候,希望你来剪彩。”高小草说。

“为高小姐的公益爱心鼓掌，只要我有时间一定鼎力相助。你的公益项目，要集中而不要过于分散，摊子过大会耗费精力，项目不容易做好。只有做精了，才能便于掌控和跟进。”向文波说。

“那好，我先从免费教小学生学习绘画开始，那就从当一名美术老师开始做起。”高小草自豪地说。

“很好，这个计划便于落实。”向文波说。

高小草开着车上了外高桥，置身于上海国际大都市的繁华繁忙，快节奏如处处飞花。而向文波生活、工作和学习的明平市被大草原包围着，碧水蓝天，静谧，心旷神怡，自在惬意，自不必言语形容。

上海虹桥机场就在眼前，三块 LED 广告屏播放着上海外滩金融大厦广告屏上一样的公益广告，向文波朴素的俊朗笑容如鲜花般又一次开在高小草的眼睛里、心房里。高小草看看广告屏又看看向文波。向文波的目光不经意地与高小草的目光对视在一起。

向文波笑着说：“来上海出差短短十余天，一下子成为‘名人’了，这是托高小姐的福呀，谢谢高小姐。”

“有缘千里来相会，上海都想把你留下来。”高小草说。

“我对上海是熟悉的，是有感情的，所以上海包容我，上海的开放胸怀，叫我善良博爱。我记得上大学后，一个人，还有与同学们多次来上海复旦大学、同济大学、上海交大等讨教辩论素质培养、内容、技巧和形式的课程。王沪宁是我们山东人，可是从上海复旦大学北上的。”

“向先生，你没有想过曾经有一天到上海发展自己的事业，这里会给你提供发展事业的优惠政策，施展才华的广阔平台，畅通的国际环境等丰富的资源。”高小草说。

“我的姜晓君在电视台工作，我在丰盈宝公司做事。人呀，欲壑难填。我应该经常踩刹车呀。”向文波说。

“你说了，世事变化。当然，这个世界的走向完全按照自己设计规划工作、生活和学习就好了。我也不知道，做模特、玩音乐、迷绘画，竟然来到了丰盈宝上海分公司。”高小草笑着说，“虽然我家庭条件不错，但是希望自己能折腾做出一番自己满意的事业来。”高小草说。

“高小姐十分优秀。这不是瞎折腾，你受过良好的教育，学养积淀丰厚，视野开阔，是难得的精英人才。你的综合素养、能力、水平，许多人无法匹敌。我用人力资源的360法则已经给你测试过了。”向文波笑着说。

“得到您的评价，我心里更踏实了，当然还要扎扎实实地学习和做人。”高小草说。

高小草左顾右盼地在机场停车场找车位停车，一个车刚挪了出去，她熟练机敏地旋转着方向盘停在车位上。

“高小姐，你是我的老师，就说开车这项本领就把我征服了。”向文波说。

高小草转动车钥匙熄火后，两人下车。

“以后经常来上海指导工作，可以教你车技。”高小草爽朗地说。

向文波背上背包。高小草从车后备厢里取出两个大袋子。

向文波看到惊奇地问：“你这是什么呀？我来时就这一个背包。”

“这是一些吃的，还有上海的一些特产。这个包里装的是我给你画的肖像画，我的临场发挥是不可多得的，我可是学过绘画的哦。留作纪念。”高小草俏皮地说。

“鱼和熊掌不可兼得。食品就不要带了吧，艺术家的大作，我一定要好好领悟、欣赏、学习和收藏。”向文波兴奋地说。“回去后，我可要好好地临摹，虚心学习绘画和音乐欣赏基本知识，这都是美学范畴，对于丰富企划素养受益无穷。”向文波说。

“向先生，在福建办事处大约多长时间呀？日程计划有何安排？”高小草与向文波朝大厅走去。

“大概两个星期的时间。回去后还有好多工作要总结、分析、开展。欢迎你到我们北方去旅游，有去总部开会的机会一定过去。那里天高地阔，宁静恬淡。你把公益事业开展到北方去，北方的孩子需要你的无私奉献和付出。”向文波看着高小草说。

高小草把两个袋子递给向文波：“我希望有一天把公益事业做到北方去。

千里送君,总有一别。人家不让我进去。你说的话我记着,把公益事业做好。希望你与嫂夫人来上海,我一定带你们玩转上海,会给你节省好多不必要的费用,至少车马店费用能节省。呵呵。”

“高小姐,再见。”向文波说。

“向先生,再见。高小草说。

向文波与高小草的对话超越了一般意义的同事加朋友的交流沟通范畴。向文波听得出,高小草话里的意思,是对两个人爱情的传递和试探。两个人回答得小心翼翼,他们尊重对方的选择,相互珍惜这份真挚的友谊,对未来都充满了鼓励和祝福。

十

向文波出差后，姜晓君天天扑在工作上，撰写计划、采访、出镜、后期审录、出镜播出等等。她把工作学习和生活完全弄成了程序化的格式，撰写稿件尽量细腻细致，周全而不偏颇；出镜主持一定饱满激情，充满良知正义；调查要实事求是，不回避问题和矛盾。姜晓君在工作上表现了一个记者的责任、担当、义务和使命感，作为一个女人，面对千万有血有肉、有感情、有思想的社会大众，传递正能量，给予大众引导和鼓舞是她工作的本质。用爱心播种善良，用行动践行博爱，这是她的工作方法，也是她做人的本色。她的语言和行动昭示着她的宽厚、善良、博爱的品格。

月光如水照大地，千里相思共明月。两情依依如江河，万事祝福振心波。姜晓君坐在灯下认真地打着稿子，她若有所思地扭动了一下脖颈。埋头伏案的劳累和辛苦，她需要活动筋骨。姜晓君站起身走到阳台上，从窗户玻璃望出去，月光如银的天地间多了华丽。此时看到此情景，姜晓君的心绪有平静转为激动，月亮的美丽奉献，甚至她要用爱和温柔去比喻。历史上古人先贤文人墨客留下了大量关于吟咏月亮赞美月亮的诗词歌赋，这一刻她产生了由衷的共鸣。

“丁零零”，手机的铃声响了，手机屏不停地闪烁着向文波的名字。姜晓君从阳台上走到屋里桌前，眼里溢出激动的亮光。她拿起电话轻轻地走到阳台上。

“文波，近来好吗？”姜晓君笑着轻轻地说。

“晓君，休息了吗？出差这些天没有给你打电话。”向文波在电话里说。

“没有休息，刚才写稿子。没事的，我有感应，你会给我打电话的。在外面出差辛苦，一定好好照顾自己。”姜晓君说。

“你这个工作狂，一定要注意休息。工作不是一天做完的，身体好，一切才会好。偌大的世界，大自然万千事物都要遵循规律和变化，所以我们作为个体的人，力量渺小，社会的分工、层次、组合或者排列都是我们要遵守的。我说的意思，工作尽力就好，也要留出余地和空间，你才能更好地做事。”向文波说。

姜晓君抬头看着圆圆的月亮，好像看着出差在外的向文波。向文波的话语像一股暖流涌遍她的身体。她明白向文波的劝说是对自己的体贴和关心，何况以前向文波多次地说过自己近乎要求完美的工作状态。姜晓君这段时间遇到的事，让她产生了许多感慨，世事无常，都是个人行为无法控制的。一边是倡导人文关怀给人们价值观的引导；一边是经济建设无限制的扩张，生态物种遭到破坏，水泥森林占领世界。一边是电影画面的绚丽，镜头前主人公健康阳光榜样般的号召；一边是吸毒肆虐、有钱任性。但无论怎样，优秀的传统文化、博爱的正能量，始终是社会主流。

“文波，谢谢你。你哲理式的开导，让我对生活有了深刻的理解。我曾想用我的行动佐证你的见解的第二个答案，或者以思辨的方式，攻克或者质疑它的不成立。我错了，至少我的想法有些偏颇了，你让我思考和看问题的方式得到了转变。在芸芸众生的世界里，本来就该积极地思考问题，认真对待。我以个体的思维多于主流思考价值。我们新闻工作者，以主流价值作为判断标准或者准绳，根据调查事件剖析问题，总结出创新性的结论来影响社会受众。”姜晓君说。

“晓君，你的标准和判断没有出错，而且十分优秀，我要向你学习。我是说对自己好一点，除了遵循你们新闻人的思维方式更要关注形成事件的原因及过程，这样就能破除谜团。是的，答案很多，我们看待某件事情发生发展的过程中，有多个答案推着我们向前。例如，我站在月亮下面，给你打电话，有问候、思念、牵挂;有共同探讨某个问题的激动,思辨后的领悟,甚至心有灵犀的共鸣带来的成长、进步。我说得不对的观点,抑或偏颇的思路,需要你给予校正。”向文波说。

“月光如水,两情依依。太阳白天发光照耀万物,月亮夜里高悬传情。我们的问候电话通过月亮中转站,心灵共鸣,脉搏震颤,我们相安共好。”姜晓君含情脉脉地说。

“我很好,你不用挂念。我说了,我能感应你的情况,有事我会给你打电话,晚安。”姜晓君说。

姜晓君的手机里蹦出了向文波发来的动画问候语:“晓君,晚安。”姜晓君快速地敲了“晚安”二字发了过去。

情深意切,真挚暖心。姜晓君挂了电话,拢了拢头发,好像向文波的一通电话给她注满了能量一样,她坐在电脑前专心致志地打起稿子来。

中国航空公司的飞机缓缓地降落在福州机场。向文波随着人群走出了机场航站楼,坐上大巴到了市中心。来之前他没有事先通知福建办事处,一是尽可能地不去打扰办事处;二是可以给自己留出足够的时间自己支配,随心所欲地行走,享受旅行的孤独,他已经习惯了一个人在路上与自然相拥,与思考相伴。特立独行的性格,才能孕育棱角分明、富有审美意味的创意。下了大巴车,当向文波找到一家环境优美的酒店,办完手续进入客房已经是晚上九点半。他脱下衣服,洗了热水澡,洗去旅途的疲惫。他站在窗前,从窗户望出去,万家灯火,福州的灯光照亮整个城市,如白昼一般。皓月当空,天空碧蓝,远处婆娑墨绿的树丛依稀可辨,目及所处,一切新鲜,空气湿润,甚至带有别样的黏性,随微风附着在皮肤上,嗓子上罩上了滑润的黏膜。

向文波知道,姜晓君的人品素养,朴素的主持风格已经在省电视台立起了一档名牌栏目,姜晓君已经成为荧屏前观众心中喜爱的邻家女孩。“魅力主持”“善良女孩”“忠贞女朋友”,这是向文波给姜晓君的评语。爱之深,情之浓,面对月光,嘴里不说牵挂,心里全是思念,这就是一个人对待爱情的矛盾。向文波嘴角扬笑意,眼睛射真诚,正是他内心里的满意、满足。现在他完全放松无忧无虑地站在福州大酒店的39层3939的客房里窗台前欣赏着福州五光十色的美丽夜景。

放松身体,清空大脑。这些天来向文波坐车、乘飞机、做培训、答疑解惑、到浙江绍兴乡下调研、传播品牌、推销产品、承揽客户,来去匆匆,不辞辛苦。向文波都是积极充分展现谦和温润的一面。这是他的性格,他做人做事的风格。他心里始终记着:惜品、敬德、情义、拥礼、信诚、亲爱、思节、惠仁十六个字,是他做人的标准,也是做事的尺度。一个人万不可得意忘形,更不可恃才傲物;不可人云亦云,随波逐流;尽可善良博爱,精艺能事。他喜欢独处,独处能深思,独处能反省,观照内心。向文波和姜晓君都是安于静、独善处、求修养、治学问的人,真是天作之合的才子佳人。

向文波转身回到屋里,从背包里取出电脑打开电源,把近十天来遇到的所有情况和问题进行了总结和梳理,把新的领悟以最简练的语言拟成标题,补充到品牌要义培训教程里。把在绍兴乡下与农民伯伯的对话写成了翔实丰满、情感浓郁的故事案例,做成的漫画形象逼真,表情丰富,栩栩如生。他认为,没有不能开发的市场,只有懒惰才会给对手培育客户的机会。良好的积极的心态,饱满的感情是业务代表开发无限市场的基本品质。

向文波有一个新发现,用公司品牌或者产品品牌去占领一个市场,营销组织的扁平化利于客户代表与市场沟通和客户对接。然而,随着社会经济的发展,大众客户立体模型的传播形式和产品销售渠道必须改变,直达目标客户;以目标客户为中心进行传播和营销是效率最高、最先进的营销手段,那么创造经济效益的速度单位时间就会大大缩短,对于开发新产品的信息反馈的速度,开发新产品的时间周期就会大大加快。母品牌带动产品品牌,产品品牌创造经济效益,从而加速科研开发产品的速度,加快了产品标准的完善。内外一盘棋,竞争显优势,团队大空间,个人大平台,企业创效益。向文波眉宇舒展开来,会心的笑声传出窗外,皎洁的月光好像明白他的心事,清凉如水,更加透明。他为这一新的营销发现定名为“密度创新法则”。

向文波发现营销人员最头疼与客户沟通。这次下基层深入一线,他找出了答案——客户代表的营销定位出现问题,没有理解销售的本质,要遵循客户认同法则，认同自己等于认同产品；客户提出意见，要积极投入心力进行完善。在充分的时间内，让客户体会到实实在在的实惠，单位时间内的经济回报。在礼仪营销方面，欣赏客户的情趣，带着质朴和亲近的心态去交流。

寻找目标客户，付出最少的代价和成本，赚取最大的利润和回报，是营销和商家最为重视的课题和研究方向，这个问题更是向文波作为丰盈宝集团公司品牌总监的中心工作。开发客户，尤其目标客户，持续不断地挖掘客户，培养成忠诚品牌的准客户等工作，他都是责无旁贷的。做销售，干品牌，虽然平台无限大，薪资诱惑，时间空间自由，可是那份煎熬，那份日日月月、季季年年的销售业绩柱状图，不是每天标在公司的看板上，财务的报表上，总经理的PPT课件上，而是标在自己的心里、眼睛里、用脚丈量的土地上。只有使出浑身解数、调查研究、分析客户、分析对手、分析产品、分析变化的销售渠道，总结出营销方法，创新服务流程体系，就像一个跳高运动员一样去跨越那些似曾跨越而又从没有跨越过的高度。销售要刺激、煎熬、敢于承担压力，又要情感丰富，还要保持足够的理性；既要柔和软润，又要特立独行；既要大智若愚，隐忍有余，还要嗅觉灵敏，果断而抓住时机。向文波认为，为了追求目标，达成结果，品牌总监、销售代表必须精神足够强大，内心能量要足够丰富，所以还要遵守游戏规则，不能让金钱的欲望蒙蔽了双眼，不能不择手段，不能欺诈。“业者，德之助；德者，业之本。”区区十字，是立人立业的心决。正是向文波内心的领悟，拓展了他的心智和境界。同事们、业界人士对这个年轻人十分赏识，时时提点，认为他是业界的骄傲。他寻找准客户，依照区域设计，通过互联网定位，搜索环境，受众的生活习俗，耕作，牲畜、家禽的饲养方式，产量、产品带给他的改善和喜悦程度；通过导航系统，由销售代表带领母品牌、产品品牌直达目标受众；引导消费，改进产品，培养忠诚客户，全面持续地让受众惊喜和看得见的跳高一样的受益。他把这个叫作OTO品牌销售模式，或者叫作智能化导航品牌传播。

向文波对自己概念化的品牌创意，全部做了整理，流程设计、培训要领、人工成本、注意的问题、达到的预期目标、效益回报、精确程度等要素资源，他都做了详实的记录、分析和总结。向文波利用计算机平台对品牌释放、目标传达速度、客户反馈、成交、改善、维护、效益持续等做了演示，简化环节，目标精准。他在福州大饭店的3939房间里取得了品牌建设经营管理成果的重大发现。他一想到在接下来的日子，在福建大地去实现品牌释放、落地生根、客户接受、品牌忠诚、产品服务、预期回报的整个过程就倍感轻松愉悦。向文波为接下来公司全体营销代表分享他的智能化导航品牌传播策略列出了计划书和时间表。

十一

丰盈宝集团公司总部朱育才总经理打开电子信箱看到了在上海分公司出差的品牌总监向文波发来的《关于品牌传播和产品市场开发调研的部分报告》,简单浏览了一下,然后仔细地从头至尾重新阅读了一遍。朱总的表情由严肃转为舒展,他抬头望了望办公室门口。他使劲地吸了一口香烟又吐出来,并发出一连串的咳嗽声。外面办公室的员工们听到朱总有特点的咳嗽声,表情夸张得像低头拔萝卜的兔子一样,又忍不住抬起头来静静地竖起耳朵,目光齐刷刷地看着朱总办公室的门口。朱育才总经理的咳嗽声像信号一样条件反射地传递给了秘书焦欢欢。除焦欢欢外,听到朱总的这种动静,其他人员可以无动于衷,焦欢欢立刻放下手中的活计起身来到朱总办公室。焦欢欢进了朱总的办公室，朱育才咳嗽声的余音也像他刚才吐出的烟雾一样消散了。办公大厅里的员工们平时听到朱总连串的咳嗽声，还有些许的心疼，随朱总来打天下的分公司领导——他的哥们儿们不止一次地劝说他少抽烟、多运动。朱总总是礼貌地笑笑含蓄地接受弟兄们对自己的劝说。朱总十分感谢弟兄们能够团结在自己周围来创业,发展壮大事业。平时他作为东家和老大宴请弟兄们,享受酒足饭饱后的畅谈和放松,弟兄们点着香烟后递给朱育才。朱育才把香烟夹在右手的食指和中指中间,然后举起右手,把香烟屁股塞进嘴里大口大口地吸着,火光燃着香烟,烟熏火燎起来。他的烟瘾大，他一次抽烟的数量就像他是公司的总经理一样排在第一的位置。朱总经理是少有的工作狂，好像每时每刻他都在抽烟、谈判、开会、看报表、讲话、吃饭、行走，吸烟伴随他人生活动的整个过程。他的弟兄们及全体员工们都感觉他是享受香烟的美妙带给他无尽的快感，以及“马拉松”一样连串的咳嗽声。

电热壶烧开水的声音像柳哨一样响起来。朱总端正身子端起电热壶，右手掀开茶壶盖倒进去沸腾的开水。焦欢欢进来走到朱总近前正要接过电热壶。

“焦欢欢，向文波撰写的品牌调研部分汇报材料已经发到我的电子信箱，你抓紧给我打一份出来，通知各饲料公司的老总们过来开会，还有集团企划部、财务部、企管部、饲料科技研发一部、二部的部长们。”朱总看了看墙上的石英钟说：“抓紧通知，20 分钟后会议室开会。”

“好的，朱总，我马上下去通知。”焦欢欢转身走了出去。

焦欢欢一溜小跑似的回到自己的办公桌前，迅速地点开电子信箱查找向文波发给朱总的品牌传播市场调研材料，并通知了开会时间。

朱总把浓浓的普洱茶水倒满透明的玻璃杯，左手端起茶杯送到嘴边，右手食指不停地按动着手机，把手机贴到右耳上。手机里传来声音：“朱总，您好。我写的品牌传播和市场调研材料发到了您的电子信箱，今天早上五点三分，我怕影响您休息，所以给您发了短信。”

“向文波，我真想大声训你，但是又于心不忍，我看到了。你能五点给我发材料，我五点就不能接你的电话呀。我知道你替我着想，谢谢你。”朱总喝了口茶说：“你在外面要好好放松放松。昨天晚上又开了通宵的夜车吧；报告很详细，你受苦了，可不能熬坏了身体。你把材料发给我，我看到了你的新成果新发现，还拿下了市场份额卖了大单，业绩算在分公司，或者办事处的名下，你是无私奉献呀。”朱总笑着说。

朱总对向文波像自己的亲兄弟一样。向文波的勤奋、敬业、恪尽职守和出色的品牌策划传播能力彻底征服了朱育才，他的谦和、包容，良好的沟通，较强的业务能力，让朱总心生佩服和尊重。朱总与向文波的对话，朱总通常用调侃幽默的语言，以减少对向文波形成的压力。当然，向文波从来都是面带微笑，谦虚恭敬地向朱总汇报和请示工作。向文波明白，轻浮滋生狂妄，谦恭实为厚德，待人接物容不得半点儿戏和轻佻。

“朱总，我就是无私奉献，我已经向浙江办事处做了保证和允诺，他们的地盘，其业绩就算在他们的名下。通过这次培训、走访、调研和分析，也有了部分发现。我很想听听您的意见，便于下一站开展工作。”向文波说。

“我没有意见。我看了你的总结材料，拓宽了我的思路，已经形成文字，现在正要打印出来，马上组织各个饲料分公司、集团各部门召开总结会议，便于开展下一步的工作。我开会要讲的内容，就是我们将来下一步重点开展的工作：产品继续细分，增加多样性；产品开发以客户的收益为导向；母品牌、子品牌线上线下指导客户，依照你提供的参数和指标。我们的原材料，按照你说的，一定从播种、浇灌、成长、收割、配料、包装、物流运输到客户手中，绝不含转基因、农药、化肥、色素、有毒包装，整个过程严格把关，百分之百的纯环保、纯生态、纯天然。我们用诚信品牌服务客户，这就是你说的品牌的本真传播，所以我们丰盈宝集团公司发展的前景和自信就在这里，这么好的品牌传播理念、诠释、规划、落实、执行工作，十分到位，谢谢你。”朱总饱含深情地说。

一向豪爽粗犷的朱育才与具有高度责任感，对品牌悟性有着较高境界的品牌总监向文波的对话，少了沙场秋点兵的霸气，多了情感上的温软。

“朱总，您的决策十分正确，及时开会，这样就能在公司五年战略规划的指导下，按部就班地稳步推进开展各项工作。全产业链环保和创新科研开发是公司发展的基石和助推器。这都是朱总长期坚持公司发展目标不动摇的结果，所以这是我们的丰盈宝饲料产品竞争力的优势所在，我们的品牌传播才坚定自信，能量强大且持久永续发展。”向文波说。

秘书焦欢欢站在朱总办公室门口看到打电话兴致高昂的朱总，她不停地看着手表，全部领导都到齐了，各就各位地等候朱总主持召开会议。焦欢欢一次次来到朱总办公室门口敲响了木门有意识弄大响声。朱总打着电话看着站在门口的焦欢欢，把目光收回到办公桌上打印出来的报告上对着手机说：“向文波，就这样，好好地放松放松，你代我向办事处的同志们问好。大家都到齐了,我去开会了。”

朱总快速地挂了电话,拿起材料和笔记本走向会议室。秘书焦欢欢端着朱总的茶杯走在朱总的后面。

“大家久等了,打电话耽误大家时间了,电话不得不打,不打电话不安心。”朱总笑着道歉似地说。

“朱总浪费大家的时间,他是一贯地道歉,是不是该受到处罚呀?”赖晓松鼓动大家说。

大家被赖晓松调侃的气氛鼓动了,一致附和说:“该受到处罚!”

“我们应该怎么处罚他?”赖晓松说。

“罚我抽烟,罚我请大家吃饭。”朱总用尽力气使劲吸了一口香烟笑着说。

“大家愿不愿意?”赖晓松说。

“不愿意。我们一致反对抽烟,因为抽烟有害健康,对朱总身体不好,对我们在场的人的身体不好。”大家异口同声地说。

“大家有发言权、建议权,请问大家,朱总应该怎么做才是最正确的?”赖晓松说。

“朱总给我们涨工资是最正确的。”大家齐声地说。

“为什么?”赖晓松说。

“涨工资,员工们心情好,工作积极性高,就会改变CPI指数,拉动消费;还会吸引更多的员工来公司发展,公司的发展后劲才会更大。”

会议室里响起了一阵鼓掌声。

朱总笑着说:“我迟到不对,耽误大家的时间;大家涨工资的心声我听到了,集团公司给全体员工的工资刚涨了一个月,这个月再涨的话,那我们的工资涨幅就全国最高了,我给大家透露个涨工资的时间,年底一定涨,今年的效益一定大翻番。我刚与向文波通了电话,他正深入一线调研,还拿了大单。我们要全国一片红。”

赖晓松说:“朱总,我们大家和您开开玩笑,因为您一天到晚忙于工作,需要精神放松,愉悦心情,所以我们到齐后,知道您开会迟到,所以设计了刚才的话剧场景。”

“谢谢大家想得周全，对我的关心。我会逐渐改正，接受监督和批评。吃饭和涨工资的事，到时间，你们提醒我就行了。”朱总笑着说，“我们现在开会，我们用倒推法，内容包括三个方面：一是市场产品的前景和永续开发的路径；二是严格的标准和环保工序，确保产品品质；三是用科研开发引领市场。”

朱总就这三个方面做了详细的阐述，拿出了向文波在一线调研提供的数据和经济指标做论据分析，希望在全产业链上保证环保、严控品质的重要性。科研开发要把产品带给客户的受益指标为依据，品牌的传播是建立在产品的渠道空间和客户的永续购买、放大购买，只有在创新发展客户数量的基础上，才能保证品牌的优势。所以勇往直前，永葆激情，专注科研开发，深挖客户需求，创新客户需求，扩大客户购买力是我们一直要做足的功课。

“决策者的作用是引领目标，落实计划，跟踪结果，公司的发展壮大离不开在座的每一位领导，离不开公司的每一位员工，以及奔赴在市场第一线的小兵大将。大家都要集思广益，献计献策，群策群力，身体力行做好各方面的工作。”

研发一部部长司兴福说：“我们在青料草培育方面，有了新的进展，通过种植观察发现与其他草类植物没有排异反应，适合三种料草混种，还出现了竞争性生长的奇特现象，而且成长周期大大缩短了将近二十天，产量提高了31%。三种草类混种的平均增长率为25%，这是一个很大的突破，仅这项科研成果转化，大面积种植产量和收益率平均每亩要超过苜蓿的21%。经过我们的化验分析，糖分、淀粉和铁、锌、钙、镁、钾等微量元素的含量极其丰富，所以我们培育的这一品种适合大型牲畜，不亚于西方国家开发的草场作物，有几项指标远远超过了西方牧草的育草指标，我们填补了世界畜牧青料草种的空白。”

“这是一个激动人心的消息。说明我们在草料作物的培育方面有了新的重大突破，感谢司部长带领团队深入实验室和田间地头的研究和培育。司部长说的竞争性成长很形象，我们的原料产品都有‘思维活动’，牲畜吃后一定膘肥体壮，那么客户一定竞相购买我们的饲料产品。哎，司部长，你们培育的青料草新品种叫什么名字呀？”朱总好奇地问。

司部长把培育的料草图片的照片呈现在投影仪上，说："搞草类植物科研开发我们是强项，但是给它起名字我们可是外行；在这方面企划部应该最有发言权，而且向文波最有权威。你朱总好像在一些重大问题上都要征询向文波总监的意见。这个问题还需要朱总来决策。"司部长说。

司部长严谨富于逻辑的话语，把现场开会的每一个人逗笑了，把朱育才总经理逗乐了。朱总爽朗地说："司部长，厉害，不愧是我花重金从美国加州草类研究所请来的专家，这次我一定听从司部长的意见，我一定问询向文波。"

会议现场又是一阵笑声。

朱育才总经理面部表情由松弛转为严肃，他问道："新的草料品种培育成功，我们应该感到欣喜。当然，我更关注这个新品种的生长过程需要的养分。"

"这是一个很好的问题。我当初去美国攻读农业博士，主要原因是美国的饲草科研开发的标准在国际上是最高的，他们把生态环保放在第一位。那么环保、生态就是我进行科研的基础。新培育的料草的种植施肥为有机肥料，绝不使用化肥，更不用农药，所以它的免疫力极强。我做实验的时候，这是我首要考虑的先决条件。因为一切都是为了全产业链的最后环节的品质作保障。以奶牛为例，体质更健康，牛奶品质更高；肉牛的话，肉质鲜美，微量元素高。以羊为例，受孕率高，产羔率高，羊毛纤维长，我就不一一列举了。"司部长认真地说。"这就是我们通过实验归纳出来的数据指标。"

"谢谢司部长。司部长详细的解说，我朱育才彻底放心了。制造生态环保无污染的饲料产品，是我们丰盈宝产品的定位和目标，我们在科研开发上取得了革命性的进步。"

"下面请梁丰美部长谈谈你们科研二部最近工作的进展情况。"朱总喝了口茶说。

梁丰美部长是一个话很少的人，一般情况下，不管遇到任何问题他都不会随便讲话，宁愿给别人一个笑容，也不愿多说一个字。他的行为证明，他是一个少说多做的人，而且是饲料方面的专家，他是朱育才总经理托省农科院的院长从新希望集团聘请来的。因为院长和梁丰美是农林大学研究生同门师兄弟。来头不小，都是靠成绩说话。

梁丰美部长面带笑容看着电脑不动声色地说："好，一部司部长做了表率，我们不敢步其后尘，好好工作，有了新发现。下面我来谈谈科研二部的情况，我们是以粮食作物进行配料，两个指标我们要保证：一是适合家禽的快速成长；二是保证家禽的肉质品质和蛋类品质。我们通过原来的麦麸、玉米、土豆粉、高粱等不同比例进行配料，肉质家禽长势周期缩短，产蛋量高。可是由于粮食作物微量元素的单一性，肉质的同质化程度很高，蛋类存在同样的问题，我们在肉质、促进人体均衡营养等方面与市场上产品的指标产生差异化，关键是提高单位价格，创造经济效益是我们科研开发的方向和目标。我们发现坚果皮、橡胶果、花生皮等都是废弃物，要么如秸秆一样烧掉，要么变成了有机肥，或者送到了垃圾转运站。我们发现这些外壳中含有大量的微量元素，而且家禽食用后，蛋壳就会坚硬。因为家禽缺少微量元素造成体质下降，蛋壳就会变薄松软，极易损坏造成经济成本过高，而且不易于运输。由于家禽肉质微量元素提高，蛋类的营养指标提高，而且易于人体吸收，促进骨骼生长。我们的产品首要满足家禽和牲畜的绿色环保饲养，严把饲料关，产品的微量元素高，利于牲畜家禽吸收，那么就会对脑力劳动者和运动员的高耗能带来很大的益处，激活脑细胞，提高工作效率。大家看到我们节约了大量的粮食原料，全方位的要素成本就会大大降低，单位价格全面提高，我们的竞争优势得到全面加强。"

朱育才总经理说："科研二部梁丰美部长的讲话，把科技作为第一生产力这个论点在司兴福部长讲话的基础上做了充分的证明。科研一部、科研二部的科研开发成果加强了丰盈宝集团公司的母品牌、产品品牌的优势竞争力，这已经毋庸置疑。这就是我们丰盈宝饲料公司坚持科技环保发展的宗旨。我们的科技力加强，我们的品牌力就会强势树立，我们的饲料产品让受众受益，让我们的老百姓受益，我们做的是一项伟大事业，利国利民的大好事。"

会议室里寂静无声。朱总说："至于开会前，赖晓松和大家一致的要求，我觉得能满足大家的愿望，因为我们集团发展战略清晰，我们富有使命感，我们发展企业的方法和路径科学，我们的执行力是高效率，我们的经济目标一定达到预期，所以我们容易出成绩、创效益，那么大家都是受益者。”

朱总的讲话使在场的每个人心潮澎湃，鼓掌声振聋发聩，丰盈宝集团公司科研开发成果有目共睹。向文波亲临一线的市场调研、品牌传播，还有各分公司团队的精耕细作，市场效益强势增长，员工们看得见、摸得着，并且体会到了企业的发展变化，坚定了大家的信心。

下午，朱育才总经理给向文波打来电话，把上午开会的热烈气氛和一部培育的新品种、二部的新饲料配方成功的成果与向文波进行了分享，要向文波给产品起个名字，便于产品品牌的传播和深入客户心中。向文波把一部开发的料草新品种叫作兴福一号，二部的饲料配方叫作丰美一号。以部长名字命名的饲料名字，意义重大，影响深远：一是注重以人才为本，激发团队持续科研开发的动力；二是名字吉利，便于传播；三是引起客户共鸣，产生购买欲。向文波起好名字附上说明，以电子文档格式发给了朱总。朱总让秘书起草红头文件下发到了各部门及驻全国的十三个分公司一百三十多个办事处。

十二

姜晓君和“新闻关注”栏目组的团队从青山化工厂排放治理污水进展情况的采访报道完刚刚回到办公室,放下麦克和一些设备。她摘掉茶色墨镜,脱掉夹克挂在衣架上,用毛巾擦了一下汗津津的脸,弯身启动电脑坐在了办公桌前。桌上的一摞报纸和两封信件是传达室葛大爷上午上班后送来的。姜晓君整理报纸的时候,用眼瞄了一下左腕上的手表,现在是十一点一刻。她快速地浏览着《人民日报》《经济日报》《参考消息》《经济参考报》《明平晚报》《明平日报》搜索着信息。读报是她每天的功课,国家大政方针、国际动态、经济生活、百姓民生关注等信息内容,她都需要掌握和知晓足够多的信息量,让她面对镜头,或者撰稿评论,她才能针砭时弊,纲举目张,视野开阔,论点鲜明,论据充分;语言生动,诙谐活泼,抑扬顿挫,既格调高雅又接地气,既引领政策又能轻松愉悦;要在内容和形式上不断变化创新,做出适合观众易于接受的新闻节目;当然要勤于思考,下功夫学习,学以致用,不断地补充知识,提高个人素养,从而用厚重、大气、严肃、典雅的文化理论内容和朴素风格,引导提升受众的思想境界、觉悟水平,和谐萦怀,感受人与人之间的温暖;内心充满正气、公正、公平和正能量,不断憧憬美好希望,体会国家的发展、繁荣和进步,这是她主持“新闻关注”栏目的定位。要打造一档能感动观众,收视率高的栏目,甚至做成一档优秀的栏目。这档节目不是炒作,也不是挖空心思的矫揉造作,更不是靠权威影响、明星加盟，而是靠栏目全体人员的协作和勤奋，团队整体的文化修养、思想水平、专业能力、审美风格的提高和创新。责任意识、大局意识、平民情怀的积淀才是做好栏目的基础，持续不断地学习就是栏目常葆常新的生命力。姜晓君试图努力以自己的亲和力，直面问题的主持风格，以底蕴丰厚的中华文化温润观众的心地。边看边记录是她阅读报纸的方式，记录打动人心的句子、词语，代表性的案例，前沿观点，历史典故，城市风貌，百姓关心的话题她都会抄写下来，利用零星时间思考。姜晓君平时的刻苦学习潜移默化地改变了她的主持风格，而她的撰稿字里行间渗透出厚重与朴素。姜晓君的勤奋、执着和悟性成就了省电视台一档新栏目的快速成长，并且取得了骄人的成绩。在短短不到一年的时间以其新颖的策划，普遍性的案例，百分之百的跟踪解决，跨省区收视率，高密度覆盖，在国家名牌电视栏目评比中进入三甲。面对殊荣，辉煌成绩，姜晓君没有骄傲，平静如常，她数次委婉地拒绝采访。她笑着说："虽然一档栏目成功不是偶然，浸透了我们'新闻关注'栏目团队的智慧和心力，但是一个栏目要做到长盛不衰，考验的不是一个主持人、一个制作团队，而是现实社会环境。"

姜晓君读着报纸做着记录，浮想联翩。不懈的努力换回名牌电视栏目的成绩，心中有一种平静的满足感。她把报纸翻看完放置一边，端起水杯喝了一口水，打开电子信箱回复了邮件。她的眼睛从显示屏移到右手触动的信封上。姜晓君关了电脑显示屏，拿起信封来。一封是在中国传媒大学攻读硕士研究生的同学给姜晓君寄来的贺信，恭祝她主持的"新闻关注"栏目荣获全国三甲。现在的社会信息技术如此发达，电话、QQ、微信如此普遍，但是同学间的祝贺和纪念仍以传统信件的方式，总是让时间以书信的方式保留，让感情在传统里保存。或许，她的同学认为，这要比第三次信息技术革命的网上符号更有意义、更有价值。她以前收到的一封关于电厂与环保、民生健康矛盾的问题让她十分纠结。她请教了台长，而台长的回答又让她不太满意，她体会到这个问题对汪台长的难度。台长的回答迂回，她已经完全明白和理解，现在没有办法回答和解决的问题，让时间消解，让大众继续关注吧。汪台长身为副厅级的国家行政干部，他都没有办法解决，姜晓君已经完全明白，自己用不着自不量力。这一封信里是什么内容,她不得而知,既然把信邮寄过来就是对她的信任,所以自己就要接纳和认真对待。姜晓君拿起剪刀轻轻地裁剪了封口,用右手的食指和中指伸进信封轻轻地夹出了信纸,轻轻地端在手上展开阅读信件。

"新闻关注"栏目组的姜晓君记者:

您好。我是您的忠实观众。从第一期到最近的一期的播出,我可以说一期不落地观看,看到了栏目的成长和进步,为你们勤奋的付出高兴;为你们在不足一年时间取得了全国电视名牌栏目的殊荣喝彩;为你们建设和谐社会,弘扬正气,引领公正公平的社会价值观,倡导文明的社会风尚,传播正能量点赞;更为你们铁肩担道义的精神和务实行动所感动。我给你们写这封信件,期望贵栏目关注一下公租房的分配和使用情况,还有众多企业在房产管理登记、过户、缴费过程中出现的问题,这样对于一个城市的房产管理秩序,大额房产税的流向等健康发展应该有着公正公平的意义。

作为一个农民,我会继续观看"新闻关注"栏目。

姜晓君看完这封信件,又一次陷入了深思。她觉得"新闻关注"栏目要报道的问题很多。她想着这两封信件的内容,觉得近一年来报道的问题都属蜻蜓点水、锦上添花的内容,问题的剖析浅显而留于表象。她觉得:两封信嘲弄了他们新闻栏目过去近一年的作为。两封信触动了她。像这样的问题,她原来认为没有那么严重,当上次她拿着信件请教台长是否同意报道后,她觉得真正的新闻报道绝不是一件简单的事。现在姜晓君感觉新闻报道的艰难,以及未来工作的复杂性。

姜晓君没有去请教汪台长,姜晓君敏感地觉察,倘若还是以上次的方式去请示汪台长一定是被回绝,或者搁置。领导对待新闻的态度会有多方面的考虑,有时他觉得是优秀的新闻选题,作为台长他有统筹兼顾的把关职责,但是他的岗位职责里没有标明当他面对这些问题的时候是以什么为准绳的问题。负责，担当，以国家利益为重，这是一个行政领导应具备的修养；全局考虑、化大为小，做好平衡，是一个行政领导应该具备的能力和水平。姜晓君摸清了新闻的规律。汪台长曾经提出在做深做细政策宣传力度的同时，放大政策宣传的成果；树立典型人物，做好代表的引领和示范作用。至于对立面或者督促整改的问题，抓关键，促重点，并给予舆论支持。针对违犯政策法规的案件，要分析属性，是群体案件，还是个体案件；是行政事业单位的问题，还是非公企业的问题；是行政事业导向性领导失误，还是决策失误；还是属国家律令禁止的明知故犯，或者渎职错误都要经过谨慎的研究分析后确定结论。在这一连串的程序通过后，新闻已经成了麻木不仁的历史，再加上庞大机器低效能运转，应该曝光的问题变成了领导审核后的低调处理。姜晓君觉得社会问题层出不穷的原因是治标而不治本，按下葫芦浮起瓢，这是社会管理的怪圈，许多作为“新闻关注”的内容除了歌功颂德，就是锦上添花，建设和谐社会良性的新闻舆论实属必要。只有实事求是，改变思想观念，工作彻底才能推动真正新闻工作的进步。

姜晓君站起身，看着明平市与电视台并称“双子塔”的房产管理局，心想，匿名信上的问题会通过调研的形式调查清楚。她回到办公桌前，开始撰写采访关于明平市房产管理局公租房管理和发放情况的策划书。

十三

向文波置身武夷山。在山下仰望山之挺拔,他的眼睛里充满了绿色,红土和着脉搏里的血液,焕发太阳一样的能量。他拾级而上。在向文波的心中,山的厚重,山的吸引力,让他不由自主地向上。山的景致、飘逸和灵秀,使向文波被鬼斧神功赋予的大自然的神韵征服了。一个北方男人的粗犷、豪放和坚强,多年来,他在草原上骏马奔腾,在东海上浪里游泳,在戈壁沙漠体会沙场秋点兵的豪迈,在青藏高原上与雄鹰对视,在大兴安岭零下五十摄氏度里伐木,汗水浸透棉袄。一切的经历,让他的眼神不再惶惑,充满坚毅和淡定;让筋骨经得起风吹雨打,让生命饱满,在瞬息万变的世界里淡定;在世态炎凉的冷暖自知的浮生浮世里,保持一份恬淡和宁静,让坚强化成力量。向文波不知是自己与这武夷山美景,有着说不清道不明的前世天然的缘分,还是之前被道教的遗风浸染,造访道教圣地的种子在心房里孕育、发芽、成长、壮大。追随陆游、朱熹、辛弃疾等文化先人的足迹,抚摸先人们儒学理念印迹,昭示光大他们的文风情怀。向文波追怀溯源。人与自然相通的感觉,除了愉悦就是物我两忘,身心和谐。武夷山以它独有的气势意蕴包围了向文波整个身体, 从脚下、四肢、躯干、头颅、目光,从听觉、触觉、感觉、味觉、呼吸、思维、精神。他就是这样一个自诩精神独立、性格愚顽不会被外界世俗侵蚀的家伙,锻造淬炼的心之甲壳竟瞬间坍塌了,像发生化学反应一样被悄无声息地消解、融化。山巅的奇绝，高远的气象，让他体会山顶云蒸霞蔚的幻象奇迹。向文波经过两个多小时的登山路程到达山之顶端，近山望远山，有明有晦，明晦相间。从山前眺望山后，幽静深远，山岚如烟。从山下到山上的每一级台阶，他踩着厚重，听着心音，透着畅快，是醍醐灌顶的明朗。从山下的仰视，山前的窥视，近山凭眺，他觉得武夷山是一个有生命的个体或群体。地壳运动形成了武夷山的生命体征，流水侵蚀、风化剥蚀、重力崩塌形成了丰富的地貌类型，孕育了数以千计的物种。她的包容和厚重，继而形成了武夷山的思想和精神，向文波从肉体到灵魂，整个身心被淘洗到一尘不染，甚至和武夷山的神韵融为一体。

武夷山的水，清澈透底，像镜子一样，映见面容，映透心灵。水随山转，一池碧水，溪水潺潺，红色的、金色的、黑色的鱼畅游其间，波光粼粼，好不自在；有的顺水而游，有的逆流而上，轻盈地越过沟坎像跃过龙门，跃出水面，像在半空中张着圆圆的嘴，瞪着眼睛好个悠闲自在地张望世界，自得其乐。数群的游鱼在山间的溪水中，以各自的姿势舞领自然。山随水动，鱼随水势畅游，山势在金光粼粼的波纹里，柔软了山的腰肢，各具形态。武夷山的水碧，武夷山的水灵，武夷山的山清，武夷山的树绿。向文波在这个因水生灵的武夷山，身体里激荡的律动正如太极一样，让他的思绪空灵逍遥。

向文波每到一处，除了用照相机拍摄记录影像外，他还拿出铅笔在本子上勾勒出形状，画出意趣；有时几笔描下来，状物抒情，活灵活现，跳动着诗情画意；有的简洁明快，还有禅的飘逸，儒的明丽。禅驻心中，心融乾坤；音乐律动，钟灵毓秀。这是向文波游历武夷山的畅快简明感受。

向文波在三天时间里游遍了武夷山的大小景点，寺庙道观，虔诚上香，心发大愿。向道长请教禅意明慧的要诀和道理。他悟到了宁静致远，超乎想象的自然与惬意。大象无形，大音希声，不是空无，而是大自然的天道规律。我身相忘，融于自然，那是何等的超脱境界。此时，向文波感到自己对人世间与自然界的看法、理解、体悟达到新的境界。他的心情一望无际的淡然，大脑从混沌初开到无际碧水一样的明净，思路更加清晰且思辨敏锐。

向文波来到漳州。漳州临海傍水，是著名的“鱼米花果之乡”，漳州平原是福建最大的平原；近年来，漳州的GDP增速福建第一，投资拉动、经济建设的双引擎财政收入更是引人瞩目，是福建省当之无愧的最富庶的地市之一。向文波对漳州地区的工农业、养殖、渔业等多样性的经济发展做了详细的分析，该城市地区的人文资源丰富，农业资源开发多样，外向型经济包容性好。丰盈宝饲料公司以优质的天然牧草为原料开发生产了家禽饲料、牲畜饲料、鱼类饲料。根据地理位置的特点，北方日照充分的光照条件，使的牧草种子及粮食作物积聚了高品质的营养能量和微量元素。漳州地区地处南中国，与北方地区相距甚远，一直游离于商业企业竞争格局的视野之外。向文波从企划部和营销公司提供的信息报告中看出，漳州地区是丰盈宝实现经济效益创新发展的一个增长极。关键是福建办事处如何开发这片处女地，并且打响品牌服务受众，使受众在使用丰盈宝产品后，让他们看见经济受益，得到实实在在的实惠，并忠诚于丰盈宝饲料产品。没有过程的结果是空想是空中楼阁。在上海的培训会议上，福建办事处的经理提出了种种理由，说明开拓客户的难度。向文波听了一连串的理由和借口后，笑着说："真是难为你们了。你们文化相通，地理熟悉，可能咱们在品牌传播和产品行销决策上存在问题。"福建办事处领导的态度表现得理所当然，让他深思了好久。市场如同战场，在保证军需物质供应的情况下，攻不下碉堡夺不下阵地，这是人的问题，不是找借口敷衍过去的，主动性责任心起着至关重要的作用。在战争年代，军需物质奇缺，人员力量悬殊，武器弹药差之天壤，在重大战役，关键战斗中都能以少胜多，虎口夺食，攻克碉堡，抢下阵地，甚至扭转整个历史的进程改变国家和民族的命运。一个人或一个团队，若用积极的心态，知难而上，发扬进取精神，务实行动去做事，收获的一定是期待中的全面胜利。向文波要以身作则去开发市场，为福建办事处做示范，为丰盈宝品牌争取先机，占领市场。

向文波到漳州车站是上午十点三十六分，他觉得现在是去农村走访的最佳时间。他像探亲一样买了礼品装满了两个手提袋风风火火地坐上了疾驶而来的巴士。向文波来到漳州农村，农村给了他一种特有的、新鲜的感觉和体验。绿色的田野，镜子一样的水域，红墙琉璃瓦的错层小楼，绿树掩映，微风婆娑。天空湛蓝，色彩亮丽。中国的城市从天涯海角到塞外边城，从东部沿海到西部雪域，城市建设像模具模板浇铸刻印的一样。乡村的古朴文化风貌和景观特色，在经济发展的侵蚀中，还留有因风俗文化的不同保留下来的建筑特色和风格，漂浮在形状之外的风韵，彰显着朴素文化的本真。浓郁的风土乡俗积淀了中国文化多样化的人文精神和饱满情怀，正是中华文化的包容和博大，向文波走在中国大地上的每一个角落，或走在僻壤乡村都觉得亲切、踏实。

向文波下了巴士走访的第一个人就结下了深厚情谊。麦博良大爷五十多岁，是麦家村委会的党支部书记。麦大爷把向文波安顿到自己的家里，并给他讲起了漳州地区工农业经济发展状况，农林牧副渔在当地整个经济发展中所占比重，猪鸡鸭鱼蛋奶在当地人们饮食消费结构中所占比例。向文波向麦大爷说明了来意。麦大爷对这个来自北方的小伙子十分热情地说："小向，你是来自北方的小伙子，来到我们漳州，来到我们村庄进了我的家门，我们这是前世的缘分，真是天涯海角有缘相聚。我们漳州地区的农林牧副渔业发展较快，你们的产品是我们这个地区需要的，你是为我们漳州服务带来福音的人。我要好好地谢谢你，今天咱爷俩好好喝两盅，我们漳州本地生产的米酒黄酒，你是没有喝过的。这段时间你就住在我们家。"

麦大爷的盛情款待，着实让向文波感到漳州人的热情善良。麦大爷杀鱼宰鸭，蒸烤煮炖；麦大娘取出酿好的米酒和黄酒，置办了一桌子丰盛菜肴来招待向文波。麦大爷打电话约来了村里镇上负责农林牧渔业的干部一起吃饭，把向文波介绍给大家。

在酒桌上，经过大家的相互介绍，向文波满含激动地说："谢谢各位对晚辈的关怀、照顾。今天，咱们在麦大爷家相识，注定我们一生有缘。我希望用无污染环保的饲料服务漳州的农牧渔业，造福百姓。"

向文波与大家碰杯后一饮而尽，以一颗真诚感恩仁义之心感谢在场的每一个人。向文波斟满酒后敬了在场的每一个人。

在融洽的气氛中，乡镇领导端起酒杯站起来说："向先生从北方地区来到南中国漳州市的麦家村，北方地区辽阔草原生生不息的景象，令人心驰神往，我感受过了；热情豪爽的草原人民，环保绿色的草原净土充满了无限神圣。向先生用纯天然无污染的丰盈宝饲料公司的产品服务于我们漳州，我们热烈欢迎并给予向先生全方位的支持。哈哈，感谢你，北方的小伙子。”镇领导说完后与向文波举杯痛饮。

农林牧渔业推广站的周先生站起来说：“向先生，请把你的资料交给我，或者，我带向先生去县广播电视台做农牧渔业专题访谈节目，全部提供免费支持。”

镇领导打电话联系，为向文波的丰盈宝饲料产品推荐办事处人选。

接下来的时间，向文波住在麦大爷家里，麦大爷做向导，走访附近乡里镇上县区，叫来好多朋友听向文波讲授丰盈宝产品的好处和实惠。向文波成为市、县、乡镇领导的桌上宾。向文波给福州办事处的领导打电话派人来漳州与当地县、乡镇、村三级负责人进行对接，让营销代表在品牌传播，市场调研，供应产品，做好辅导，跟踪服务方面，予以信息反馈各项事务使之进行全面深入地开展工作。

心底无私天地宽，诚实感动众人心。向文波的人格魅力和厚德品质开拓了一个又一个市场，从无到有，从小到大。做事先做人，品牌传播效应就是以人格作保障，诚信是五彩斑斓的花，芬芳满天涯。向文波以他的积极态度，身体力行深入基层，调研实践，推销产品，传播正能量，诠释博爱善良，绽放美丽人生。

前段时间，记者姜晓君与烈士的妻子接受了省政府艾副省长在省会堂的亲切接见，并为他们的模范行为颁发了奖章。姜晓君与烈士妻子走出会堂后，姜晓君主动向前对三十多岁的王永贞进行了安慰，还留下了她的电话号码。两个人谈话的情景历历在目，像放电影一样浮现在姜晓君的眼前。

“嫂子，大哥永远活在我们的心中，他的英雄事迹会激发我们在实际工作中做得更好。嫂子，您要化悲痛为力量，花花和儿子需要您的照顾，我们全社会都会奉献爱心伸出援助之手，把两个孩子培养成人。”姜晓君握着烈士妻子王永贞的手说。

“谢谢姜记者，我的丈夫虽然走了，我不会辜负他对我的爱，对国家的忠诚和担当。我会以实际行动伺候照料公婆,让老人家减少顾虑,我会像对待自己的亲生父母一样孝敬老人,我一定尽自己的责任,让我们的两个孩子健康成长,好好学习,长大后成为对国家对社会有用的人才。"王永贞平静地对姜晓君说。

"嫂子,你的坚强和善良感动了我。我就是你的亲妹妹。你一个人寂寞了,可以给我打个电话,咱们说说心里话;你可以带上孩子来我这里住上一段时间,我可以帮你找份工作,让孩子来城里接受良好的学校教育。"姜晓君说。

姜晓君能够体会一个女人在美丽年华失去丈夫,是何等寂寞和孤独。女人如水,爱需要依靠,爱需要慰藉。她以一个女人细腻情感和柔软心灵去安慰王永贞失去丈夫的心伤和悲痛。姜晓君的眼泪情不自禁地滚落到脸庞上。

"谢谢好妹妹。我王永贞是个坚强的女人。我们家里的十多亩田地我会精心打理;给弟弟准备结婚的建房欠款,我会省吃俭用,秋收后卖了粮食把债还上。但对于老人是最大的悲伤,一场火灾失去了两个儿子,这是一般人都经受不住的打击。公爹婆婆是明事理的老人,认为两个儿子都是为了挽救国家和人民的生命财产做出了贡献。英雄母亲为英雄的儿子骄傲,英雄的父亲为英雄的儿子光荣。"王永贞平静地说。

王永贞对老人的体贴和家的奉献深深地感动着姜晓君。她心里暗暗佩服这个坚强、美丽、善良、吃苦耐劳的农村媳妇。

"嫂子,请你保重,带好孩子,有困难给我打电话,我在电视台号召大家来帮助你,咱们一同共渡难关。"姜晓君说。

"国家的关怀,上有父母下有孩子陪伴,我会很幸福的。姜妹妹,你放心,我们的日子会越来越好。再见,姜记者。"

"再见,嫂子。"

姜晓君清晰记得,王永贞与自己告别时,朴素大方的农村媳妇表现出来的镇定、稳重,让姜晓君心生钦佩。为了减少姜晓君的悲伤,王永贞的眼睛始终含着笑意。

仁者爱人,保佑众生;心生善意,普世善为。姜晓君不知不觉来到了邮电局,她从工资卡里取出了2000元钱以匿名的形式邮寄给了王永贞。她的举动被邮局里的工作人员看出来了,好奇地说:“姜记者,我们邮局的姐妹们也可以捐款,不需要上电视。”

“谢谢大家的好心,请您保密。”姜晓君怕邮局这位大姐说出去笑着说:“我这是给我的亲戚寄钱,没有其他意思。”

“我还以为你做好事呢,原来这2000元邮寄给亲戚呀。”邮局大姐使劲在单子上敲了邮戳,递给姜晓君说:“请你收好,免得亲戚不认账,你好留作对账用。”

姜晓君听了邮局大姐关心的话语,连忙说:“谢谢,谢谢。”

“请你走好。”邮局大姐说。

姜晓君从邮局出来,走在马路上,金色的阳光从婆娑树叶的缝隙里照下来,照在自己的身上,感觉浑身上下充满了暖意。

再苦不能苦孩子,再穷不能穷教育。姜晓君想到城乡教育的差距,王永贞要种地攒钱为与丈夫同时牺牲的小叔子还建房钱,每一分钱对于失去两位男人的家庭来说是多么重要。她心生感慨,让孩子多增长知识一样十分必要。姜晓君的左边是一家叫三味书屋的书店,她顿时眼前一亮。姜晓君拐进了这家三味书屋书店。在少儿专柜前买了一摞儿童绘本和音乐、寓言故事方面的图书,各种彩笔,还有口琴、竹笛、葫芦丝等乐器,把它们装进新买的一个书包里。姜晓君找到附近的一家快递公司写上地址邮寄给家在农村的王永贞。

十四

电视台汪台长从座位上起来到门口把虚掩的办公室门扣紧,在宽敞明亮的办公室里怡然自得地来回踱着步子。他到办公桌前喝了一口冒着香气四溢的大红袍。他离开办公桌,两手左右半开半合,两腿做马步姿势,双目圆睁,直视前方。他在办公室里走起了步子,刚开始迈着四方步子,接着加快了节奏,脚下生风呼呼作响。他的表情由严肃转为笑意拂面,嘴里喊出哈哈哈地大笑声。汪台长的步伐、表情及一连串的动作是京剧的动作,看上去他应该是一位京剧票友。在办公室里做出如此这般动作,显然是由于心情激动使然,应该算是激动情绪的宣泄。汪台长因“新闻关注”栏目组报道消防官兵英勇救火,代表省电视台在省政府会堂受到艾副省长正式的接见慰问。在新闻联播播映后,众目睽睽的情景一定增加他的权势和威望。他是艾副省长的老部下,汪台长需要被艾副省长接见的感觉,心想事成,如愿以偿。这次接见他认为意义重大,重大场合曝光,重大场合工作业绩受到肯定和表扬,重大场合的印记就像无形的砝码加重了他在厅局领导位子的分量。汪台长的余兴未散,像光环重重地环绕着他一样。人逢喜事精神爽。他设计着、计划着把广播电视台的各项工作做好、做扎实、做出业绩和水平来。他在走出数圈京剧的步子热场,运足力气后敞开洪亮的嗓子唱起来:

老样板,沙家浜,
今天翻唱不寻常,
浑身充满新力量。
阿庆嫂,真漂亮;
刁德一,多情郎,
眉来眼去,心痒痒,
斗智斗勇耍花样。
会堂里,受表扬;
规格高,非同凡响;
新闻播,美名扬;
弘扬革命精神,
还要大干一场。
唔哈哈 哈哈哈。

办公室曹主任拿着红头文件过来轻轻敲门,里面没有传出话来。她侧耳细听,里面的汪台长雅兴大发,即兴唱了起来。她听到了沙家浜阿庆嫂、刁德一,听出是京剧名段。办公室曹主任担心扫了汪台长的兴致,害怕来人看到自己的偷窥动作,抿嘴笑着轻盈地走开了。

汪台长在紧闭的办公室内,唱京剧的兴致像涨潮的海水一样一波压着一波,一浪高过一浪地唱起来:

兴奋高过艳阳天,
心情激荡浪拍岸。
老样板,新改编;
新故事,要原创;
新时代,大背景;
主旋律,要弘扬;
革命京剧才有新内涵新思想。

唔哈哈　哈哈哈。
把握时代脉搏，
谱出伟业赞歌；
春和景明盛世，
勤劳志坚奉献；
创作国粹经典，
接地气气象远；
广播电视节目纷呈，
文化繁荣经济发展；
崭新时代碧蓝天，
锦绣前程梦要圆。
唔哈哈　哈哈哈。”

办公室曹主任知道汪台长是笔杆子出身，才华横溢。公文写作，除了讲究格式，要有深刻思想，丰富内容，有睿智策略，有解决路径，关键是文件中体现格局要高远，有的放矢，提纲挈领，纲举目张。一篇公文涉及的部门之多，文章中的用语一定坦诚不着痕迹，要统筹兼顾，大局意识，责任意识，力挺担当。关键是方法可行，便于操作，全面深入地开展工作。汪台长跟着领导开会跑腿，心领神会。梅花香自苦寒来，宝剑锋从磨砺出。他对文字的敏感和夜以继日的研习，练就了强大的秘书功夫，可以说他的业务能力出类拔萃，领导赏识，德才兼备，干练作风，稳健品质，自然一路升迁，担当大任。汪台长的公文写得好。博览群书，才情尽展，即兴创作成了他的另一种功夫。他的文艺演出观感、偶感，文思泉涌。文艺创作水平渐渐功底老成，心有得之，出口成章，那么汪台长即兴演唱发挥得游刃有余就不足为怪了，渐渐修炼成了一种本领。

丁铃铃，桌上的电话铃响了。一阵响似一阵，一串响似一串。铃声不是乐曲伴奏，与他原创的新编沙家浜唱词很不协调。他转念一想，停下拨浪鼓一样的脑袋。汪台长走到办公桌前拿起电话，汗珠子从满面红光的脸上滚落下来，好似一副唱过京戏后的畅快模样。

“喂，你好，哪里呀？”汪台长十足的底气，洪亮的声音好像从胸腔里发出来。

“我，你忙啥呢？关于小姜记者参与省团委工作的事宜进展如何？”一个声音低沉地说。

汪台长一下子如梦方醒，刚才的口吻他觉得有失礼节，忙赔着笑脸说：“艾副省长，我们正在抓紧协调。这之前关于艾副省长关怀关心姜记者的情况，我已经与她本人做了沟通。姜记者觉得有许多专业技术工作务必需要钻研深入学习，关于编导剪辑的技术需要专心研究，但是我会尽力做好她的工作，我会安排‘新闻关注’栏目组与省团委加强沟通交流。”

“小姜需要多见世面，尤其你作为我的老部下，你要多抽出一些时间，先把她安排到办公室，让她从办公室副主任的业务做起，当然给她一定的自由。我不会看走眼的，将来小姜记者是一个做大事的人。我与她无亲无故只是希望一个有才干的年轻人的才华得到训练、提高，为党、国家和社会做出更大地贡献。这是我看在眼里记在心里。我们即使没有见过小姜记者，她一样能成为优秀的杰出人才。”艾副省长电话里说。

“艾副省长，我小汪是您久经考验的部下，得到您的提携，尽我所能，您看好的人，我会举一切心力做好各项工作。”汪台长认真地回答着艾副省长提出的问题。

“事不宜迟。一定对她做好引导、培养、教育和沟通交流工作。”艾副省长说。

“好的，艾副省长。我会随时向您汇报工作进度。”汪台长说。

“我知道，你是费了心血下了辛苦的。就这样。”艾副省长挂了电话。

汪台长手握着的电话里传来长长的忙音。汪台长挂了电话，坐在办公桌前想了许久。艾副省长来电视台视察工作，派了姜晓君过去当讲解员。姜晓君姣好的面容，端庄典雅，温婉淑媛的气质，艾副省长看在眼里，心潮澎湃，情有独钟。前段时间，艾副省长妻子病故，正是情感孤单的空窗期。机缘巧合，姜晓君的外在条件，汪台长认为满足他的要求，所以他没有明说要汪台长给他牵线搭桥，铺桥架轨，成全他们的姻缘。汪台长愿意为老领导服务，做出积极地贡献，与姜晓君尝试过沟通交流，并了解到姜晓君已经有了男朋友，在大学三年级时，因为演讲比赛，两个年轻人惺惺相惜，青梅竹马，结合水到渠成。姜晓君忠贞于爱情，开拓于事业，憧憬于未来。爱情对于有素养的人来说，引力决定两个人执子携手，与之偕老；对于追名逐利的男女来说，爱情是权利金钱的附属品和寄生虫。凡是有思想、有素养的女子，他们的个性相当鲜明。才华需要实践证明，爱情牢固需要忠贞和风雨证明。汪台长认为，做姜晓君的工作的确需要时间。对于忠贞女人万不可用急救的手段和方法。

汪台长真的领会错了艾副省长的意思。艾副省长是一位道德品质端正，文化思想深厚的老领导。他是学者型的副省长，主抓科教文卫等方面的工作。艾副省长教育儿女有方，三个孩子都以优异的成绩考取了国内的名牌大学。大儿子考取了中国国防大学事航天工程专业。二儿子考取了北京大学国际经济法律专业，在国内法律与国际法对接制定标准和完善体系方面成绩卓著。老三是个姑娘，考取了上海同济大学，是空间环境研究领域最年轻的学者型专家。艾副省长的三个孩子没有在权势的庇护下成长，这与艾副省长的严格教育分不开的。艾副省长是省红十字协会的副会长，骨髓移植的志愿者。三个孩子受父亲的影响，他们都是红十字会的爱心志愿者。艾副省长通过视察工作听到姜晓君记者的现场讲解，了解姜晓君作为农村家庭培养出来的大学生，走向工作岗位后，表现出来的大方得体，优秀的专业素养，让他顿时眼前一亮。他觉得姜晓君与自己的儿女一样，甚至比自己的三个儿女还要出类拔萃，所以爱才心切。以他作为伯乐的眼力，姜晓君将来一定全心全意服务党、国家、社会和人民。他认为，一个人的悟性决定他的能力，决定他服务的平台，成长发展的空间。

汪台长坐在高背皮椅子里，他取出了曹主任送来的关于姜晓君的履历材料。他对姜晓君的人品十分钦佩，甚至对这个农村出生的姑娘萌生了尊敬。她对待工作认真负责，一丝不苟，兢兢业业，而且在不到一年的时间，她和团队的精诚协作，精心策划做了重大选题，收视率飚升，而且成为全国省市电视台的名牌栏目。这样的成绩不尊敬和佩服恐怕都要对不起自己的良心。汪台长看了姜晓君的出生日期，他惊喜地发现姜晓君与自己的女儿同年同月生，并且比女儿汪小格小了三天。姜晓君小小年纪就成了省电视台里名牌栏目的顶梁柱，而自己的女儿汪小格就知道天天悠哉乐哉地开着奥迪A6全国旅行，一副玩世不恭的样子。汪台长看着姜晓君青春灿烂的两寸免冠照片，他摇着头自言自语地说，一个孩子一旦在权力名利的荫棚下成长，美味珍馐，饭来张口，豪车接送，没有委屈，势必会在不思进取中退化；一个孩子在地宽天阔的农村或者朴素的条件下成长，在挫折困苦、艰难独立中学会解决问题，奋然前行，身体健康，心理坚毅，人格完善，一定得到整体的进化和德智体美劳诸方面全面发展。

汪台长看着与女儿一样青春年华的姜晓君的照片，心里的柔软，作为父亲的慈爱表情浮现在脸上，映进目光里。他觉得作为一位领导、一个协调者，他在做着本职工作；但作为一个长者、一个父亲却是在犯一个不可原谅的错误。他的心里充满了矛盾，瞬间的思想斗争让他的角色进行着藤缠罗一样的转换交织。他转念一想，脸上露出了笑容，做工作不能掺进过多的感情，完成领导交给的任务一定要服从目标，坚决行动。汪台长权衡着，把姜晓君的简历材料放进了右手边的档案袋里。

会议由汪台长主持，各位副台长及广播电台、电视台全体职工参加了示范学习“新闻关注”栏目的动员大会。汪台长说：“‘新闻关注’栏目是一群阳光的年轻人创办的一个富有责任心使命感，紧扣时代脉搏，弘扬主旋律，关注百姓民生，传递正能量的栏目。他们积极践行社会主义核心价值观，引领社会风尚，推动社会和谐进步；他们用记者的肩担道义的精神和行动，直面社会久而未决的焦点问题，严正立场，敢于曝光，追踪调查，使难点、焦点、重点问题得到解决，客观、公正地反映了我们社会价值的主流。他们给我们广播电视台里的每个栏目组都做了表率示范，策划选题，现场报道、录播、专题评论等环节和流程都呈现问题、突出问题和解决问题。在当今浮躁的社会，他们起到了记者应有的引领作用，为建设和谐社会做出了积极的贡献。我们电视台、广播电台每一个部门、栏目和员工都要勤奋躬行，把我们的电视台、广播电台的每一个栏目、节目和点滴行动都做到观众听众的心坎上，这是我们的职责，我们才能感到无限光荣，因为我们没有遗憾，问心无愧，成绩就会接踵而至。我们广播电视台人事科要牢牢把握以人为本的宗旨，要创新人事管理工作，对于有思想，政治觉悟高，甘于奉献，乐于奉献，勤于奉献，且起到表率作用的年轻人，一定要予以提拔。勤于奉献，敢于担当是考察干部的基本条件；责任就是对工作、新闻事业的责任，对老百姓的责任，无愧于党交给我们的责任。在诸多方面，“新闻关注”栏目组全体工作人员的辛勤工作，策划实施了一个又一个深得民心的重大选题，引起了社会广泛的关注，在他们的推动下解决了一个又一个重大问题，攻坚克难，取得了一个又一个骄人的成绩，我们有目共睹，为广播电视台带了好头。以前的论资排辈，混天混成科长，跑腿跑成处长的诡计和念头一定要消灭。会后，人事科一定做好监督考核，对于工作好、成绩好、业务能力强、水平高、眼界开阔，具备创新精神的年轻同志提拔到工作岗位上。当然了，只要大家尽职敬业，会有更大的平台让大家施展才华。”

汪台长讲话的过程，目所及处，不动声色地看了在场的每一位人员，与副台长、人事科长交换了眼色，他们认同、尊敬地朝汪台长点着头。

姜晓君认真地做着记录。她佩服汪台长稳重的讲演风格，出口成章的敏锐思路，感情丰富，思想深刻，饱含深情启发的语言，磁性洪亮清澈的嗓音，视野开阔，逻辑严谨的讲话内容，不亢不卑，抑扬顿挫。她见识了汪台长作为领导，作为讲演老前辈的功力。台上一分钟，台下十年功。她心里窃笑自己夺魁时的演讲比赛，简直是事先设计，背诵而成，是事件和故事的串联。而汪台长的讲话，一波压着一波，紧凑严密，这才是演讲的艺术。小巫见大巫。姜晓君忍不住自嘲起来，通过对比她看到了自己的差距，淡泊与饱满，浅薄与深邃，浮躁与稳健，勤奋与修炼，浮名与境界，不仅仅是字面上的差异，而是文化底蕴的差异，哲学思辨的差异，专业技能素养的差异，气度格局的差异。将来还要好好地学习演讲与口才的艺术，才能做一个功夫深、业务精、境界高的电视台主持人，才能做一名旁征博引，知识渊博，魅力四射的演说家。姜晓君有了新的收获，不仅广播电视台全体人员学习“新闻关注”栏目组好的做法，而且得到了表扬，最重要的给自己上了一堂思想深刻，文化内涵丰富的演讲课。她总结得出：乐观积极，视野开阔，思维活跃，思路清晰，逻辑严谨，博览群书，阅历丰富是成为一名精彩演说家必须具备的素质。

十五

叮铃铃,电话铃响起。曹主任放下手中的报纸,接起电话:“喂,你好。”

“我是汪台长,小曹来一趟我的办公室。”电话里汪台长说。

“好的,汪台长,我马上过去。”曹主任笑着说。

曹主任是汪台长的老部下,跟着汪台长从县长到市文化局长到省电视台长,兢兢业业,勤勤恳恳,不能说曹主任是汪台长的幕僚,但是至少是汪台长不可多得的贴心下属。曹主任从省城大学毕业后分配到县政府办公室文员,跟着领导过了三个五年,连升三级。小曹丈大和家人认为,她是一个人才。丈夫在带孩子、做家务支持小曹的事业。领导汪品高是一个德高望重,做事稳健,作风正派的领导,小曹跟着汪品高工作十五年的时间里,没有让外人说出一句闲言碎语。人品修养成就了汪台长,成就了曹主任。

曹主任轻轻地磕了汪台长办公室的门,她侧耳细听,里面传来说:“请进。”

“汪台长,您好。您今天上午安排哪些工作内容?”曹主任礼貌地问。

“小曹,请坐。昨天台里动员学习会上已经向全体员工做了说明,对人事将做调整。”汪台长慢慢地说着端起茶杯喝了一口冒着大红袍香气的茶水。

“汪台长,这是台里领导的决策,我们会按照部署做好各方面的工作,请您尽管吩咐,是协调,还是奉献,我们办公室,我小曹都会起到示范带头作用。”曹主任说。

曹主任表态一样的讲话，引起了汪台长的兴趣，刚才沉着的表情渐渐舒展开来，笑容从嘴角上、眼睛里缓缓地漫开，笑着说：“小曹理解我呀，你跟着我工作十五年了，我很少表扬你，你的付出，敬业和默默无闻支持我的工作，我都记在心里。你牺牲了照顾家人的时间，你的丈夫和家人为你付出了好多，代我谢谢你的丈夫和家人。一个人要在事业上做出一番成绩，必须有人辅佐。虽然十五年里你没有参与我工作的重大事项，但是我交代的每一件事情都让我放心。我们一身清白，无愧于党，无愧于我们为人民服务的伟大事业。我是一个农家孩子一步步坐到今天的省电视台长的位置，每走一步都在反思，不敢懈怠，我老父亲给我起名字叫汪品高，我没有辜负老父亲的期望。”

“汪台长，因为您是有修养的人，我在县政府当秘书的时候就体会到了。您作为领导、作为长辈，给我们做了榜样。”曹主任平静地说。

“小曹夸奖起领导来了。这是一个国家工作人员应尽的义务。广播电视台取得了这么多的成绩，传播真善美，歌颂和谐社会，鞭策假恶丑是我们的责任，光辉灿烂的事业是你们年轻人的。”汪台长说。

曹主任第一次听汪台长对自己说出语重心长的话语，她体会到汪台长对自己工作付出是真诚的谢意。曹主任说：“从平时汪台长工作严以律己，做人敦厚端正的言行举止中，在敬业、沉稳、严谨和效率等工作态度做人品质方面也深深地影响了我。”

“一个领导要有大局观，要有使命感，做工作要讲究方式方法，还要统筹兼顾。你们要做好具体工作的同时，跟着领导要学会这些领导的业务素养和专业本领。当然，事无巨细，具体到一丝不苟，这方面我要向你们年轻人学习。”汪台长说。

“更重要的是我们认真地做好各项服务工作，在事业开阔、全面统筹方面还需要汪台长多多给予赐教。”曹主任说。

“昨天开会说了，扎实工作，统筹兼顾，把人才用好用活，创新工作，为广播电视事业做出更大的成绩是我们的使命和责任。台里决定把姜晓君调到你们办公室。你做主任，统筹兼顾；提拔她为副主任，给你分担一下工作，你要向台里的事务管理方面倾斜，希望你多给予她帮助和指点。她的职责负责外宣、团委、社工部、省政府的联络工作。”汪台长说。

曹主任果断地对汪台长说：“汪台长从广播电视事业的大局出发，高屋建瓴，小曹会按照汪台长的指示，有责任和使命做好各项工作。姜记者人品素养、业务能力水平、对工作的敬业态度和开拓精神都让我钦佩，她的工作成绩有目共睹，我想她会做得很好，我们会团结得很好，办公室的各项工作会上新水平、新台阶。”

“好，小曹说得好。下一步让办公室和人事科下发文件。”

曹主任以一个大姐姐的身份去姜晓君的办公室找她谈心，介绍办公室的事务工作和外宣工作情况，欢迎她荣升办公室副主任。

“晓君，你的到来加强了办公室工作的实力，以你的谦和品质和扎实的业务能力一定会把办公室的外宣工作提高到新水平，我们与团委、政府和社会大众的心声会贴得更近，工作更加扎实细致。”曹主任以真诚之心欢迎姜晓君到办公室从事领导工作。

姜晓君说：“曹主任在办公室工作岗位上多年，有‘办公专家’的称号，还望曹大姐对小妹妹多多指点。

“我会待姜记者像亲妹妹一样，把办公室的各项工作做好。当然，职责范围内的工作，你放手去做，我不会参与。”曹主任说。

“谢谢曹主任指点。”姜晓君感激地说。

姜晓君交接完“新闻关注”栏目组的工作后，正式搬到了宽敞明亮的副主任的单间办公室主持开展职责范围内的工作。

汪台长向艾副省长电话汇报工作后，顺便说了姜晓君升迁办公室副主任主持开展工作的情况。艾副省长夸奖汪台长工作有的放矢，执行力强，效率高。汪台长坐在高皮椅子上点燃一颗香烟长长地舒了一口气，吐出的环环相扣的烟圈缓缓地升上了天花板。他站起身走到窗台前俯瞰着整个日新月异的明平市，嘴里哼唱起了小调儿。

传达室的葛大爷拿着一摞信件和报纸站在姜晓君办公室门口，还没有等葛大爷敲门，姜晓君赶紧从椅子上站起来，离开办公桌笑着把葛大爷迎进屋里。

“葛大爷，您请坐，我给您倒杯热茶。”说着姜晓君往茶杯里放了茶叶倒了一杯龙井茶水放到葛大爷面前的茶几上。

“姜主任，祝贺你。你是咱们广电系统的模范，有志不在年高啊。你是有才华的姑娘，大有前途。”葛大爷坐在沙发上笑着伸出大拇指对姜晓君说。

“谢谢葛大爷的夸奖和鼓励，我岁数小，经验少，眼界不够开阔，对事情的认识还比较肤浅，解决问题的能力需要学习和提高，可以说面对新岗位新工作很茫然。葛大爷是国家的老干部，还望请您多指导晚辈。”姜晓君站着说。

“孩子，你是一个在认识上清醒的人。首先，你认识到自己的不足，就说明你还有前进的空间，发展的潜力。工作上，除了做好岗位职责范围内的事，关键是面对重要事情、重大事件，或者突发事件，要有所坚持，就是坚持原则。领导干部考查的是一个人的综合素质、大局观和开阔的视野，解决问题的方法。一定要多学习，善于思考，主动思考，注重调查研究，并站在不同的角度看待问题，分析问题和解决问题，这样工作你就会有主心骨，不失偏颇，不会犯低级错误。我说的这些你做到了，你的领导业务本领就得到了锻炼，你的领导能力水平就会提高。”葛大爷认真地说着，他在帮助姜晓君对领导干部工作有更深刻的认识，鼓励她取得更大的进步。

姜晓君被葛大爷意味深长的话语吸引住了，铿锵有力，言辞犀利，而且透着一股原则性极强的正能量，积淀深厚的领导素养。

“谢谢葛大爷，您教育了我，坚定了我认真对待工作的态度，恪尽职守负责的精神。解决问题要从大局出发，从小处着手，切不可眼高手低。”姜晓君看着葛大爷说。

“孩子，你说得对，你是一个心气灵、悟性高的人。我观察你一段时间，你的性格、魄力、业务素质和成绩足以证明，将来你一定会做更多的事情。”葛大爷说。

姜晓君听着葛大爷鼓励自己的话，心里敞亮了许多。她端起暖壶给葛大爷把茶杯倒满。

姜晓君想听听葛大爷对一些问题的看法，或许能找到解决问题的路径。

“葛大爷，当面对群众呼声大，关注程度不够，确实需要解决，超出自己的能力，而要顾全大局的时候，问题得到关注、得到解决，给予老百姓一个交代，至少推动了一点点的进步，这是当下我的困惑或者疑虑。”姜晓君虚心得像小学生一样让老师给出满意的答案或者解决方法。

“小姜，你的心思我懂，你遇到的问题良心驱使你去解决，因为你认识到问题对百姓造成的实质性的影响。我举个例子，假如你得到了一个新闻选题，想去跟踪报道，但是现实的情况和局限无法让你们去完成社会受众关注更无法去解决，甚至是无法去触动。若是置若罔闻，道义的力量就会觉得良心受到谴责，有志不能伸，这是你的困惑。对于你遇到的问题，要认真对待，以文件的形式提交，尽力尽责去做就好。我曾经在实际工作中遇到过无数次这样的问题，我也是这样看待和处理问题的，我的良心得以安慰。小姜，这就是在问题面前的责任和担当。”葛大爷说。

“谢谢葛大爷，您给我指出了解决问题的路径和办法。”姜晓君激动地说。

“形成文件是解决问题的最好办法，形成议案、解决议案，便于有关部门关注社会民生，解决你们提出的实际问题。现在，你开展的工作应该更多地贴近社会大众关注的问题，至少可以形成文件。”葛大爷看看手表站起来说：“孩子，好好干吧，将来你会做更大的事业。”

姜晓君把葛大爷送出门外，看着这个精神矍铄的老头。她觉得葛大爷是一位在重要职位上务实做事，积淀了丰富经验的老领导。葛大爷的话，为她从事办公室工作坚定了信心和力量。

高小草在她的别墅成立了儿童公益美术学校，并在上海交通广播电台发起了儿童审美素质教育的倡议，高小草策划、撰稿和录制的高小草儿童公益学校宣传片在上海外滩金融大楼的 LED 显示屏上播放。高小草的阳光、美丽、热爱艺术、奉献爱心的公益形象得到宣传，许多家长领着孩子前来报名，有的父母加入志愿者队伍，出力出钱，鼎力相助。

高小草笑着说：“你们把孩子送到我这里学习，就是对我最大的信任。我成立高小草儿童美术学校，不收大家一分钱，就是免费教授儿童的审美情趣，以美术的技巧和形式发现美、表现美，让他们对现实世界感同身受，以善良之心发现他人的长处、优点和美丽心灵；我们生活的世界从来不缺少美，社会的快速发展，利欲熏心的浮躁生活，使得儿童从小就偏离了基本的道德和审美思维，谈不上审美欣赏，更谈不上有一颗宁静的心灵。当然，我希望全社会都来关心孩子的成长，关心孩子拥有健康和谐的心灵。我们羡慕日式教育、美式教育、欧洲教育，那么我们意识到了问题却不愿意行动。现在，我们从培养孩子美学思维出发，身体力行，我们做一件对国家民族大众素质提升的大事。”

高小草对孩子家长的讲话被一个记者妈妈记录了下来，一个孩子的爸爸是电视台的摄像记者，他用摄像机拍摄下了当时高小草讲话的画面，制作成电视专题片，在市“新闻联播”节目中播出后引起了整个社会积极的反响。一个人的思想为整个地区社会的文明发展进步着想的话，那么务实的行动对该地区社会受众的文化素养就会得到全面的完善和提升，社会文化经济发展就会取得实质性进步。文化助推经济，经济提升文化，二者相辅相成，相得益彰。高小草的儿童美术公益教育极大地推动了整个城市儿童美术教育理念的普及，掀起了一场美术教育美化心灵的浪潮。

高小草的公益儿童美术教育理念和举办的一系列活动着实影响了许多知名的画家和美术工作者，艺术家们一幅画作抵万金，看了高小草的事迹后，他们开始反思，甚至在公开场合下自嘲：金钱至上的观念贬低了艺术高尚的心灵，一边拿着国家的俸禄，一边为画作艺术成为获得私利的工具心生惭愧。他们顶着艺术家的桂冠，罩着璀璨的艺术光环，却不及高小草一名年轻人的无私奉献。艺术家们纷纷表示，要向高小草学习，以实际行动来践行纯粹和谐的艺术之美，以及健康的人生观、价值观和世界观。

高小草谦虚地说：“我做这件事，缘于一个叫向文波的人，他那时刚刚来我们上海出差。当我开着车子接他到上海外滩时，恰巧遇到外滩的演唱会踩踏事件，而他平静地下车参加救援。当时，我有些不解。向文波平静地说，我是志愿者。然后，下车投入救援行动至第二天凌晨一点多钟。他的言行对我触动很大。爱自己越多就会越自私；爱他人、爱社会越多就会海纳百川，博爱无限，勤于奉献。”

许多艺术院校的大学生加入了高小草的志愿者队伍,他们利用课余时间到高小草的学校为学生们无偿上课。高小草有了众多帮手,在工作和公益事业上做到了平衡,齐头并进,各项工作做得有声有色。高小草把开展公益活动的内容,孩子的绘画作品都发到了她的公益网站上。向文波看后,脸上露出了幸福的笑容,他都会积极的点赞和留言鼓励高小草。

高小草打电话给向文波:"向先生,谢谢你的鼓励,我的儿童美术公益学校有你的功劳,没有你就没有这所爱心学校的诞生。"

"小草,你是一个有爱心的人,这是你自己的功劳。我真诚地祝福你。"向文波电话里笑着说。

"向先生,认识你是我的缘分,所以我决定向你学习,这才有了这所学校。"高小草说。

"你是一个优秀的人。祝你事业大发展,在工作之余,要多加强锻炼身体。你要照顾好自己的身体,将来你才能做更多有益于社会的事情。"向文波电话里鼓励高小草说。

"向先生,你在外面要照顾好自己。"高小草关心地说。

"再见,小草。"向文波说。

"再见,向先生。"高小草说。

高小草的爱心力量源于向文波。高小草在向文波榜样的激励下做着对社会对下一代有意义的公益事情。传递爱心,犹如太阳的光辉普照在大地上一样,让万事万物和大自然体会到温暖,焕发勃勃生机,健康茁壮地成长,让社会大众感受到生命的愉悦,生活的美好。

十六

姜晓君心里一直挂念着肖排长的妻子和两个孩子。肖排长兄弟二人的壮烈牺牲对于姜晓君是无以名状的疼。壮士英勇献身,留下年迈的父母,无依靠的妻子和刚刚懂事的女儿,谁能盛得下如此的悲伤和痛苦,但是肖排长的父母盛下了,肖排长的妻子盛下了。姜晓君利用休息时间带上礼物去乡下肖排长的家,看望了她的父母,他的妻子王永贞和年幼的女儿。趁未到农忙时节的空当,姜晓君把肖排长的妻女接到城里自己的住处。姜晓君曾经在心里暗暗承诺,一定要资助这个孩子学习,她每月从仅仅三千元的工资当中拿出300元以匿名的方式邮寄资助孩子的生活和上学学习费用。姜晓君带着母女二人参观广播电视大楼、科技馆、动物园、博物馆。孩子从开始的腼腆、胆小、害羞,逐渐活泼、好奇和大胆。毋容置疑,环境可以改变一个人,开阔眼界,开启心智。姜晓君看到孩子的变化,心里十分高兴。她觉得人与人之间的和谐、温暖、爱心和善良,需要用行动传递。

小姑娘与姜晓君离别时,依依不舍地泪水挂满两腮,说:“阿姨去我们家吧,我们到麦田里一起去放风筝。”小姑娘用小手指着蓝蓝的高高的天空又说:“风筝飞到天上好高好高,可以跟着北飞的大雁,可以去看望白云后面的月亮姐姐。”

姜晓君夸奖说:“孩子,你好聪明,你的未来会像风筝一样高远。”

“爸爸会扎长城风筝，放到天上一排排一溜溜。”小姑娘好奇地看看姜晓君又转过头去看看妈妈说，“我爸爸回家后会给我扎好多风筝，还会领我去放风筝。”

两个女人默默无语，噙着泪水，转身掩面哽咽。

姜晓君擦拭眼泪转过身来笑着说：“明年我去你们家，和你妈妈领着你一起到麦田里放风筝；我们放飞好多不一样的风筝。”姜晓君说。

“阿姨，咱们拉个小钩钩，说话一定算数呀。”小姑娘歪着头眯着眼得意地笑着说。

姜晓君伸出双手，握着小姑娘的手说：“阿姨一定去，一定会给你买好多五颜六色的风筝，我们把风筝们放飞到蓝天上与小鸟比高。”

客车过来慢慢停下来，姜晓君拎着为王永贞和孩子们、公婆带的礼物送她们到车前。售票师傅帮她们母女把东西拎了上去，姜晓君为母女二人支付了票钱。客车关上车门，司机师傅发动马达，车开走了。客车像没有线的风筝驶向远方，驶向春意盎然的乡村。

向文波从漳州出发前往厦门。向文波以旅游的形式去厦门大学，探寻陈嘉庚老人立志回国办学的思想和足迹。向文波对厦门大学的印象是以一张老照片开始的，二十世纪的八九十年代，他从一张黑白老照片中看到一群风华正茂的年轻人的合影。向文波清晰地记得，这是他第一次知道了这所大学的名字，从此就产生了对这所大学美好的憧憬和向往。

厦门由多大小岛屿组成，海风吹拂着整个城市，空气里充满了鱼腥的咸涩味道。阳光像被过滤掉了尘埃和杂质，简直就是一尘不染。向文波在厦门市的高处向西、北、东不同方向瞭望，三座现代化的跨海大桥链接着大陆和岛屿，像风火轮，像风车。向文波觉得城市充满了跃动的韵律。厦门有琴岛的美誉，她的景致，她的神韵，她的美丽，她的洁净，让初次到厦门的向文波感受到了一种无以言状的清爽、新鲜和通体的畅快。生命的美妙，在于你在恰当的时间，在不同的地方发现了美丽，体会到了灵动和愉悦。

向文波面对此情此景，不由自主地拨通了姜晓君的电话说：“晓君，挺忙吧。"

姜晓君听到向文波熟悉的声音,欣喜飞上眉梢说:"向文波,你挺好吧。外面的世界很精彩,天上飘着洁白的云彩,你背着行囊,你的足迹行走成你的图景,爱与潮水时而宁静,时而心潮澎湃。"

"晓君,你说得好有诗情画意,我来到了厦门,想与你分享我看到的海天一色。"

"你看到好景色,有感而发,浮想联翩。此刻,我体会到你文思泉涌般的激情,应该是海潮狂澜般的才情。"姜晓君笑着说。

"此刻,你与我同在该有多好,我们站在厦门的山水前,山盟海誓,我们许下爱情的诺言:爱你一万年,山伟岸,水至善;山厚重乾坤,水灵动世间;你我相依,山水相连。"向文波说。

"生命个体的意义和价值就在于因差异而光彩璀璨。我们两个各有各的事做,而且都非常有意义。我们才如此相互珍惜和鼓励。你这次出行考察一定收获很多,让你的体魄更健壮,情怀更饱满,思想更丰富了。"姜晓君含情脉脉地说。

"是的,让我更多地想到了你。别太忙了,要懂得放松,要经常锻炼身体。"向文波说,"遇到烦心事,要学会跨越;世界太大,游戏规则太多,放下,绕过,都是生命的馈赠;四时季节,就会在合适的时间里播种、开花、结果和储藏。"

姜晓君体会到向文波的话语里,多了对生命的感悟和珍惜,这是他出差考察过程中,思想上的认知和进步。阅历造就了一个人生命的深度和厚度,造就了一个人饱满的生命情怀。

姜晓君为了不让向文波有更多的挂牵,她说:"我已经调到电视台办公室副主任的位置上,还去乡下看望了肖排长的父母、妻女,而且接到城里住了半个月。"

向文波盛赞姜晓君说:"你真是天下最好的女人。"

姜晓君说:"我们都是平凡人,只是做我们力所能及的事情而已。你向文波付出更多呀,一个志愿者的事迹影响了数座城市。明平市就是因你的事迹,在你的带动下成立了志愿者队伍。"

向文波调侃地说："我们都是从农村走出来的青年人，但愿三十年后与今天一样，没有利欲熏心，没有权利使人，颐指气使。这些是我们要时刻提醒自己的。"

"我们的基因里没有杂质，充满了纯粹善良、无私和博爱。在世俗的生活里，我们一定要时刻警惕我们朴素的情怀，感恩的心胸不要被世俗的名利风化、侵蚀。这就要我们端正我们作为个体的思想和行动，不说妄语，不做狂妄之行，让良心见证我们的朴素品格。"姜晓君说。

"你是一个优秀的女人，在今后你要给我更多的提醒，一个好女人就是一所德行素养修炼的学校。"向文波说。

"我们的父母忠厚老实，教育我们厚道做人；我们的师长教育我们不能愧对我们的国家、社会。有这些在心里装着，我们就会做人踏实，做事务实。"姜晓君说。

"是的，与你通话，我的心里更加踏实。再见。"向文波说。

"向文波，照顾好自己。再见。"姜晓君说。

"再见。"向文波说着挂了手机。

向文波来到厦门市政广场。他在书报亭买了一份报纸漫无目的地浏览着报纸上的内容。三版的一则向社会发出的公益倡议书"奉献爱心 救助生命"的标题内容吸引了他。原来是厦门大学一名来自匈牙利的留学生身患白血病，在国家骨髓库配型没有成功，校方和厦门市公益组织发出了向社会求助的倡议书。希望愿意接受配型的人员到厦门大学第一医院接受血液化验。这时，广场上硕大的显示屏上正播放着救助外国留学生的广告内容。小伙子是学校中文系大三年级的学生，是爱心艺术团的教授表演声乐的老师，还是中匈国家文化友好交流团的成员，为中国优秀传统文化在西方国家的传播做出了积极的贡献。向文波站起来舒展胳膊腰身，深呼吸做扩胸运动，他向卖报师傅询问了去往厦门大学的车次。他笑着道谢转身迈着矫健的步伐朝车站方向走去。

十七

公关部主任吴宇通来姜晓君办公室汇报工作。

姜晓君说:"我们作为国家的媒体传播机构,应该在公共关系的组织上为社会受众做好示范。我们相当一部分工作人员对公共关系内容和技巧的认知不足,就开展工作方面缺少创新性的思维;在方法策略上出现短板,或者瓶颈。我们都是在点上做文章,并没有在线上进行串联,与受众进行友好的互动,在面上我们没有总揽全局,缺少系统化思考、良好的整合体系和参照标准。点线面有机的联系和结合,是我们做好媒体公关的基础和保证,是夯实工作的方法和路径,那么扎扎实实地做好工作是我们的责任和应尽的义务。"

"姜主任,谢谢您。我对公共关系这项工作确实比较模糊,每天与人打交道,就是领导安排布置任务,送文件、跑腿、吃饭、喝大酒,天天昏昏沉沉,效率不高,单位领导批评,回家老婆抱怨。我的体重从 150 斤直线上升到了 208 斤,医院检查脂肪肝,糖尿病前期。姜主任,有没有更好的办法? 搞公共关系不要那么折磨人该是多么好的一件事呀。"吴宇通哭笑不得地说。

"做工作千万不能拿身体做赌注,目标没有完成,碉堡没有炸掉,整个人儿却垮了,呵呵。我们不能要这样的工作状态和工作方法。"姜晓君说:"公共关系是一门如何影响公众,与公众建立良好关系的学问。公关工作有广义和狭义之分,既包括专门的公共关系工作,也包括营销、广告、市场调研等。任何组织和公司都无不进行着公共关系工作。即使你不在公司里工作,为了达到某些目标,如赢得朋友的信任,影响别人看法,公共关系都会提供有益的帮助。”

“姜主任,您分析透彻,简明扼要。您给我举个例子,我太笨了,您开导开导我。”吴宇通挠着头说。

“一本长达900页的儿童读物,定价29.99美元,第一次印刷达到8500万册,几天内就销售一空。该书的作者是一位失业在家的妇女,也是一位离异十多年的单亲妈妈,短短几周时间成了比英国女皇还富有的女人。为什么会是这样?这就是营销的力量,也是公共关系的力量。这个女人如你那样跑腿喝大酒是无法创造神奇的。成功的营销策略,成功的公共关系一定是高效率的。你们开展工作主要缺少针对性的研究、分析,更缺少目标性的措施和可行的路径,关键是操作上、执行上的问题。一句话就是不去研究工作,没有标准地工作,当然就无从谈起效率。这叫什么?这叫神经麻醉性工作。”姜晓君说。

“姜主任,您说得太好了,我以后就要多学习一些关于公共关系文化的系统知识和技巧,有难度,真是赶鸭子上架。”吴宇通摸着脑门无可奈何地说。

“吴主任,你要鼓足信心,你原来是做什么的?”姜晓君问。

“我原来是咱们上任余副台长的司机。他要退休了,提前把我调到了公共关系部,就开始了酒泡肝的日子,家人朋友们夸奖我有出息了,可是我难受的日子就开始了。”吴宇通说。

姜晓君没有说什么,关心地劝着说:“可以改善一些工作方法,身体不饶人,珍惜生命。我这里有一本美国乔马可尼著的《公共关系实践与案例》,送给你看看,但愿对你有所帮助。”

姜晓君站起来,从身后的书柜里拿出一本书递给吴宇通。吴宇通小心翼翼地甚至带有虔诚的目光看着姜晓君。他捧着这本书好像擎着千钧的力量。他的面部肌肉有些痉挛,惶惑的眼神渐渐地变得严肃和沉重。

“姜主任,我一定好好拜读。我在电视台二十多年了,您是第一个让我涨知识,学习文化的人,此时,我心里有一种不同的感觉。”吴宇通说。

“吴主任,这本书共分两部分,第一部分是公共关系理论与实践,计十六章的内容;第二部分是公共关系实例与案例分析,共有十个案例。这是一本代表当今国际公共关系前沿的理论与实战书籍，里面有一些有效方法和手段,以及在具体实施过程中可供选择的具体方案,至少对你有一些帮助。”

公共关系部隶属于电视台办公室,现在吴宇通的上司就是姜晓君。通过谈话姜晓君了解到公共关系部人员素质以及开展工作的基本情况。她没有抱怨和鄙夷，用真诚之心来关心吴宇通及公共关系部今后开展工作的创新要求。学习是第一要务,武装头脑,武装领导的头脑才能带出精兵强将,推动电视台公共关系的全面发展。引导、培养和锻炼既有眼界又讲协作能力,既讲战略规划又讲战术统筹兼顾的人员,组成工作勤奋,目标明确,果断干练,作风顽强,善于学习的团队,为新形势下电视台现代化的工作服务,不断创造工作佳绩。

“谢谢姜主任,我一定好好看书,充实自己,带好队伍。”吴宇通站起来说。

“学习是一件好事,既理清了思路,又改善创新了工作方法,从而提高了工作效率。至少不在拿你和同事们的身体做赌注,为了你家人的幸福,建议吴主任锻炼身体,戒烟戒酒。”姜晓君说。

吴宇通正要点燃一支香烟,听到姜晓君的话,把夹在手里准备送到嘴边的香烟装进烟盒里。

吴宇通笑着说:“听从领导的指示,从今之后戒烟戒酒。打扰了,姜主任。”说着吴宇通走出了姜晓君的办公室。

姜晓君把吴宇通送了出去。

叮铃铃,叮铃铃,桌上的电话响了起来。姜晓君回到办公桌前接起了电话。

“您好,请讲。”姜晓君说。

“你是小姜,姜主任吗?”电话里一个浑厚的男中音慈祥地笑着说。

姜晓君听电话里的声音十分熟悉,但是她不好确认是谁。她感到此人的声音充满了磁性、魅力和分量,好像对方对姜晓君十分熟悉。

“您好,您是哪位领导?或许我记不起来您的尊姓大名,请见谅。”姜晓君小心翼翼地尊敬着对方礼貌地说。

“姜主任，你好。我是艾副省长艾晓江。姜主任调动工作了吗？”艾副省长自报姓氏关心地问姜晓君。

姜晓君觉得有些奇怪，她心里思量着，艾副省长怎么知道我的工作调动事宜，我可是一名小小的记者而已，调动部门也仅仅一星期的时间而已。

姜晓君马上笑着回答道：“艾副省长，您好。小姜仅是一名小记者，谢谢您打电话来关心。我是新闻广播电视战线上的一员小兵，一定谦虚学习，以实事求是的态度，科学创新工作理念，踏实务实，恪尽职守，做好本职工作。”

“你是一位有思想、有才华的姑娘，你领导团队策划的“新闻关注”栏目的内容、起点高、观点新，在引领意识形态，弘扬主旋律，传播正能量，关注社会民生，建设和谐社会方面起到了标杆作用。你是一位有胆识、有智慧、有爱心的姑娘，火灾现场不畏火险直面报道，给新闻记者做出了表率，而且自始至终奉献爱心，扶危济困，资助消防烈士家属和女儿，这份爱心善良是我们社会需要弘扬倡导的。”艾副省长电话里和蔼地说。

“艾副省长，您夸奖小姜了。我作为一名志愿者，尽一名志愿者的本分和行动而已，莫大的荣誉和名号，让小姜受之有愧。小姜本分地做好新闻记者的工作外，只想做一点对社会、对需要关心的人有意义的事，别无他求。”姜晓君虚心大方地说。

“你是一位谦虚务实的女孩子，有良好的人品修养和社会责任担当；你是一位有爱心的人，我们讲求科学发展，讲求以人为本，讲求选拔人才不在论资排辈，而是德才兼备，不拘一格，选好人才，用好人才。台里提拔你为办公室副主任是正确的，像你这样的年轻人就应该到领导岗位上接受锻炼，开拓进取，带领班子开创工作新局面。”艾副省长说。

“谢谢艾副省长的鼓励和期望，我会做好本职工作。”姜晓君认真地回答。

“小姜主任，好好做工作，加强锻炼，全面提升修养和业务本领，将来一定有更大的平台施展你的智慧和才华，为党、国家和人民做出更大的贡献。我看出来了，你是有大作为的人，你有悟性、有主见。”艾副省长说，“平时，也不要太辛苦自己，爱惜好身体。”

“谢谢艾副省长关心。”姜晓君说。

“遇到什么难题可以找我谈心，我会给你解决工作当中遇到的疑难问题，至少可以就某个问题进行探讨，找出解决问题的方法和路径。你看，我给汪台长打电话，不曾想电话打到你这儿来了。祝姜主任工作顺利开展。”艾副省长电话里说。

“谢谢艾副省长，汪台长在办公室。再见，艾副省长。”姜晓君尊敬地说。

“小姜主任，再见。”艾副省长电话里说。

姜晓君抓电话的手心里攥出了汗。她小心翼翼地挂了电话。姜晓君听着电话里艾副省长分量很重的话，好像听一场重大报告。她的心怦怦直跳，紧张的脸上冒出了汗珠。工作部门之间的调动竟然引来了副省长的关心。按道理说是缘于上次艾副省长来电视台视察工作，自己具有创新性的讲解令艾副省长耳目一新。再者，代表栏目组与汪台长到会堂接受慰问，得到领导的赏识和鼓励是幸运的。她要用实际行动做好本职工作，以不辜负领导对自己的期望。

十八

向文波在医院的配型结果在三天后出来了。让专家、大夫和护士们惊喜万分，像传递捷报一样相互告知，与白血病患者智约翰骨髓配型成功。大夫和护士喜形于色。专家对向文波说："我们都是志愿者，没有你幸运。有你在这里，我们都是幸运的，患者是幸运的。我们大家共同努力吧。"

"谢谢专家、大夫，让我的血液、让爱和善良涌动世界，不分国界。"向文波高兴地说。

专家笑着对向文波说："向先生，你是一位充满博爱胸怀，富于奉献爱心，热爱生活，有才华的人。我们大学的学生和这个城市里的人们都要向你学习。"

"我符合奉献爱心的条件，当然就责无旁贷，没有比挽救生命更让人幸福的事了，我觉得十分有意义。患者的世界，因此而不同，生命充满精彩，充满阳光和无限的美好期待。"向文波说。

"向先生，你做了一件非同寻常的事，一件跨越国家的好事。这是厦门大学医院的骄傲和光荣。两个远方的年轻人，因厦门大学结缘，在这里让生命灿烂，让友谊永续长存。我们会尽心尽力做好服务工作。"医疗专家说。

"大夫，大概需要多长时间能做骨髓移植手术。我好计划我的时间。"向文波说。

“向先生,你的身体健康状况整体很好。首先,你要在医院里观察一星期,补充均衡营养,进行每天不少于三小时的体育锻炼。二是关于你的营养品配餐、体育锻炼计划,院方专家组会给你设计。”专家说。

“谢谢院方、专家、大夫的爱心,对我的关心和照顾。”向文波说。

“不用谢,向先生为我们做了榜样,救死扶伤是医生的天职。走吧,咱们去见患者,他听到这个消息一定会很高兴的。智约翰看到了生命的曙光和新生的希望。”专家说。

有时候,一个人的生命色彩是不用设计、涂抹和附加条件的,世界向你敞开大门的瞬间,那是对你的考验。接着,便是救世主的到来,让你继续享受人世间的美好和生命的精彩。生命的旅程与大自然一样,充满瑰丽绚烂,起起伏伏,如高山峻岭,如海洋波涛,如草原风雨。生命与大自然交织纵横在一起,千变万化,奇妙无穷。只管用心去享受去体会去奔放,聆听内心里呼唤美好的声音,张开臂膀拥抱更加美好的新生活。

向文波和医疗专家团队一行穿过医院走廊,来到了外籍人员住院处。护士上前打开门,三个护士手捧着的鲜花放在了患者智约翰的桌子上。智约翰从床上站起来,用目光扫过每个人的脸,他看到了每个人眼睛里的笑。智约翰看到了在医护人员中间站着的眉清目秀的年轻人,气宇轩昂,沉稳中散发着亲和的魅力。

智约翰走过来问专家:“我看得出这位先生就是我的救星,我们西方说的救世主,是吗?请回答我。我相信我的眼睛,我相信我的直觉和心跳的感觉。”

“智约翰,你说得很对,我们用了三个月的时间等待和寻找血型。向文波先生来福建厦门出差,带着一片爱心来到医院,经过检查化验,终于配型成功,这就是老天对你的眷顾和冥冥之中的安排。国际骨髓库都没有实现的事情,我们中国人的一次偶遇,或者邂逅中,让你骨髓配型成功,重新实现生命的美丽绽放。应该说,是你生命的重生,或者新生。”专家说。

智约翰一步走上前紧紧地抱住了向文波。他喜极而泣地说:“我有救了,谢谢向先生,谢谢中国人。我的生命属于中国。”

两个年轻人紧紧地拥抱在一起。病房里响起了轻快的鼓掌声,为他们鼓舞和加油。

向文波握着智约翰的手说:“你在中国求学,学习、弘扬、传播中国的传统文化,让我十分钦佩。你身患白血病,我们中国人都会关心你、爱护你,我只是你碰对的那个人,这是我们的缘分。我们共同让你的身体恢复健康,让生命重放光彩,让我们做出加强国际文化交流、加深国际友谊的事情。”

“向先生给了我扬帆出海的体质和强大力量,中国是我的第二故乡,在弘扬传播中华文化交流方面,我会尽我心力,我愿意做中外友谊的桥梁。将来我与向先生,还有更多的人一起做弘扬中华传统文化的事情,好不好?”智约翰蓝色的眼睛里闪着激动地泪花说。

“好,我们用血液加深感情,用爱心加深友谊,深情厚谊,牢不可破,做更多有益于弘扬传播中华民族光辉灿烂文化和对国际社会有意义的事情。”向文波平静地鼓励智约翰说。

“爱心不分国界,把真情厚谊浇灌。你们相遇是缘分,你们谱写中外友谊之歌,弘扬传播中国灿烂文化。这几天,你们要谈心交流,要精神愉快,向先生要适度锻炼身体,为实施骨髓配型做前期准备。”医护专家说。

两个年轻人又一次紧紧地拥抱在一起。

向文波和智约翰两个年轻人开始了更多的交流和相处。向文波甚至搬过来与智约翰住在一起,照顾智约翰。向文波与智约翰用中英文交谈十分流畅,向文波讲述上下五千年灿烂的中华文明和优秀的传统文化;讲述华夏始祖炎黄大帝、尧舜禹;讲述儒释道文化、孔孟先贤,四大发明,唐诗宋词、李白、杜甫骆宾王;讲述伟人毛泽东、邓小平;讲述丝绸之路,北方地区的辽阔,南方江河湖海的灵秀;讲述齐鲁大地儒家文化的深邃思想,西部地区敦煌的辉煌历史,长江黄河奔腾不息,云贵高原的奇绝,内蒙古大草原的生生不息和无限壮美,成吉思汗驰骋亚欧大陆,新疆天山山脉矗立,西藏风情的神秘、辽阔高远,东海里波涛澎湃,蓝天碧水,美丽景色。向文波把中国的历史脉络、地理方位、美丽景色绘声绘色地讲述给他。智约翰睁大好奇的眼睛聚精会神地听着,还不时插进话去弄个明白究竟,之后就会哈哈大笑地点起头来表示心领神会,脸上挂满了愉悦的笑容。

“中国地大物博,海洋、雪山、森林、草原、耕地、茶园、水乡、黑土、黄土、红壤。56个民族,璀璨中华的大家庭和谐发展,众志成城。中华大地上处处充满光彩、灵秀和无限魅力。华夏好景致,底蕴丰厚的中华文化,你都要去饱览都要去体会。”向文波说。

“谢谢向先生,认识向先生是我的缘分,你的讲解,让我更多地了解了中国。将来我会用更多的时间到中国各地去旅行,用文字、影像去记录中国地理、图景和故事,向世界传播文化中国,奇幻无穷,和对大美中华,绚丽多彩的感受和体会。”智约翰说。

“我要谢谢你,为弘扬传播中国文化身体力行。”向文波说。

“乾坤寰宇,天下大同,这是中国古代哲学思想。现在中国的经济建设,文化繁荣,对外国际友好交往都是以人为本,建设和谐,亲、诚、惠、容的新型的中外国际交往的理念和关系，让外国友人体会到中国人的格局、气度和魅力。”向文波对智约翰说。

“向先生,你说得太好了,我深深地体会到了。我的身体不好,身患重病。你从遥远的地方过来,我的梦想实现了。”智约翰说。

“治病救人,救死扶伤,博爱善良,不分国界,这就是中华民族儿女的责任和担当。智约翰的身体健康,我们就会感到高兴和幸福。我们要珍惜生命,让生命之火重新点燃,未来智约翰的生活就会更加美好。”向文波说。

“向先生,下礼拜,我的身体里就有你的血液了,我们两个人就融为一体了。我体会得到你的爱,中国专家、中国医生对我的爱。”智约翰看着向文波说。

“智约翰,这是我们应该做的,我们是好兄弟。你看,这是什么?”向文波拿出志愿者的徽章给智约翰看。

智约翰看着徽章说:“这是志愿者的徽章。”

“是的,一个志愿者要以无私奉献为最高的精神追求,要以身作则去行动,全身心地帮助需要帮助的人。只要人人都献出一点爱,世界将变成美好的人间。”向文波说。

“我可以加入你们的志愿者组织吗?”智约翰说。

“我们欢迎你加入我们的志愿者组织，那样我们就是一个国际化的爱心志愿者组织了。智约翰，你在中西文化交流方面做出了积极的贡献，还把中国优秀的灿烂文化传播到了你们的国家，你就是国际主义的爱心人士。”向文波说。

“我成为国际的爱心人士，我会很高兴的。”智约翰说。

“我们都会为你高兴，希望你的身体快快好起来。”向文波为了让智约翰更好的休息，看着腕上的依波表说：“现在，我有事去办理一下，你要好好地休息，安心养病。”

向文波轻轻地走出智约翰的病房，轻轻地关上房门。

姜晓君每天处理大量的文件，接待来访，走出去调研。她经常与本部门的人员探讨研究解决工作中遇到的新情况、新问题，集思广益，找出最佳方案和路径，使本部门在协作上，以及对外交流沟通方面的工作效率全面提高。姜晓君稳健的领导风格，视野开阔的管理，解决具体工作的创新性方法，在办公室副主任的岗位渐渐地得到了最大的发挥。她绝佳的表达能力，逻辑严谨的思维，团队协作，睿智的工作作风，勇于担当责任的魄力，游刃有余统筹兼顾，解决问题的果断，把办公室和对外公关工作提高到一个新水平，上了一个新台阶。员工们钦佩，领导们赏识，成绩有目共睹。姜晓君没有领导架子，着实一个邻家可人的小妹妹，她的微笑，她的善良和乐观，她的乐于助人的品行以及对员工们的关心感染着每一位员工。大家没有轻视她，而是深深地尊敬和拥护她。“红花需要绿叶扶，绿叶红花相映衬；团结一心促发展，勤勉和谐为世界。”这是姜晓君和她的团队开展工作的真实写照。

公关部的吴宇通手里拿着一叠报纸来到姜晓君办公室，他轻轻地敲门。姜晓君听到门的响声，轻声说：“请进。”

“姜主任，您好。”吴宇通进门后十分尊敬地向姜晓君问好。

“吴主任，您好。”姜晓君笑着说。

“姜主任，这是传达室葛大爷让我给您捎过来的报纸和信件，您清点一下。”吴宇通主任说，“葛大爷说，一定要交给你。”

“谢谢吴主任,谢谢葛大爷。”姜晓君站起来笑着说。

“葛大爷是个倔老头,但是他的优点就是做事认真。他有一双火眼金睛,凡是拖延马虎的事情都逃不过他的眼睛。”吴宇通说。

“是的,我看出来了,葛大爷是一个有性格的人。和他谈过两次话,葛大爷可是一个有大学问的人。”姜晓君由衷地说。

“哎呀,姜主任是火眼金睛。葛大爷曾经是咱们市的市长,还是主抓科教文卫的副省长和省人大常委会副主任,是焦裕禄式的好干部。退休后来到电视台,在我们传达室工作,退居二线仍在发光发热。老人家按理说,为革命贡献一辈子,可以退下来享清福,颐养天年,而他还是老有所为。”吴宇通认真地说。

姜晓君听了吴宇通的话,内心很震撼,脑海里掠过葛大爷曾经数次与自己谈笑风生的情景。葛大爷的坦诚、随和、幽默,对问题犀利深刻的剖析,原则性极强的解决问题的方法,表现出来了棱角分明的性格。让姜晓君深深地感到葛大爷是一位有大智慧、大学问的老者,她没有想到葛大爷曾经身居高位,至今仍备受人们的尊敬和爱戴,却平凡且朴素。尤其吴宇通说葛大爷是焦裕禄式的好干部时,姜晓君对葛大爷肃然起敬。葛大爷教授自己做人,处事的方法,在岗位上都具有指导性、实践性。姜晓君十分庆幸遇到了葛大爷。

“葛大爷的低调、朴实、亲和做人处事的言行都是我们晚辈学习的榜样,我们与老人家还有很大的差距。”姜晓君说,“葛大爷在咱们传达室上班,他那里有什么困难和需要解决的问题,你了解后尽快告诉我。”

“我们要向葛大爷学习,葛大爷是我们学习的榜样。姜主任的做人做事风格还真的与葛大爷有些相像。姜主任送给我的书,我看了接近一半,确实涨了知识,看问题不再片面,解决问题懂得通盘考虑,而且我们部门新来的大学生都能各自发挥各自的专业技术、业务本领和才华,推动了公关部工作的全面开展。”吴宇通说。

“葛大爷是领导艺术境界高尚的人,我是一名‘小学生’,需要勤勉学习,向前辈请教。吴主任比我年长,是我的大哥哥。那本书你要熟读,不仅是一本工具书,还是一本修养书,有助于在涨知识、学本领方面的进步和提高。谢谢吴主任,你在带领团队方面,要注重发挥各自优势,促进团队工作效率全面提高。你善于学习,实事求是地开展工作,应该受到表扬。”姜晓君笑着夸奖和鼓励吴宇通说:“我这里有好多书籍,以送给吴主任阅读。”

“谢谢姜主任。”吴宇通说着走出了姜晓君的办公室。

十九

办公室里，高小草上网查看着材料，厦门网站上跳出了一个爱心页面，五颜六色动感的“跨越国际的爱心——向文波与匈牙利小伙骨髓配型成功”题目，向文波和智约翰两个年轻人俊美的头像跃动着，配着舒缓的音乐。高小草眼前一亮。她决定第一时间赶到厦门大学第一医院照顾向文波。自从向文波来上海分公司做培训工作，第一次滑稽幽默的见面，并全程跟随他到乡下实地调研开展工作，让高小草见识了向文波的魄力和格局。向文波虽然没有高大魁梧的身材，但是强大的心胸，幽默的谈吐，严谨的思维，像一股魔力一样吸引着高小草。男人和女人在一起，一旦一方全身心投入到不能自拔的地步，对方的缺点、罅隙和不足，就像无边无际的草原掩盖了下面的沙丘、沼泽一样，处处葱绿。她主意已定，在办公室里把照相机和笔记本电脑装进旅行包里。一位女企划人员敲着玻璃门，高小草示意地进来。

“高经理，这是上个月的市场渠道建设进度报告，每个办事处的销售统计汇总，还有我们品牌传播的发布情况，以及活动信息反馈，当然针对这个月以及整个季度的品牌传播工作和公益活动，我们全面做了设计，具体方案都附在里面，需要高经理签字确定。”企划员说。

“谢谢你，唐晓宁。你发过来的电子版我全部看过了。自向经理做过培训后，各办事处开展工作的积极性主动性都有了飞跃性的进步和提高，从产量、网点建设、活动数量增多，成本下降的情况来看，下个月的计划和销售数量都与月度销售计划保持同步，漳州地区网络布点提高了25%，绍兴提高了31%，说明他们领会总公司的营销政策，品牌建设的理念十分到位，关键是执行力得到切实提高。执行力决定效率和决定市场开拓的速度。活动经费方面要与市场效益进行挂钩，市场份额在月计划的基础上，营销收入提高17%，我们在活动经费上奖励8%。把这一条作为营销政策下发到各个办事处。”高小草说。

“高经理，您要出差呀？”唐晓宁笑着说。

“来到丰盈宝公司就要下辛苦到市场一线调研工作，主动与客户心连心进行沟通。晓宁，我们做品牌传播工作不是做做广告、说说话那么简单。绍兴、漳州上月销售额的增长是总公司品牌总监向文波先生亲临市场一线的功劳。经济学原理证明，一个领导要创造26个员工的业绩，这才是一个领导应发挥的作用，才能做好本职工作，担当责任才能争取更大的业绩。前任向总经理领导上海分公司开展品牌建设的业绩至今挂在墙上，上海分公司到今天为止无人超越他的销售记录，我们要努力工作才行呀。”高小草笑着说。

唐晓宁说：“高经理，我发现你有一点喜欢向总经理，好像不仅仅喜欢一点，而且喜欢很多，不知道说得对不对。”唐晓宁是个胖姑娘，说话柔软羞涩，每一句话都充满了真诚。

“晓宁，你的眼睛一点都不近视，你看透了我的心事。我喜欢人家向文波，现实告诉我，那是不可能的，人家有了女朋友，是大学同学，可以说青梅竹马。爱情这个东西，有时没有法子去选择和决定，即使你把整个心交给对方，可是对方已经心有所属。世界上的男人很多，我们一定要找到属于自己的那片天空。”高小草轻松地对唐晓宁说，可是她的心里依然想着向文波。

唐晓宁用胖胖的左手扶了扶眼镜笑着说：“世界上比向文波帅气倜傥的男人多的是，高经理是大美女，找个好男人与吹口气差不多。”

“可是，要想找到有思想共鸣的男人还真不容易。”高小草脑海里浮现出向文波的影像若有所思地说。

“高经理，你去了世界那么多国家，黄皮肤的人、白皮肤的人、黑皮肤的人，总归有合适的吧。”唐晓宁为高小草操心地说。

“我去了四大洋、五大洲六十多个国家，而如今又回到了原点，生我养我的中国上海，来到上海丰盈宝分公司，向文波让我眼前一亮，是他睿智的思想，善良博爱的品质，做人的坦诚，朴实无华的低调性格深深地打动了我。”高小草说。

唐晓宁听得出，高小草嘴上不说对向文波情有独钟，可是她们两个人的对话，高小草有掩饰不住地对向文波用情之深的矛盾和无奈。

唐晓宁安慰地说：“高经理说得好，我们要找到属于我们自己的爱情的天空，爱我们的男人，能安放我们的心的男人。”

“晓宁，真会说话，找到属于我们的天空，安放我们的心的男人。晓宁，男友做什么工作？”高小草关心地问。

“我的男朋友是我的大学同学，已经漂洋过海，在美国安家了。”晓宁平静地说。

“晓宁是老师，感同身受呀。”高小草没有了领导的架子，俨然与晓宁像相见恨晚的姐妹。

“面对男女感情，尤其爱情悄悄来到我们身边，我们应该为之欣喜激动时，却让我们痛苦，这就是我们女人的人生。现实是残酷的，我们要理性地面对当下的生活。”唐晓宁说。

“晓宁的心里有一团爱的火苗。晓宁是一个理性的人，聪明。我们要做女汉子，世界这么大这么美，有好多理想憧憬等着我们去创造。”高小草看了看墙上的石英钟笑着说：“不谈了，我回来后，我把你接到我的工作室，咱们好好地谈心。眼下，企划部的工作辛苦你了。”

“高经理，以后多给我们出差看世界的机会。”唐晓宁说。

“一定带你去考察调研，你是未来的企划部经理。晓宁，你永远不会失业，我有工作室，你可以到我的工作室发展事业，你还可以到我爸爸的公司里任职。”高小草说。

高小草拉起行李箱走出了办公室。唐晓宁为高小草锁上了办公室的门。

高小草乘坐的中国航空公司的航班降落在厦门机场，她第一时间赶到厦门大学第一医院。高小草在医护人员的引领下来到向文波的病房前。向文波对高小草的到来感到十分惊喜。

“高经理,你怎么来了呀？有感应呀。”向文波幽默地说。

“你说对了,真的有感应,第一时间就赶过来了。你向雷锋叔叔学习,出差一千里,好事做了一火车。你还真幸运,骨髓配型成功。”高小草说。

“老天有眼,我就是一个幸运儿,能换来智约翰的身体健康,生命重生,何乐而不为呢。何况我的身体健康,再生能力强,而且毫发未伤。”向文波笑着说。

中午,高小草给向文波买来他喜欢吃的饭菜,两个人坐在床前津津有味地吃着饭,享受着美丽的时光。高小草还把向文波的衣服全部洗了一遍。之后,两个人在充满浓郁的文化气息的校园里,流连忘返,合影留念。

姜晓君接到了厦门大学的行政管理专业的研究生录取通知书,一个月后去学校报到。艾副省长来电话要见见姜晓君。姜晓君手里看着厦门大学的录取通知书,她叠好后装进信封里。

姜晓君来到省政府艾副省长的办公室。艾副省长招呼姜晓君坐下,和蔼可亲地嘘寒问暖,冲了一杯茶放在了姜晓君面前。姜晓君觉得艾副省长像一位师长,一位老父亲,没有架子,更没有权威的影子。

“姜主任,工作挺忙吧,在办公室工作,事情多,凡事要理清头绪,化繁就简,轻重缓急,逐项开展工作。对于突发事件,则是考验的临时解决问题的应变能力和智慧水平,真正做好工作就要用心研究,调查实践,与书本上学到的归类法、统计法、抽样法等有相通之处,但是要灵活运用,一定要讲究底线、原则和标准。”艾副省长说。

“谢谢艾副省长教育,我还年轻,刚走向工作岗位,认识上业务水平上还要多多向前辈们学习。”姜晓君说。

“你是有悟性的年轻人,大方,做事认真,有上进心,有责任心,这是当今的年轻人缺少的良好品质,而你都具备了。”艾副省长说:“工作过程中难免遇到困难,想办法解决、突破。创新思维,创新工作是领导干部的基本素质。”

“艾副省长,我确实在工作中遇到了问题,而且真的不知道如何解决。谢谢艾副省长对我的关心和教育，所以向您请教。”

姜晓君说：“艾副省长，下个月我就离开电视台到厦门大学进行研究生课程的学习，之后，我会攻读博士。”

“祝贺你考上了研究生。我没有看走眼，你是一个做大事的姑娘，将来有很好的事业前途，我需要你这样有才华的年轻人，我们需要你们这种能干事、有责任担当的年轻人来接班，到行政领导岗位上做更大的贡献。当然希望你学成归来，为我们省、明平市经济发展和文化繁荣献计出力。”

“谢谢艾副省长的鼓励和期望，我会尽己所能，做一个对党、国家、社会和人民有贡献的人。”姜晓君平静地说。

向文波身体恢复后离开了厦门大学第一医院，乘坐中国航空公司的航班回到明平市。在丰盈宝集团总部按部就班地工作。高小草继续到乡下调研工作。高小草认为自己是幸福的人，在向文波需要的时候，她第一时间出现在他的身边，悉心照料，精心侍候。

一天，姜晓君给向文波洗衣服时发现了他兜里的写着外文字母的药片；还发现几次吃药时，故意避开自己。姜晓君给向文波讲起副省长对她工作的关照，约见谈心的情形。这些都让向文波心生疑虑。

向文波说：“晓君，我出差四十五天没有照顾你，领导对你照顾关怀，我觉得咱们还是好自为之，好合好散。”向文波说。

“你完全误会了一个领导的思想道德境界和文化素养。你背着我吃药，不管发生了什么事情，总该与我商量一下。风雨同行，苦难共担。四十五天的出差，就把以前的缘分都散尽了吗？”姜晓君生气地说。

“不要折磨人好不好，爱情失去诚信就失去了爱的意义。爱情不是躯壳，不是两个行尸走肉、同床异梦。”

“我没有做对不起你的事，我作为一个男人，知道男人的责任和担当。”向文波说。

“我的研究生通知书下来了，下个月就要离开明平市，离开你，开始我的学习生活，你的疑虑就会更有想象的空间。”姜晓君说。

“爱情在逃避,爱情已经遥遥无期。一次为爱做着孔雀东南飞的行动,一次让爱情划上句号的理由,一次给虚情假意的借口。我不会忧伤,不会难过,爱情的结局,我们的心里应该早有准备。爱情的案例已经教育我,着实让我清醒。”向文波说。

“我上研究生,博士生,不管怎样我都会忠贞于我们的爱情,你的误会、猜疑刺伤了我。”姜晓君生气地说。

两个人的美丽爱情童话里,姜晓君誓言为爱相守,而向文波看不到未来。感情这东西抓不着、看不透。

向文波伤心地离开省城明平市, 孑身一人好像把自己隐匿起来一样,来到陌生的地级市如芒市,开始了他的新的生活。

二十

人是在回忆中完善自我，在反思领悟中不断成长。上段爱情故事，现在对于向文波来说，那真的是过眼烟云。纠结过去，不如放眼未来。在这座城市里，脚踏实地，立足于当下的工作、生活和学习，做好该做的一切，是对自己最好的奖励。感恩过去，不畏将来。明天的生活才会有更多启发性的故事。向文波认为，这个新来的财务总监何子晶，由于有其他女人不一样的特质，或许会有其他有意义的故事要发生。向文波期待着。

假期很快过去了。

向文波来到公司后，发现外地的员工早早地到了，按部就班地做着工作。向文波笑容满面地向领导和同事们打着招呼。“过年好”“过年好”三个字不约而同地又响满了办公大厅。向文波收拾着办公桌启动电脑，他抬起头来发现财务总监何子晶正朝他直视过来。

这时办公桌上的电话响起来，是何子晶打过来的。向文波急忙接起电话。

“文波，春节好。”何子晶打着电话一脸的笑容看着向文波说。

向文波心里明白，自己毕竟是一名普通职员，而人家何子晶是公司的高层领导。所以他离开座位走过去推开玻璃门对何子晶真诚地说：“何总，春节好。”

何子晶回老家过春节，闲暇时光的放松和滋润，现在她的脸上愈发白皙洁净,笑容如淡粉的玫瑰绽放出美丽动人的笑容。

“过年好。向文波,坐吧。”何子晶招呼向文波坐下。

向文波坐在何子晶办公室的沙发上说:“何总,什么时候回来的?我以为您要正月十五之后回来上班呢,没有想到您来得这么早。

“你昨天没来呀?”何子晶问道。

向文波惊奇地说:“不是今天上班吗,是不是我记错了,今天是星期一。”

“对,今天星期一,昨天星期日。春节前放假通知,大年初七星期日正式上班。”何子晶笑着说。

“我给弄错了,认为初八星期一上班,今天才有上班的概念。”向文波笑着说。

“还是你的心态好,工作没有压力。”何子晶笑着说。

“哦,我给领导的印象一直是这样,领导不会追究吧?”向文波说。

何子晶听了向文波的轻松话语,抿着嘴咯咯地笑起来。

大厅里员工们显然听不到玻璃屋里男女的说笑声,可是从他们愉快舒展的表情上,可以觉察到两个人的默契,这是一种无拘无束的情,一种毫无掩饰的真。

向文波扭头向外望去,一个个同事好奇惊异的目光好像全部聚焦到何子晶的玻璃屋上,聚焦到他和何子晶身上。他是一个传统的人,表面上张扬,内心里保守是向文波的特点。他害怕怀疑的目光和中伤的语言,站起来说:“你忙吧,不打扰了。”

“好的。第一天上班,也没有什么活。寒暄问候是今天工作的重点。”何子晶笑着说。

向文波扭头笑了,正好与何子晶的目光对视在一起,两个人心领神会地点点头。

向文波刚回到座位,桌上的电话响了。

“喂,你好。”向文波对着电话说。

“向文波,我是何子晶,今天晚上我请你吃饭,有时间吗?”何子晶在电话里说,眼睛像激光一样射了过来,射到向文波的心上。

“何总，我请你吧。”向文波听后激动地说。

“春节前的约定，这次我请你。下午我打电话告诉你吃饭的地方，好吗？”何子晶电话里说。

“好的，何总。”向文波服从性地答应着。

向文波没有想到财务总监何子晶还记着年前吃饭时的约定，过完春节从老家回来她请向文波吃饭，着实让向文波这个老小子兴奋了好一阵子。一个失恋的男人，突然遇到了一个女人的温存体贴、细腻有爱的女人，向文波能不激动吗。下午向文波早早地坐车去市里。华世赢商贸公司离市中心大约十五公里的路程，何况何子晶是公司里有专车接送的高层领导，而他向文波只是一名普通员工，是一名打工仔而已，上下班都要挤公交车。公交车上的向文波接到了何子晶的电话，电话里告诉晚上六点在富华酒家见面。

速度就是效率。向文波换了三次公交车到富华酒家的时候，何子晶已经早早地等上了。何子晶穿一件白色羊毛衫，胸部丰满、诱人而硕挺。向文波坐在何子晶对面，一股香味袭来，显然何子晶是回家后精心打扮的。女人的诱惑，有时候是装饰，有时候是天然，但是向文波此时说不清楚何子晶是属于哪种。他觉得对面的女人有理性的美、成熟的美、情感的美、诱惑的美。总之，一切的美都符合此时的何子晶。

服务员拿来菜谱，何子晶浏览了一下说：“有水煮鱼吗？”

“有，地道的四川水煮鱼。”服务员恭敬地答道。

“向文波，你爱吃辣吗？”何子晶看了一眼向文波说。“我爱吃辣的菜肴。”

“我也喜欢吃辣。”向文波附和着说。

“来一个水煮鱼、一个夫妻肺片、一个爆炒腰花。”何子晶平静地报着菜名。

“小姐，这三个菜足够您与这位先生吃了，点多就是浪费。您喝什么饮料？”服务员关心地说对他们说。

“给我来两瓶雪花啤酒。”何子晶说着把菜谱递给了服务生。

“两位，您稍候，菜马上就给您上。”服务生恭敬地说。

“好的，好的。”何子晶脸没抬地附和着说。

向文波听着何子晶点的这三个菜名，心里产生了一种异样的刺激。他觉得与很多异性同学，或异性朋友吃饭，从来没有像何子晶一样点过这样有特点的菜名，这些菜名都充满了异性之间的诱惑和暧昧的情感。何况何子晶点菜一点也不避讳，或许，这是异性相互好感的心理和生理需求。他对何子晶充满了一种精神需求的好奇。此时，他的心里涌起一股莫名的冲动，这种冲动何子晶是觉察不到的。这种冲动只是在自己的血液冲上脑门的那一刻，时间很短，但是向文波觉得波澜壮阔得刺激。是单纯的，没有亵渎这份真挚感情。

服务生把水煮鱼端上来。向文波给何子晶斟满一杯啤酒，他自己斟满啤酒后轻轻地把啤酒瓶子放下。

"好，咱们吃饭。"何子晶说。

向文波看着何子晶。何子晶心里明白是向文波让自己说几句话。

"大年初八，就把你叫来吃饭，说明咱们这是缘分。预祝咱们新年新气象，取得好成绩。"何子晶认真且鼓励地说。

"谢谢何总的赐教。"向文波回敬说。

"以后咱们不必客气，客气有尊敬，有虚假，而且真诚就少了，来，碰杯，干杯。"何子晶眼睛看着向文波说。

何子晶碰了向文波的杯子后，一杯啤酒便下了肚。

好一个干脆利落的女人。向文波看到这样爽快的女人，仰起脖子，一饮而尽。

"快吃吧，水煮鱼。我喜欢吃辣。"何子晶说着剥去油里漂浮着辣椒的水煮鱼。

"喜欢吃辣的人，爽快、干脆。何总是事业型的人，对事业成功有着强烈的欲望。"向文波一边给何子晶斟酒一边说。

"你说得不错，我的心性有点太强了，一般人承受不了。"何子晶看着向文波说。

"这没什么不好，一个人生活，有主见、有目标，才会发奋努力，才会事业成功。"向文波由衷地对何子晶说。

何子晶听着向文波的话，眼睛里闪着光。此时她为向文波温润附和的话语感到欣喜,白里透红的脸上溢着笑容和感动。

“你真会说话,我遇见的男人都像你这样该多好啊。”何子晶激动地说。

“可不能像我这样,没有长进;我应该像你一样,去年是部长,今年升总监。”向文波笑着说。

“我可没有这样看你,你已经十分优秀,只能说时运不济。以后会有机会的,继续加油。”何子晶小心且真诚地说。

“谢谢你的真诚,我一直鼓励自己,一个人不该强求的不要强求;我相信顺其自然,水到渠成。”向文波平和地说。

“有好处,有弊端,你是在修行呀。一定不要忘记,该争取的一定要争取。”何子晶坦诚地说。

“谢谢你,我记住你的教导,我是靠成绩说话,只是时间问题。”向文波说

“来,喝酒,只顾着说话了。我少喝点,你多喝点。”何子晶说。

服务生端过来一盘菜。

“谢谢何总,咱们很有缘分。”向文波说。

“这是我专门点的夫妻肺片,没当外人吧,同呼吸,共患难。”何子晶开朗地说。

“这杯酒,我干了,你随意,别伤了身体。”说着向文波与何子晶碰了杯子一饮而尽。

“这样也会伤你的身体,我心疼。”何子晶说,“你快吃菜吧,这三个菜水煮鱼是补脑子的,聪明智慧;夫妻肺片补五脏六腑;爆炒腰花是补精气神、壮筋骨、力大无穷的。”

“我知道你的真诚善良。”向文波说着取过自己的包,拉开拉链,取出一本书递给何子晶。

何子晶好奇地接过,仔细地看了封面,惊讶地说:“你写的?真看不出来。”

“是我写的,因为爱好,所以成功。春节前就被你言中了”。向文波调侃地说。

“你真不简单。”何子晶激动地看着对面其貌不扬的男人,心里一定称赞自己是一个有一双慧眼没有看错男人的女人。

“没什么不简单,这是我10年前的作品。”向文波说。

“那就更不简单,抓紧给我签个名吧。”何子晶激动得说话都变了声音。

“举手之劳,我能给你签好多的。呵呵。”向文波笑着说。

何子晶递给向文波这本名为《梅雨年华》的都市情感小说,向文波打开封面,在扉页上用签字笔流畅地写下了“请何子晶总经理赐教”的字样递过去。

何子晶接过细细地端详着说:“这几个字写得十分流畅,还带着饱满丰富的感情。”

“我看后再说。”何子晶认真地说。

“您过奖了。您千万别对书里面的故事情节信以为真,全是虚构呀。小说是源于生活,高于生活,要好看、好读,故事情节难免煽情,难免有文学化的语言,艺术化的处理。”向文波说。

“我知道,你就是不简单。快吃,爆炒腰花。”说着何子晶夹了一筷子腰花放进向文波的盘子里。

饭店里座无虚席。何子晶和向文波两个人完全忽略了周围的嘈杂和烟雾缭绕。用眉目传情、心领神会、心灵相通来形容他们是再恰当不过了。尤其何子晶的话语里透着善良的呵护和温暖。

“小时候的梦想,今天才实现,只能说刚迈开一小步吧。”向文波轻声说。

“我体会到了你的执着和不容易。”何子晶理解地说。

“执着是有的,不容易并没有觉得,写着写着就顺畅了。写作要有悟性,但也要对人生有热情、激情,对周围的人要有爱。写作是苦差事,也是一件幸福的事。”向文波饱含深情地说。

何子晶认真地听着向文波的话,像一个天真无邪的少女,眼神是那样清澈,目不转睛地看着对面的男人。

“你当个专业作家好了,你这样有才华。”何子晶认真地说。

“现在不行,这只是爱好,不能养家糊口,还需要打工谋生。假如有一天修行到了,我还真想成为一个专业作家,这的确是我小时候的梦想。想法太单纯了吧,为了这个梦坚持了好多年。”向文波笑着自嘲地说。

“这一天不再遥远,祝你早日成功。”何子晶说。

“现在，我正在写一本以如芒市风土人情为背景的长篇小说，写好后给你看。当然，我在工作、学习、生活方面还需要何总的照顾、指点和提携。向文波说。

“我能做到的，没有问题。”何子晶理解地答应着。

大概是刚过完春节的缘故，来饭店吃饭的人们的脸上映着笑容，草草地寒暄，吃过饭后草草地离去，一时间大厅里的喧哗吵闹，变成了冷清和寂静，辉煌的灯光刺眼地照着。向文波与何子晶谈话的声音格外响亮，话语没有遮掩，三三两两的服务生在大厅里站在一旁看着他们秀着恩爱。

一个服务生过来问：“两位还需要加菜吗？”

何子晶好奇地接过话说：“你看呢？桌上的菜剩下百分之七十呢。”

服务生说：“那就是不要了吧。”

“是的，我们不要啦。你是提醒我们该离开了吧。”向文波对服务生说。

“先生，您尽管聊，我是怕刚过完春节，出租车收车早，不好打车。”服务生机灵地说。

“谢谢你的关心，我们马上离开。”向文波说。

“您尽管聊，有需要随时叫我。”服务生说完走了。

何子晶看着向文波笑着说：“你跟谁都聊得来，没有一点儿陌生感。”

“他们酒店业应有的本领。”向文波说。

“我是说你。”何子晶补充说。

“哦，我接受过酒店管理的培训，而且实习了一个星期，与他们沟通没有障碍。”向文波说。

“我还真没看出来。”何子晶戏谑道：“你可是七十二行，行行干过呀！”

“何总，咱们走吧，一会儿服务生又该提醒咱们啦。”向文波瞟了一眼服务生对何子晶说。

向文波可以感觉到何子晶就是想与自己多坐一会儿，多谈一些话，他觉得刚才关于服务生的话题就是多余。何子晶温柔的话语，像一根软针刺进向文波的身体里，所以他不愿意破坏这份惬意和情调。

“好，咱们走。”何子晶一边说一边拿过女士挎包从钱夹里掏出两张百元大钞递给服务生。

“请麻烦给打包一下。”向文波招呼着另一个服务生。

待找回钱和发票后，向文波提着方便袋与何子晶走出了富华酒家。

春节过后的街上，灯光闪烁不停，行人比往日少了许多，显得有些寂静清冷。

何子晶说：“咱们走走吧。”

向文波觉察到何子晶与自己在一起不仅仅是吃饭，而是享受在一起的美好时光，有一种未尽兴的感觉。

“好的，天气很好，我们走着回去。”向文波附和说。

“回去之后，我可要好好的熟读你的大作。哎，你说，我是不是应该有个爱好呀。”何子晶温柔地说。

“是呀，有爱好的生活就更加充实丰富，喜欢音乐、乐器，或者绘画、书法、剪纸，或者爱好游泳、跑步、瑜伽、乒乓球、羽毛球等这些都能增强体质、陶冶情操。”向文波说。

“你说，我是不是应该补上这一项，这对我的性格有好处吧。”何子晶依着向文波说。

“一定有好处。”向文波附和说。

“哎，你喜欢什么呀？”何子晶问。

“我的爱好多啦，打乒乓球、羽毛球、台球、写诗、唱歌、溜旱冰、游泳、羽毛球等。有很多项目不适合了。”向文波说。

“你的爱好可真多。”何子晶艳羡地说。

“我是多而不精，还爱好书法、绘画，愿意跟大家们老师们交流谈心。”向文波说。

“你真是一个有雅兴的人。”何子晶说着靠近了向文波，左手时不时地抓起，好像要抓住什么似的。

向文波明白，这是一个女人动情本能牵手的动作。他没有躲避，任由何子晶靠近自己的身体。他甚至听出了她因亢奋激动而发出的急促的喘息声。向文波此时一股不知名状的思绪涌上心头，竟同情起何子晶此时的身体行为，不由自主地用右手牵住了何子晶的手。

何子晶兴奋地笑起来。她没有挣脱开向文波的手，而是任由向文波握着，甚至向文波还感觉到何子晶用力抓了一下自己的手背。

“你爱好书法呀。”何子晶眼睛有神地抬头看着向文波说。

“是呀，咱们市的书法家，他们都是省级的专家。我认识许多艺术家，可以说都是忘年交。”向文波说。

“真的吗？”何子晶说着激动地哈哈哈地笑起来。

“是的，八怪、曹万诚、肖云红、老妖、愚顽童。”向文波说出来一连串的书画名家。

向文波何子晶穿过了一条马路，又拐过了一条长长的巷子。从酒店出来，他们竟然走了 40 多分钟。

何子晶说：“我家到了，跟我回家看看吧，就我一个人。”

向文波听得出来何子晶话里的意思。他是一个正派的人，对于何子晶的邀请，他没有及时地回答，也没有做出任何行动。

何子晶看出了向文波的意思，说：“那就改天吧，我们将来的时间长着呢。”

“好的，那我就打车回家了。”向文波说。

“打车，挺贵的，坐公交吧，68 路应该坐到你家附近吧。”何子晶关心地说。

“没事，我还是吧。”向文波说。

“一会儿公交车就过来了，我陪你一会儿。”何子晶关心地说。

“不用啦，你上去吧。”向文波说。

“你看，公交车来了，路上慢点。”何子晶牵挂地说。

“好的，再见，何总。”向文波说着上了公交车。

那一夜，向文波辗转反侧，没有睡着，他想了许多许多。

何子晶今夜无眠，回忆着与向文波度过的美好时光。

向文波和何子晶两个人一起的日子，将来一定更加精彩，这无关于爱情。

向文波在华世赢商贸公司三楼的办公大厅外展板前看完献血的通知后走进大厅里，任副总正面迎过来，摆着手示意向文波跟着去他的办公室。向文波跟在后面走进了任副总的办公室轻轻关上玻璃门。

任副总回到办公桌前的座位上，说："坐吧。你看到了，咱们公司号召全体员工献血。"

向文波说："任副总，我正要报名呢。"

任副总脸上露出了笑容说："哟，你可是咱们公司第一个报名献血的人。小向，一定能给民营企业做好公益事业带个好头。"

"其实，每个员工都有献血，支持公益的意愿。我听说市血库血源短缺，我们作为社会一份子有必要奉献爱心。"向文波看着任副总说。

"小向，思想觉悟高，应该受到表扬。在你的带动下，咱们华世赢公司在公益事业方面将迈出一大步。"任副总夸奖向文波说。

"我这是举手之劳，就不知自己的血样是否符合要求。"向文波调侃地说。

"你身体健康并且是运动爱好者，献血是没有问题的。"任副总笑着说。

"那我就尽力奉献吧。"向文波轻快地说。

"有事随时来找我。"任副总说。

向文波刚回到办公桌旁，电话铃响起来了，他接起电话："喂，你好。"

"向文波，我，何子晶，你过来一下。"何子晶在电话里说。

向文波手握电话："好的，何总。"

向文波抬头看着正要放下电话的何子晶。

向文波走了过去，进了玻璃门。

何子晶轻声说："坐，刚才任副总找你有事，是吗？"

"是，献血的事，我是第一个报名，老汉夸奖了我半天。"向文波说。

"什么时间？"何子晶问。

"下星期一早晨。"向文波说。

"那你这几天一定注意营养，补补身体，多吃些芹菜、蛋、奶等食品。"何子晶关心地说。

"你看我身体壮，抽两袋没有问题。"向文波说。

“给你，我这里有一盒牛奶，你喝了吧，给你面包。”说着何子晶从抽屉里拿出来递给对面的向文波。

“何总，你吃吧，我已经吃过早点了。”向文波解释说。

“这几天的早餐，你不用买了，我给你准备。”何子晶说。

“我的早餐对付就是了，您不用操心了。”向文波说。

“那怎么行呀！早餐吃得一定要有营养。”何子晶心疼责怪地说。

“人家看见不太好吧。”向文波提醒说。

“这有什么，咱们做的都是光明正大的事。”何子晶坚定地说。

“何总，你的心意我领了。谢谢你对我的关心。”向文波诚恳地说。

何子晶听出了向文波话里的意思，尽量地少麻烦自己。她对向文波的好是出于真情、主动、一种无怨无悔善良的付出；她认可向文波的文雅、仗义和善良。

“何总，你不响应号召啊？”向文波说。

“我很想向你学习，和你一起去献血，可是刚来例假，只能错过这次机会了。”何子晶笑着说。

“对不起，何总，我不该问这些。”向文波抱歉地说。

“我正希望你问呢，你不问，我心里反而忐忑不安。”何子晶说。

“那你一定要注意营养，女人的身体柔弱，免疫力相对较弱。”向文波关心地说。

“谢谢你，我会关心自己。一个人习惯了，在照顾自己方面，我是比较敏感的。”何子晶说。

向文波体会出何子晶这个单身女人的心态的变化和敏感。其实，她的心里一定渴望一个男人走进她的生活，以及她的情感世界。向文波感到纳闷，何子晶只是蜻蜓点水似地传达出一丝丝信息。是受过伤，还是离婚？是排斥异性，还是希望过单身生活？向文波弄不懂。他希望真正搞清楚何子晶的心理变化和生活状态。何子晶的温柔、关心和体贴，让他产生了很多美好的幻想。一个男人对一个人女人好，是对女人的外表及细腻、温柔性格的欣赏。

“咱们都不是小孩子了，都知道生活的艰难，人与人之间应相互珍惜。”向文波说。

“下星期一去医院献血,还是在公司献血?”何子晶问。

“去医院。”向文波说。

“那我陪你一起去。”何子晶说。

“不用啦,我不晕针。小时候我常住医院,没有恐惧症。”向文波推辞说。

“我到医院门口后给你打电话。”何子晶说。

“不用了,你做你的工作就是啦。”向文波说。

“我还是不放心,你看我比你女朋友都关心你了。”何子晶笑着说。

“那都是另一个城市的爱情故事了。咱们俩十分默契,你对我也很关心,我体会得到。”向文波说。

敲门声打断了他们的谈话。一名工作人员推门进来找何子晶签字。

何子晶转了脸色,严肃地说:“向文波,你一定抓紧核实清楚,好,就这样。”

向文波一本正经地走了出去。

天还没有亮。向文波起了个大早,八点刚过就来到了红十字医院。他刚到门口,手机短信铃声响了,向文波打开一看是何子晶发来的。手机屏上面显示:鉴于本人不好去献血现场,我在对面的华香面粥店等你。向文波笑着合上了手机径直朝医院献血处走去,还好同事们都还没到,他听从大夫们的安排,验血后一切正常,撸胳膊卷起袖子,献血针扎进了左胳膊的静脉里,三分钟时间 200ml 的输血袋装满了向文波的鲜血。医生拔下针头消毒后,向文波的脸上挂着幸福的笑容走出了医院。这时候,同事们才陆陆续续地走进医院大门。向文波到了对面的华香面粥店,何子晶关心地走过来,直直地看着刚献血的向文波,眼睛里透着牵挂问:“疼吗?”

“一点也不疼,现在我一下子舒畅了许多。可能原来的血太多了。”他调侃地说。

“还开玩笑,咱们换个地方,这儿都是同事们,看到咱们俩在一起不太好吧。”何子晶说。

“好,你说去哪儿？”向文波问何子晶。

“你听我的就是啦,你们这些献爱心的人,今天公司给你们放假,所以你不用担心上班时间。我还是有些避讳的。”何子晶说。

何子晶像爱人一样站在路口摆手招了的士，两人上车一溜烟疾驶而去。女人死心塌地爱一个男人,对一个男人着魔,这是男人最大的幸福。

二十一

近一个月来,任吾行副总发现一个规律,自从何子晶来到华世赢公司上班后,向文波这个老小子经常往何子晶的办公室里跑,而且频率次数呈上升递增趋势。向文波的行迹不仅任副总觉察到,办公室里其他男女同事都发现了向文波进出何子晶办公室逐步增加的频次。碍于何子晶是领导的原因,人们从没有去说什么。向文波是个低调的人,平时与人为善,少说多做,写得一手好文章,自然人们对他没有坏印象。但经常往何子晶办公室里跑,两人谈笑风生,不免引起人们的猜测。黄总经理发现许多次向文波坐在何子晶办公室里的沙发上,好像当作没看见任何人一样。一次,向文波大清早正在换水,黄总经理、任副总经理早早地来到办公室。

黄总经理对正在换水的向文波说:“小向,你成家了吗?”

向文波心平气和地说:“孔雀东南飞,我心涛声依旧。黄总,我知道,你们认为我与何总有些暧昧。请你们放心,我作风很正派。”

黄总经理没说什么。

黄总的话对向文波的震撼很大,但是又觉得好笑,华世赢公司的人认为向文波是个无聊的单身汉。从向文波在公司里的地位来说,普遍地认为,他是一个后进青年,一定是个光棍专业户。向文波一向不愿意与领导沟通。以前,向文波在原来公司工作待遇很好,他工作勤奋努力,为人正直,又有文采,丰盈宝饲料公司的朱育才总经理十分欣赏这个山东小伙子的诚实、敦厚和才华，给他分了房子，多次派送他去北京学习，到全国各地调研考察，其实是开阔他的眼界与交往能力，提升他的公关修养。朱育才总经理给他许了承诺，给他更大的平台发展事业。向文波的父亲的去世，让他看透了人生，看淡了名利。向文波认为，一旦一个人没有了生命，对世间无限的憧憬和美好便化为乌有。活着风光时对名利有猛于虎的欲望；当生命在苟延残喘，病魔缠身，奄奄一息，处在人生的弥留之际，一切的名利都淡如清风浮云。所以他变了，他不太喜欢官场、名利场。为了生存，为了家庭，他不得不出来去重新定位，挣更多的钱去还债，提高全家人的生活质量。他的才华得到了许多公司老总的认可，有一些民营公司老板打电话到家里，承诺公司筹备上市，将来一定能挣大量的钱，并且可以实现他曾经憧憬的许多愿望。当时，他思维的局限让他错失了许多发展机会。姜晓君的南下，爱情的创伤无法愈合，他离开了那个有很多回忆的城市。背起行囊来到如芒市来到华世赢商贸公司，俯下身子干起了策划工作。一切从零开始。向文波不声不响，事业、工作、生活都没有长进。人生就是如此，虽然他对前景做了规划，但是当环境文化变化之后，一切都要适应，一切都变得物是人非。在现实面前，他懂得了憧憬，热情与现实的距离到底有多远。从此不再期盼，而是踏实地去做每一件事情，坦诚地对待每一个人。他内心的浮躁越来越少，虚伪的面具一层一层地撕掉。博爱、善良是他性格的本真。向文波不再抱怨，善待包容每一个有缘人。

任副总把向文波叫到办公室。任副总关上玻璃门对向文波说："最近你工作表现不错，你的绩效考核我都给你打了分数，你看看有没有不合适的地方？"

向文波对于任副总的打分和评价从来都是沉默，或者全面服从。按他的话说，就是置之不理。因为他知道，权威就是不容辩驳，你即使有理由去争辩，只能让结果和未来变得更加糟糕。

向文波笑容满面地回答说："任副总，绩效打分恰到好处，对于不足的地方，我可以加强认识、继续改正，谢谢前辈的指点。"

任副总笑着说："以后咱们多多交流，你想干什么，去干好了，不用过多请示。”

“好的,我还是尽量地跟您多交流多沟通,向前辈请教,提高我的业务本领。”向文波说 。

向文波已经意识到这段时间与何子晶沟通过多, 引起了任副总的疑虑,但是任副总话里的意思隐约地听得出,一定要认清自己的上司是谁,一定要干好分内工作。姜就是老的辣。任副总谈话的艺术,让他钦佩不已。从去年年底,他调到任副总的手下。任副总为人随和,做事勤奋,他的修养和本领已经深深地影响了向文波。向文波感觉到自己与任副总虽然有代沟,但思想、语言的交流沟通没有障碍,不存在协作的瓶颈,向文波心领神会,一拍即合,而且工作效率极高。向文波愿意与这样的领导共事。首先是他俩相互尊重;二是在交流上有共同点,并能就问题解决方法达成一致;三是任副总能给他最大的信任和自由做事的空间。这些能使向文波自主自发地做事,充分发挥他的创意策划才能,而且特别符合他自由浪漫的性格。

“小向,何总最近和你谈话挺多呀。”任吾行副总单刀直入地问向文波。

“我就是报账时找她签字而已。”向文波轻松地说。

“那就好。好啦。你去忙吧,有事的话,我会叫你。”任副总说。

“任副总,您需要我做事,可以随时打电话给我。”向文波说。

向文波发现何子晶与任副总很少沟通交流。即使沟通也仅通过电话而已。向文波发现财务部的员工对何子晶的评价不是很高,说这个女人太刚强、脾气大,经常把员工训哭,所以员工们都暗暗地骂何子晶这个女人太霸道。自然而然,员工们说何子晶的坏话就会传到任副总的耳朵里。任副总感觉到新来的财务总监不买他这个常务副总经理的帐,他心里自然不大高兴。从此以后,任副总手握权力,为了让何子晶对自己足够的重视和尊敬,三番五次组织大厅里的各部门召开全体行政人员工作会议发号施令, 以加强自己的话语权,增加自己作为常务副总经理在何子晶心中的权利地位。何子晶在认清形势后,与任副总的沟通交流,至少在表面礼节性的尊重和寒暄方面显得默契了许多。

任副总过来对向文波说:“何总监财务基本功扎实,你可要多向她学习些财务知识，这对于你加强企业管理，全面提高你的业务素养有很大帮助。”

“谢谢任副总的鼓励。在任副总的教导和指点下，我一定全面提升综合管理业务能力和水平，适应企业发展的需要。”向文波站起来说。

向文波与何子晶的交往，在经过任副总的旁敲侧击及正面鼓励下变得更加频繁，而向文波恰当地增加了与任副总沟通交流的次数，尽最大可能地让任副总对自己勤奋工作给予肯定和支持。

向文波的工作时间是自由弹性的，企划人员不用每天坐在办公桌前。他可以没有理由地在外面跑，因为每个部门一旦有事，想到的便是向文波，想点子，出主意，写文章，按向文波的话说，自己干的就是跑腿的、当孙子的活，公司里的任何部门便会一通电话找到他。向文波的办公电话号码十分有意思，就是 4115，有事一定要找我。所以制作科室牌、印刷名片、照相、产品发布会摄像、制作条幅、写企划方案、报纸编辑，以及一些电视纪录片的文案，领导讲话稿，还有一些零散的采购工作都由他来做。其实，这个小男人干的是小蚂蚁的工作。他与领导的光鲜是背道而驰的，但是他是支撑领导光鲜的绝对奉献者，甚至华世赢多个分公司老总的讲话稿都是出自这个小子之手，一个小不点干着诸葛亮的工作。他从来没有诸葛亮的威严，更没有得到应有的尊重。向文波明白，他一点不需要别人的尊重和脸色，还有那充满感情的丰富的虚伪的话语。他们需要的是你无法替代的资源，至于这个人的整体素质如何，那就另当别论。只要你愿意在这里工作，就不要考虑你有什么地位，而是你能做出什么。这就是向文波，他没有抱怨。他明白，自己的才华在华世赢商贸公司还算是有竞争力，这也是一千余人的集团公司暂时没有人取代他的理由。小蚂蚁就小蚂蚁吗？小蚂蚁的忍耐和坚持都集中反映在向文波的身上，加上积极的心态，与人为善的修养品质，他为自己的工作成绩完全是凭借自己的勤奋而感到庆幸。以前的经历和骄人的工作成绩全部证明了自己的价值，他学会了韬光养晦，懂得了低调做人。昨天的故事已经成为遥远的回忆，只不过是今天从头再来。向文波是一个愿意风里来雨里去，愿意饮尽这份孤独，体会无人喝彩，享受寂寞快乐以及写作创意的快感和幸福。人活着，有时真的不是索取，奉献是道德意志、精神品质的修炼；当索取时，自然也会得到，但是世俗的得到和做人境界的修炼是两个不同的层级。生活在一个经济发展高度发达的时代，工作在现金流周转的环境里，员工的口号里充满了金钱色彩，好像他与同事们生活在两个世界。金钱的欲望离他很远，这是一种怎样的心情，则不去探讨。向文波为现实无奈，自身坚守着内心里的执着。他看到一束花就会笑，笑得舒展眉宇，内心充满了惬意和放松；他看到几株小草就会感到内心滋生了无穷的力量；看到了星星就充满了希望；看到一条从西坡伸向山里的蜿蜒的小路，他就充满了无限的遐想和好奇，想象着山里另一番美丽景象。向文波倾听大地和自然的声音，这是他自己的感觉。凡人要食人间烟火，向文波需要工作，需要良好的薪资待遇做更多的事，完成更多的心愿。而修心养性是自我内心的和谐，与亲人、与他人、与天地自然相通和共融，是形神兼备的提升。

向文波从外面回来，走到办公大厅。他刚刚走到办公桌前，看到玻璃房里的任副总正背对着自己看着电脑上的表格，而此时，玻璃房子里的何总监端坐在桌前，双手敲着电脑，不时有女会计进进出出的声音。闲聊对于这家公司来说是不允许的，即使闲聊也要找到足够的话题和理由。对于打工者来说，他们都遵守这里的企业文化和待人处世的游戏规则。倘若休息，从座位上走动出来，抚摸一下窗台上的自养的盆栽植物，或者轻轻地眺望着青山的苍茫景色。

这时，任副总关掉电脑界面，背靠在椅子上，双手合抱头部，仰靠在硕大的皮椅后背上。向文波轻轻地走过去，轻轻地用食指敲了玻璃。任副总轻巧地转过椅子，看着门外的向文波，举起手招呼向文波进来。任副总端正了身体，两只胳膊端正地放在办公桌上说："小向，请坐。"

向文波稍微身体前倾，表示谢意后坐在任副总对面的椅子上。任副总的脸上爬满慈祥的笑容。然后端过右手边盖着紫砂盖子的茶杯，左手捏着杯盖，右手端起茶杯，甚至把茶杯倒立过来，对着嘴使劲呷了一下。向文波知道，任副总的茶杯里本没有了茶水，甚至是可以估计出来，任副总喝到嘴里的也仅仅是几滴而已。向文波站起来，从任副总手里接过杯子去热水器上打水。任副总执意不用，但是向文波的诚心还是让任副总松开了手，递给了向文波。向文波接过杯子后转身轻轻地推开玻璃门到热水器上接了一杯水。他回转身看到何子晶手拎提包正在锁她的玻璃门。何子晶看到向文波莞尔一笑，轻轻地转身走出了办公大厅。何子晶的高跟鞋发出的声响渐行渐远。

向文波把一杯冒着茶香的热茶双手端正地放在任副总办公桌右前方一尺远的地方。任副总高兴地空出手来笑着说："快坐下。"

笑声里，话语里充满了对向文波的谢意，以及对自己属下的满意和欣赏。

向文波在任副总没有觉察的情况下极快地用不转的眼珠扫了一下对面的这位年过六十的老领导，他觉得进入华世赢后与在青山创业的新移民团队中，只有与任副总的心理距离稍微近一点，双方都悄悄地打开了可以窥见和感知对方的一扇心窗。其实，人与人之间就是那么简单，减少一点不屑一顾的眼神，冷若冰霜的陌生感，或者让对方感觉一下情感动物的一点点温柔便可。向文波对任副总的好感就在于当他换完大厅里的一桶矿泉水后，任副总自觉或不自觉朝向文波笑笑，然后平静地坐下，十分自然地打开电脑去做自己的事。向文波每次换水大部分是在早上上班前完成的。其实，任副总早有观察，看在眼里，记在心里，办公大厅里的三个热水器，30 斤重的水桶全部是向文波完成的。一是办公大厅的男同事少女同事多，换水男同事应该多尽义务；二是向文波已经习惯了换水，少说多做，与人为善。他认为，这是有益于大家的行动，举手之劳，既锻炼身体又服务他人，何乐而不为呢。他的许多细小有益于大家的举动全在任副总的视野之内。任副总自然欣赏。在向文波看来，这是华世赢商贸公司对他品行的一种欣赏和无言的认可。无许金钱奖励，华丽辞藻的表扬。何况在民营公司是需要鼓励善行义举，而在华世赢商贸公司，大家对公益行为的认识还处于萌芽状态，而向文波是服务志愿者，一直坚持善行善为。他的这一行为方式好像玻璃大厅窗台上的一株花草，抑或嫩芽，默默地接受阳光的照射，承受来自别人茶杯里茶水的浇灌，不动声色地生长、苞蕾、绽放出五颜六色的花，甚至长出硕大的叶子。有的在吸取了养分之后发生变异，只要有生长的力量，大自然就赋予自然生长的性格和情状，任你生长得如何繁盛，鲜花无所谓美丑异样，只管无拘无束地自由绽放。向文波经常观察窗台上的这些不知名的花草植物，甚至进行心灵相通的对话，所以他内心里的亲近感别人体会不到。他感觉生活里充满了情趣,不在乎与大家谈什么、争什么,只是按照领导的安排,做好各项工作后,便会沉浸在与小草小花的对话之中。甚至换水也是一次与水桶的对话,让他变得情趣,浑身充满力量,用发自内心的真诚、博爱、善行,善待一切。

“任副总,您窗台上的两株盆栽比我们外面窗台上长得粗壮茂盛。”向文波看到任副总窗台上的两株造型植物说。

“其中,一株可能土壤中缺少稀有原料,树枝上大片的叶子呈现微黄,估计不久便会扫落叶一样凋零干净。”任副总看着窗台上的两颗绿植又抬起头看着向文波说。

向文波走到窗台前看着盆栽说:“是不是浇水有点多了, 或者缺少其他养分。”

“可能是吧,我可从来没有施过肥,可能是后劲不足吧。”任副总站起来说。

向文波看出了一个男人对植物的由衷喜欢和对生活的热爱,话语里是坦诚平和的,没有鄙视和不屑之感,而是男人的厚道和朴实。

“任副总,有件事不知当讲不当讲。”向文波欲言又止地说。

“小向,尽管说,我是你的领导,有困难,或者工作中遇到的问题尽管说出来,遇到问题就是解决问题。从科学发展的角度看问题,解决了问题,工作就会理顺,效率就会提高,效益就会增加。简单地说,企业的发展,无非就是解决问题。你不觉得农民耕地、播种、施肥、拔草、打茬、收割,到颗粒归仓,其实就是解决问题的过程。当然,农民收割和耕种的方式更多地体现在力气、简单和朴素,而企业就不同了,是经济、政策、环境、场地、产品、机器设备销售、服务、管理、权限制度、文化的有形无形的整合。企业发展需要恰当合理的现金流,有效的资金储备,遵守市场规律,做好销售和服务的循环生态链条,并且让链条延长,增加绩效,扩大激励机制,不仅是物资的、金钱的,还有精神的、文化的。哎,小向,你一定要做好《华世赢报》的编辑工作呀。”任吾行副总语重心长地说。

任副总的一番话,让向文波心明眼亮,开窍不少。此时,向文波对任副总有了耳目一新的感觉。他认为，任副总是一位有着丰富的经营管理经验，而且思路极为清晰，逻辑严谨，善于沟通的长者。他在决策上不莽撞，在管理上重调查研究，在执行上重统筹兼顾。任副总的确是一个值得尊重的长辈。向文波在尊敬眼前长者的同时，思绪渐渐地由紧张变得放松，两个人的谈话变得愉悦而张弛有度。

“好的，任副总，我从下期开始，会把每一版面的策划选题报给您，并把设计思路附上。还有一个问题向您汇报。”

“小向，你说吧，咱们都可以研究，重大问题可以请示老板。”任副总看着向文波说。

“华世赢公司来如芒市发展创业到今年十月整整五个年头了，我查阅了营业执照和翻阅了公司的发展大事记。这对一个长久发展的公司而言，仅仅是历史长河的一瞬，那么对一个创业不久，又充满激情而快速发展的公司而言，是需要总结、反思和鼓励全体员工的时候，用一次积极、团结协作和充满凝聚力的盛会来纪念，给企业充电，注入发展活力是十分必要的。就如土地需要休养生息，来年会长出茂盛的庄稼一样，还像一个人在经过长途跋涉，旅途劳累，精神疲惫，需要坐下来休息补充体能，养足精神，会加快提前到达目的地的效率。一个企业制定未来五年的战略规划，做好科学发展，统筹兼顾，有条不紊地实施新计划，会出现又快又好可持续发展的效果。”向文波说。

向文波看着任副总玻璃窗台上的两株植物一股脑儿说出了这些话，每一句话都中肯、坦诚、实在，而且是站在企业的角度和大局，看问题，摆事实，讲道理，体现了一名员工的务实工作、责任担当的格局和魅力。他没有抢任副总的话锋，而是在认真倾听了任副总的话语后，说出了上面的话。至于公司里一些管理中的不良现象，他没有说，也没有必要说。他认为正面的言辞会比不良的词语起到良好的效果。因为正面的话语体现了尊重和真诚，在处理事情上，也会比较顺畅，正激励的效率是四两拨千斤。而贬义的词语是消极的、伤人的，处理起来会充满波折、阻碍和艰难。良好的情绪就能化解前进路上的艰难险阻，就能解决充满变数的风险。明媚的阳光会让愤懑的心情变得舒展，让消极的情绪瞬间消失，引吭高歌。化解矛盾要善于用正面的语言，阳光的心态，积极的力量，就好像那些小植物一样默默地自由地生长，却无形中给了向文波正面的、积极向上的力量。

“小向，你说得很好。”任副总说。

任副总的脸上挂满了笑容，他回到座位坐定后，又一次招呼向文波坐下，说：“公司到今年 10 月 16 日正好 5 年。我来公司前在青岛市，我是第六个来公司的人。”

向文波明白，任副总说到他是第六个来公司的创业者，他的地位和职责权重仅次于董事长和总经理。常务副总是别人无法企及和永远无法登上的位置，只有他稳稳地掌管着华世赢商贸公司管家的大权。他的地位别人无法撼动。从这次的谈话中，向文波摸清了任副总的实力。

“小向，你刚才的想法很好，在公司刚过五个年头的时候，可以搞一个五周年庆典，承上启下，继往开来，但是作为民营公司的一员，你我都是打工者。好吧，你写一个方案，咱们报给总经理、董事长，看他们的意见和想法，看看有没有必要实施。首先，咱们应该给咱们的角色定位；接着，你写出一个计划来，或者一个方案来；然后，我去找董事长、总经理商量。”任副总说。

“好的，任副总，我整理整理思路，写出一个方案报给您。”向文波说。

现在，任副总对向文波的认识已经不像以前他换矿泉水时的笑意、欣赏和鼓励。他们之间通过深入的谈话，任副总感觉到向文波这个小子的理性和坦诚，而且有着敏锐的思维，对公司有较高的责任感。不是简单的，而是深入的；不是肤浅的，而是厚实的。任副总认识到，向文波是他接触过的员工中最有冲击力的一位，无论对工作的悟性，还是自身修养，而且这个小子是不动声色的。不动声色的遇事临危不乱沉着的男人，是历久弥新的，耐人寻味的。

一个人的哲思精神，审美趣味，人格修养等诸多优秀品质，需要让外界认识，而这种认识不管形成冲击力，还是潜移默化，一定是双向的。首先是内心与外界相互刺激，给予对方新奇的、厚重的、耳目一新的感应，无论是感性的人，还是理性的人。接着是双方收到信息后深层次的思考、确认、接纳和相互友好的回馈，形成影响力，已达到赞同，予以支持，形成积极的正能量和正向效应，使其改变别人的看法，改变别人的视角定位，放大自己的品质，为团队、集体和社会做出更大的贡献。正如何子晶刺激了向文波的感性,任副总刺激了向文波的理性,向文波做出了刺激众人的反射弧,所以他们认识了向文波的实力。

当向文波从任副总办公室出来后,他感觉自己像脱胎换骨一样,浑身充满了升腾的力量。今天,向文波与任副总进行了一次面对面的心灵沟通交流。其实,正是任副总这位长者所希望的。任副总正面的引导,终于让这个有思想、有作为、有激情的青年人找到了突破口,激发了他的潜在能量,让深度交流更加默契,让务实做事增进了解,开诚布公和敦厚的态度加深了感情,显然这对于企业的发展应该是一种积极的推动。

繁星盖住了整个天幕,黑夜如潮水一样漫过来。向文波从公司出来,他一个人走到公交车站牌,脑子里一幕幕闪现着欢快愉悦的场面,鲜花如潮水般漫过海洋,星光大道宽广无边,而自己行进在前方畅通无阻的大道上。他享受着这份世界的孤独,内心里却生生不息地繁茂着。一辆公共汽车疾驰而来,车门打开的瞬间,他一个箭步冲了上去。这辆公交车成了他宽广的舞台,他是唯一的乘客,他依然前进在宽广的大道上。

第二天,向文波把两包治疗植物落叶的肥料放到了任副总的桌子上。不到两天工夫,任副总的那株挂满黄叶的植物由黄变绿,而且浓绿浓绿,枝繁叶茂。

二十二

向文波与何子晶在心语咖啡屋靠近窗子的一角对视而座。玻璃落地大窗外，华灯初放，车水马龙、川流不息。咖啡屋内低缓的音乐，好似给人们的心情披上了一袭青纱，甚至感觉到一些云飞雾绕的缥缈。不说别的，仅仅这音乐，就让人放松，放松到眼神里没有一丝戒备，流露出的是单纯和真诚。

何子晶脱下外套，心里的放松溢在脸上，蕾丝衣服粉银饰品镶嵌，灯光下闪烁其间，给人以理性清凉而不乏温暖之感。向文波看着坐在对面的女人，从未有过的一种诗意、浪漫、端庄、雅致漫上心头。何子晶浑身上下透着成熟女人之美，比少女多了许多韵味。在这种惬意温馨的情景和浪漫的氛围里，两个人都觉得环境与心情的距离一样恰如其分。一种纯纯的自然之美，一种魅惑的人性之美，从两个人的心情里、目光里、身体和举止里散发、外溢，一股脑儿流露出来。起初是含蓄的，慢慢的就是浓情蜜意的，像头顶上小小的钻石镭射灯辐射出来一样。

何子晶接过服务员端过来的咖啡放在胸前，用汤匙轻轻地沿着顺时针的姿势搅着，咖啡冒着的热气朦胧了她的面庞。一股咖啡的香味冲进鼻孔后，她细细地品味着浓浓的香气四溢的咖啡。不难看出，她对咖啡的钟爱，咖啡给她带来的享受和愉悦。

“咖啡是十分有情调的，我一直离不开它。咖啡的色、香、味都完全可以用一个浓字概括。搅动的时候，不仅仅是搅动了时间，还搅动心情；不仅搅动了波浪一样漩涡似的涟漪，还搅动了现实以外的美丽。”何子晶搅动着咖啡抬头看了看对面的向文波。

向文波感觉到何子晶是一个富有情调的人，在办公室里及以前的交往中都没有完全表现出来。短短落座几分钟他看出来了。

向文波连忙说：“是呀，情调和浪漫需要环境，更需要造化呀。”

何子晶怔了一下，哈哈地笑起来，说：“真的吗？你说的话，就是这样耐人寻味的。来，我给你搅搅。”

向文波在品尝咖啡这方面表现了一个男人的笨拙。在服务员同时端来的两杯咖啡里，何子晶的咖啡杯多的是激情和热烈；而向文波的咖啡杯只是默默地孤独地在他的面前。他感觉人与自然的融合是一种造化，是他对咖啡的简单之情，冷落了这杯金黄的液体。何子晶看出了向文波对咖啡居然不敏感，所以把自己的递过去，让眼前这个男人品尝。当向文波端起送到嘴边，用舌尖舔了一下，然后用嘴唇抿了一下，感觉到浓烈的香甜。

向文波眯起眼睛说：“不错，造化呀，好香甜。”

“就是吗，喝咖啡是感觉、是气氛、是情调，之后就是刺激、幸福，细胞张开，酣畅淋漓，痛快之至。这是个人心情和躯体的感觉，不牵涉到其他的人为的非自然感情因素，别想多了呀。”何子晶看着向文波认真地说。

“是的，今天与你在一起，让我对咖啡不再陌生。”向文波端起咖啡送进嘴里细细地品尝着。

何子晶轻轻地用汤匙沿顺时针的方式搅动着从向文波面前端过来的咖啡。心语咖啡屋的静谧温馨，让她舒坦，以至于忘了外面的霓虹闪烁熙熙攘攘虚伪浮躁的世界。她的这份自在和忘情，在向文波看来是何子晶孤芳自赏的心态作祟。一个女人沉浸在自己的世界里，是孤独寂寞造成的。他不知道何子晶是如何的经历，但是她已经习惯了，是她生命、生活、工作和学习的一部分。这是她作为个体放松的方式，女人的脆弱、单纯放纵和自我，或许就在喝咖啡的过程里。

“哎，你在公司里每天都很忙，整个人儿都忙成机器人、化学人了。”何子晶把咖啡端到嘴边抿了一下,抬头看了看向文波说。

“机器人、化学人不敢当,确实忙,这是公司文化,还有习惯了一个人不停地走来走去。”向文波看着何子晶说。

“走来走去,你感觉是一种享受呀。”何子晶问。

“原来不是,现在感觉是了,孤独的感觉很好,享受孤独,享受思考。”向文波简洁地说。

“说啥呢!”何子晶觉得向文波说的话有点悲观,她好像体会到了什么,说:“这也是一种好习惯,工作需要,渐渐成为你的生活方式了吧。”

“你说得没错,经历、工作真的能改变一个人的行为举止,甚至深层次的价值观、人生观和世界观。你不觉得吗,公司里的销售员都要面带微笑接送客户,为的是掏进钱财,利益最大化。你何总监要做好财务的宏观和微观管理的工作,以滚滚长江东逝水之势,让金钱财富科学合理地以大口径管道的形式流进企业,以细管吸牛奶的方式开源节流让资金合理科学地花出去。还有这心语咖啡屋的生意,舒适的环境、高雅的音乐、五彩的桌椅、宽敞的视野,咖啡产品的不同种类、色、香、味都体现了营养价值、经济价值、人文价值。而我们不是更好地计算这些,而是以轻松、愉悦、神清气爽的本真,享受惬意,在美丽曼妙的时光中,倾听心灵,读懂对方。”向文波说。

“向文波,你太厉害了,你话语中的哲思,毫无遮掩的直爽,让我离不开你了。每句话都让人深思,而且透彻,没有雕琢,更没有虚情假意,难得今天把你约出来。在公司里,你的行为,表现得确实胆怯、羞涩,显得卑微和底气不足。”何子晶这番话充满了真诚。

“你说得很好。我真的不会装腔作势,不需要别人强加的、虚伪的丰富和光环。我是一个朴实的人,我认为原生态是我的表象和内心,原生态是我的标志。”向文波笑着说。

“威严确实是工作需要,原生态可以在现在的场合挥洒自如地展现。”何子晶说。

“是呀,我真的不会雕虫小技,或者虚张声势的故作聪明,表里如一,这个成语多么适合我。而你的工作现场与现在的气氛,简直判若两人,你让我感到新鲜和温润,威严和温柔。”向文波说。

何子晶没有说话,她耐心地看着向文波,默许了他对自己的评价。她端起咖啡把温热的咖啡送进嘴里，下意识地看了一眼落地窗外五彩缤纷的夜世界。

“今晚与你在一起,让我看到了一个真实的向文波,原生态这个词很好,都市里的原生态。”何子晶强调说。

“是呀,人家都说我傻,我为傻自豪。善良、死心眼、不入领导的眼,这是别人常常说我的,而我没有放在心上,本性难改,我是都市里行走的躯体,用乡村里的一颗善良朴素的心做事。你看,我夸奖起自己来了。”向文波说。

“你说的话都是哲理呀。”何子晶欣赏地看着向文波,眼睛里闪着晶莹的、激动的光芒。

“没有,没有,我这是解释原生态。说这些话不会伤害任何人,也不会伤害自己,何乐而不为呢。”向文波轻松地说。

“你是善良的人,我体会到了。当然,也不需要过于压抑自己。”何子晶怜悯地说。

窗外,霓虹灯像不知疲倦的儿童撒欢似地闪烁着,宽敞平坦的大道上,车辆渐渐地少了起来,只有计程车撒欢似地跑着;商店酒店的门前的车辆,像疲惫了一天的懒狗,默默地等待着金碧辉煌的房间里举杯换盏的主人。主人们正在以或膨胀,或坦诚的语言,诱惑的眼神交际着。

向文波与何子晶以一种自然的默契,在这个“心语咖啡厅”里品尝咖啡的同时,交谈着,真诚地欣赏着对方。富有哲理的话语像一束白玉兰花在两个人心里绽放,散发出淡淡的、幽幽的香气。

夜越来越深,咖啡屋里的客人像走马灯一样来来去去。向文波、何子晶是今晚在这里坐的时间最长的两个人。聚散总有时,真诚两人心。聚的那一头就是散。何子晶优雅地、慢慢地穿上外套,裹住了银粉相间的衣服。

何子晶对向文波说:“向文波,走,我送你。没法子呀,还要活在当下。现代时尚的生活,把原生态淹没没了,送你这个原生态回家。”

“有一天,我真的去原生态地方生活,现在还不允许,我保证在繁华的都市里，让心一直原生态生活。”向文波笑着说。

“好，有一天，我愿陪你去过原生态生活，丢掉汽车和现代化的办公环境。”何子晶对向文波说。

说着两个人走出了心语咖啡屋。

向文波经过几天的调研和汇总，把撰写的足有二十多页翔实的华世赢商贸公司五周年企业庆典策划方案呈送到了任副总经理面前。任副总拿到手里掂了掂，感觉很有份量，虽然他没有翻阅里面的内容，但是他已经感觉到，在华世赢商贸公司默默无闻天性乐观的小伙子，是一个有思想、有责任、勇于担当，且眼界开阔，具备战略思想的年轻人。

“我看完后，咱们再沟通。”任副总笑着和蔼地对向文波说。

“任副总，还望您多多赐教。”向文波谦虚地说。

向文波看着任副总窗台上两盆油亮油亮的阔叶植物说：“这两盆花比没有施肥前茂盛多了。”

“是呀，多亏你买的绿叶肥呢。施肥浇水后，第二天就见效果了。这几天已经繁茂泛绿，你看，现在长出了鹅黄的嫩芽。”任副总看着向文波说。

“任副总，您忙吧，小向不打扰了，有事的时候随叫随到，小向为您服务。”向文波说。

任副总慈祥地微笑着目送向文波走出了自己的办公室。

向文波明白，一个人不管到什么时候都要笑迎生活，谦虚做人、踏实做事，自然心里就会敞亮，别人看到你的阳光就会被感染，就会对你产生好感，从而相互尊重。面对一个年过 60 的上司和前辈，向文波把尊重、谦虚都做到位了。任副总经过长时间的考验、观察，认为自己对向文波的人品素养没有看走眼，配做自己的部下，可以传授一些企业经营管理的真功夫和做人的本领。

大约过了一个星期，任副总把向文波招呼到他的玻璃屋，和善地说：“小向，快坐、快坐。”

“好的，任副总，有事请吩咐。”小向感激地看着如此激动地任副总，他轻轻地坐在椅子上。

"关于华世赢商贸公司五周年庆典的事,我已经向董事长、总经理做了汇报,并且把你写的方案呈给了两位老板。他们认为,首先有必要在公司发展五周年之际进行庆祝活动,以庆典仪式的方式回顾总结企业发展历程;二是聚集人气,传播华世赢公司的企业文化,树立华世赢企业品牌;三是发布企业下一个五年的战略规划,凝聚团队,鼓舞士气,推动企业稳健高效快捷地全面发展。当然,庆祝活动是一件极其繁琐冗杂的事情,从企业内部领导达成共识到在员工中全部号召和行动,华世赢带动西部地区形成新一轮商贸热潮;从对厂家的邀请到各级政府部门的支持,从基层明星客户的选拔到公益事业的赞助,争取点线面形成一个有机整体;按照你策划方案里面写的,我们华世赢要以此为契机,做到全面打造好华世赢发展的新形象。当务之急,我们现在要做好五周年庆典的规划,落实具体人员,布置业务分工,确定进度,有步骤地实施。当然要做到全体动员,全员参与,这期间我们要搞许多活动:对内,做到以人为本,让员工受益,增加工资,文体活动;对外,除了进行优惠客户,公益活动下乡,扶危济困,让困难的社会受众,让无法上得起学的学生,在华世赢的赞助下,重新走进学校,捐资助学圆他们的求学梦,让孩子们心想事成,梦想成真,改变他们的现状,通过学习成为国家的有用之才。我们将以崭新的内容,丰富的内涵,昂扬的精神面貌展现给员工、客户、厂家、政府及广大市民。当然,我们要丰富庆典内容,灵活多样的开展形式,我们要进行广泛征求意见并加以论证;庆典策划思路和广宣内容完全按照你的方案来,这是既定事实。宣传工作就是文化工作,是出思路、智慧和思想,是号召万众一心,是焦点效应的制造中心。这就辛苦你了。"任副总若有所思地看了一下向文波。

向文波认真地聆听着任副总的讲话,当听他说到老板们肯定了自己的合理化建议和思路后,心里豁然开朗,但是他坐在座位上平静如常,没有显现出一丝的骄傲和自豪。向文波明白任副总的意思,这件事不仅仅是向文波做的,也是任吾行来华世赢五年来浓墨重彩的一笔。庆典不仅是一次活动,一次重大的继往开来续写辉煌的节点,而是在光彩老任的重量,在员工心目中加强任吾行常务副总经理工作的砝码。有这些想法和内容的存在,任副总刚才话里的意思,向文波是明白和理解的。

“任副总,对于本次庆典活动所达到的效果效应不仅仅是以市50公里为半径的活动,而且以华世赢为中心的牵动政府、客户、厂家、员工、社会大众、媒体的效应,活动效果应该超出了上千公里,是集群效应的辐射,而且要长久地深入人心。我们要做到文化致胜,我这里用三大文化高潮来展示企业的核心经营理念;企业发展历程,反映企业发展的核心价值观,包括专题片、画册、企业文化员工手册。我会以董事长、总经理讲话,企业文化宣传、企业成果展示,各种活动进行穿插。庆祝现场台上台下形成互动。等我做出纪录片样片和企业文化手册和画册后送到您的面前,给您审核。”向文波说。

任副总一声不响地听着。向文波的话充斥着任副总的耳膜,敲打着他的心壁。向文波的思路清晰,设计蓝图描绘得五彩斑斓,但是比较优秀的主题片只在省级以上电视台看到过,而且县级制作的都十分低劣不上档次,优质的画册真正入眼的不是太多。任副总经验性地思索着,这思索中有对此次庆典活动的重视,还有对向文波的宣传项目制作质量的担心。不管结果如何,都应该对这个年轻人进行支持和鼓励。眼下提倡的以人为本,就是让其能真诚地体会和感觉到一个领导对下属的信任、关怀和呵护。

“小向,你需要什么档案材料的话,就去董事长办公室的档案室找一下李若溪,让她把近几年来企业发展历程、发展成果及各企业与社会活动情况的宣传材料提供给你。你有了翔实的材料也就好选择材料,组织材料,进行构思,谋篇布局,写出稿子了。”任副总平静地对向文波说着,

向文波感觉到眼前的任副总是一个有丰富的宣传经验的人,在解决问题上有着切实可行的方法和措施,是一个注重解决问题、判断能力很强的实战家。他那不紧不慢的语速,甚至每句话里都充满了做人的灵活和做事的稳健。一个领导对向文波的信任,就在关心支持的行动、措施和方法里,就在刚才惺惺相惜的谈话里,向文波的心里充满了感激和尊重。向文波认为,他来华世赢后,任吾行副总给他提供了一个真正做事的平台,策划庆典活动的工作正是实现自我价值的机会。少说多做,做出来让任副总评价,让董事长、总经理评价,让华世赢集团的全体员工评价。一颗嫩芽的成长是需要阳光和水分,需要风吹雨打,更需要不屈不挠的品质。向文波体会到自己有着不受其他人干扰

的原生态品质，如阳光、善良、真朴、温润、勤勉等。他把这些保持得很完整，几乎没有在何伪装。或许，正是这些积极的正能量，得到了任副总的赏识，接触过向文波的每一个人都会对这个其貌不扬的小子充满友爱和善意。

华世赢集团的董事长办公室占据了办公大楼的整整一层，走廊两边墙上安装有可视电话，有人想要进入办公室，先按门铃，秘书在经过一番询问后方可进入找领导签字或查阅资料，或来办理某些事情。向文波感觉新鲜，他来到这里按了门铃，里面传出话来。向文波说经任副总同意来查阅资料，前来找李若溪。向文波知道是李若溪，例行公事说了一番。李若溪过来开门。

“什么风把你吹来了。”开门后李若溪满面春风地对向文波说。

“是任副总的指示风把我吹来了，否则就不会听到你的问话了，更看不到你的芳容了。”向文波说些让李若溪喜欢听的话语。

“任副总来电话了，说找一些资料给你。”李若溪说。

向文波跟在李若溪的后面走进了董事长的办公室，刚才热气球一样的调侃立即消失了。董事长办公室内的宽大的办公桌前坐着一位新来的董事长秘书。好看的脸上长了一双大眼睛，皮肤白皙，却是一脸的严肃，给人拒人千里的感觉。

向文波彬彬有礼地打着招呼，说：“你好。”

秘书没有回答，依然做着自己的事。

李若溪从办公桌的抽屉里面取了一串钥匙领着向文波出来，走在走廊里，打开了另一个房间的钥匙，

李若溪小心谨慎地关住门说：“这是皮总从凯旋集团新挖来的秘书。人家刚来没有两天，还在适应当中，不要怪人家呀。”

“若溪，哥不是小肚鸡肠的小男人；哥是小身体大胸怀，能体会到她当下的心情。”向文波调侃地拍着胸脯一本正经佯装严肃地说。

“向哥是个大男人，佩服。任副总打来电话后，我都给你找好了。你说说，还有没有我需要给你补充的吗，我一定做好服务和后勤保障工作。”李若溪笑着说。

李若溪说话快言快语，是个透落的人儿，细高挑个儿，身上没有多余的赘肉，简直模特儿身材；单眼皮，眼睛里的神情，让人有一种亲切和舒服的纯真；一张樱桃小嘴说出的话充满亲近感。是窗外的小草，是树上的叶子，无论你怎样修饰，也不是一朵花、一片十分显眼的叶子。花的鲜艳，咄咄逼人，而叶子、小草焕发出来的盎然生机，赋予的坚韧向上，默默奉献的精神让人感动，这是向文波对李若溪的感觉。看到其他女人，或者其他女人身上有种性的诱惑，而李若溪身上至少现在没有，麻杆儿一样的身材，麻雀一样的活泼。

“那好，我告诉你，我要一些关于企业发展大事记的纸质材料，光盘资料，关于报道公司产品，或者活动的报道，公司制度，产品发布活动的照片、荣誉证书，还有些没有记录的重大事件。”向文波不假思索地说着。

“哎，向哥，你说得太快了，我听出了几个。这样吧，你看我这儿缺什么，我好给你找。”李若溪拿出准备好的材料让向文波核对。

向文波蹲下身子仔细地查阅着李若溪搜集的资料。站起身来说：“缺企业创业初期的照片、光盘和一些没有记录的文件。”

“企业初创照片，我给你找找看，光盘有一部分，哎，没有记录的一些文件怎么办？我到哪儿弄去呀？”李若溪好像受了委屈一样说。

“很简单，你翻阅一下会议记录，把一些关于企业管理、企业改革、节能减排、公益事业，或者新产品发布、服务客户，还有关于企业重大社会活动的时间、地点人物、事件等，给我摘抄下来。不用太多，只要有看点、有典型，起到教材案例的作用，这些对树立企业形象、宣传企业品牌很有必要。”向文波对李若溪语速很快地说着。

“向哥，好的，那5年的会议记录，我怎么翻得过来呀，为你服务不好干呀。”李若溪娇嗔地说。

“若溪，咱们在任副总的领导下，做的是一项十分光荣而且艰巨的任务。”向文波引导着说。

“向哥，那我尽力吧。我可没有你肚子里的墨水多。你是咱们华世赢最有才华的人，无冕之王。”李若溪说。

“噢，妹妹，可别这么说，哥哥难受的时候，你是不知道的，我是过来的人。”向文波捂着胸口做着艰难的表情说。

李若溪明白向文波调侃的话语里面有着严肃的意味。她听说，向文波来华世赢的第一年，企管部领导就看出了向文波的文采和卓越的管理能力，为减小竞争力要把他扫地出门。而向文波以他强大的生命力，凛然正气之势默默地忍耐下挺了过来。那次事件对向文波来说是人生的一场重大考验，向文波经历过好多次艰难困苦的磨练。呵呵，他却以正义战胜了邪恶。换了领导，解放区的天是明朗的天，向文波迎来了晴朗的日子。

“噢，不说了，不说了。我给你查阅，做好归纳。不满意的话，到时候你自己查阅好了。”若溪说：“我一定为你做好服务工作。”

“我没有不满意，只有心存感激，谢你还来不及呢。”向文波说。

向文波看了李若溪一眼。李若溪眼睛里流露出一种感激和不安，她体会到向文波对她的真诚和尊重，朴实的语言像一股暖流流进了她的心田，调侃中充满了亲切，调侃中充满了温馨。

向文波把让李若溪整理查阅的内容清晰地写在便笺上，交给李若溪。李若溪用她那纤细的手指轻轻地接过，看着上面的内容，睫毛忽闪着，均匀的呼吸鼓动一起一伏的胸脯，并且逐字逐句念诵出来，声音清脆甜润。李若溪有百灵鸟一样的天然歌喉。

李若溪笑着说：“我记住了。向哥就是有能力，给你找资料教会我好多工作方法。”

“妹妹，你好吓人，千万别这么说，我这是黔驴技穷，赶鸭子上架，怕有辱使命才让你来帮忙。”向文波大惊小怪地逗着李若溪说。

“你这是赶鸭子上架，好歹鸭子有两个翅膀呢，上架不费劲吧。我呢，这是赶牛上架。”李若溪幽默地说。

“鲁迅先生说，牛吃的是草，挤出来的是牛奶。你这种人永远让人赞赏。而我们男人就是难呢，不仅要挤奶，还要挤尽脑汁，让领导满意呀。呵呵。”向文波说。

“你们都是有大能力的人。”若溪说，“这方面别人不敢和你比。”

“千万别这么说，等我做出来再说。其实，你那屋里坐着个笔杆子，我有些心虚。”向文波看着李若溪说。

“秘书刚来,对公司的好多方面不太了解,不知道能不能胜任这项工作,即使胜任也需要时间;做好人际融洽关系,在工作方面进行大量的调研。文化、思维方式、环境、这三要素的沟沟坎坎不好过呀。”若溪说的中肯实在,她既赞赏向文波的能力,又对新来的女秘书给予了更多的包容。

“沟通很重要,她应该走出去,与领导交谈,与员工沟通,快速进入角色就需要与大家打成一片,得到大家的支持和理解。”向文波实事求是日同情地说。

“哎,向哥,这是你来华世赢的经验之谈,还是你厉害。”李若溪说。

“不是的,本来从事文字工作的人就存在追求完美的压力,而一些语无伦次的评价,可以淹没一个尽职尽责的人。”向文波说。

“向哥,你是个大善人,为人家想了那么多,你去指导一下吧。”李若溪说。

“若溪,我在大冬天里,让你说得我全身热烘烘都快要起痱子啦。不说了,全是玩笑话。”向文波调侃地说。

“向哥,你说得在理,对我是种教育,找时间请你吃饭。”李若溪说。

“你帮助我做好那几件事,我感谢你,请你吃大餐。”向文波说。

“一言为定。”李若溪认真地说。

向文波轻快地哼着曲子用双手托着李若溪提供的一摞材料到走廊尽头,在转身开门时,细里高挑的李若溪一动不动地站在档案室的门口目送着他。这时,向文波的心里从轻松愉悦中感到一丝丝沉重。他觉得李若溪单纯、透明,而透明中有一种朦胧和牵挂,甚至有一种对男人特殊的情愫,好像一种味觉系统分泌的化合物一样浸润着向文波。平时马大哈一样的男人,却被李若溪的单纯木讷吸引了。向文波说不清楚,他摇摇头,用托着书的右手拉开门,伸出右腿,用右脚钩住了这扇带有可视镜的防护门,走下楼去,脚踩石阶发出有节奏的响声。

当响声彻底消失后,李若溪拿着钥匙用右手整理了头发,佯装镇静地走进了她与新来女秘书的办公室。

二十三

世界上容易制造笑声的是女人;温柔可人,美丽大方的是女人;可是爱抱怨、难以相处的还是女人。当女人对男人有好感的时候,一定会表现面面俱到的殷勤和乖巧,甚至让男人的心都会痒得发颤。当女人讨厌女人的时候,她们会形成恨之入骨僵持对峙的局面。与女人相处时,女人的难养和歇斯底里的无理就会表现出来,人的理性思维就会消失殆尽,进而执拗和无情。只有情感得到满足后才能恢复往日的温柔,激情过后渐渐地恢复理性。

一个人需要理性，更需要让人认同的具有善良和温润博爱的饱满情怀。面对美好世界,冷若冰霜示人,是缺乏教养不正常的表现。做人的修养需要教育、学习和领悟。我们的内心都会产生心照不宣的感应,是喜悦、快乐,还是厌恶、反感;是谈笑风生,融为一体,气氛融洽,还是冷若冰霜,感情淡漠,拒人千里。一个人的言行举止体现了他的修养,决定他的磁场能量。

窗明几净的现代化办公室里,财务部的女人们,大部分都在 30 岁以下,有的是刚刚走向社会的大学的毕业生,经过层层面试和筛选走进了华世赢公司,有的在公司摸爬滚打了两三年没有升迁。她们财务工作的经验,与生儿育女做母亲的成功经验一样增长，有了孩子后就会安稳地在这里工作和生活。有的换了几家公司来到华世赢,由于财会专业的原因,工作起来自然得心应手。二十岁的女人多的是傻里傻气,三十岁的女人多的是精明风骚,而有三个三十三四岁没有结婚的女人,多了一种僵硬和倔强,天不怕地不怕邪气直往上蹿,与独身的何子晶着实有一种火拼的感觉。

何子晶娇柔玲珑的身材,穿着干练,做起工作来雷厉风行。三个女人一台戏。在她的办公室里,女人们在一起讨论研究财务问题,意见不一致,个性强势,经常发生争吵。她的女员工们认为,她不配做领导,仅仅来华世嬴公司半个月的时间就骂哭了两个属下。她不允许员工出错误,不许员工反驳她的观点,更不允许对她设计的财务工作流程方案提出异议。她坚持推行她设计的财务流程和工作方案,她觉得自己设计的财务管理流程方案是在成功的公司得到了验证,而且提高了工作效率,创造了骄人的成绩。来到华世嬴后,她注重调查研究,在设计模拟财务流程板块合理运营的基础上,全面实施财务改革创新发展,推翻了前任财务部长房娟没有效率且漏洞百出的、老套陈旧的财务管理模式。何子晶始终强调,现代化的企业就需要现代化更加科学的管理方法,科学规划是企业财务制度建设和运营的前提,只有整齐划一,杜绝跑冒滴漏,使企业财务管理工作运转高效,才能做到科学的管理流程贯穿企业财务管理的各个方面,才能在内审、外审的监督下,遵章守纪,规范管理,企业才能全面高效稳健快捷地发展。何子晶来华世嬴的价值,就在于她建立和推行一套科学有效的财务管理工作的流程和方法,否则推行失败就会对她这个人的价值产生怀疑,甚至她强势的行为和做法是不容置疑的。她被华世嬴公司人力资源部部长从锋利公司挖来时就提出了如此观点,来华世嬴任职工作的第一天,她就对黄总经理做了表态,只有无条件地支持她的工作,做到用人不疑这一原则,她才会在华世嬴公司静下心来上班,全身心地开展工作。黄总经理做了允诺,并且与决策层领导们做了沟通,要求华世嬴公司及分公司中上层领导全方位地支持配合何子晶的工作。

何子晶强势的工作作风并不是黄总经理的允诺使然的结果,是她个人的性格所致,是她一贯的工作作风和为人处世形成的习惯。本性难改,要求按照她说的去做,谁也别想迈过牵强附会这道坎。女员工们的抵触情绪,说来是因为何子晶性格的硬造成的。她的硬与华世嬴的企业文化有点矛盾,好在有领导的大力支持,她的硬就具备了强势的杀伤力,员工们的苦和抱怨成了常态。

然而,员工们在不情愿中执行着何子晶设计的、没有弹性的、今日事今日毕的财务管理理念和逻辑严谨的工作流程。何子晶毕竟是大公司走出来的高级职业经理人。

子晶有点硬。这是公司里的中上层领导与何子晶沟通交流和协作工作中,对她个人的一种文雅的评价。这五个字从领导的嘴巴里说出来带有一些调侃和讽刺。其实,这句话成了她个人风格的代名词,甚至还包括了一个单身女人的性感。工作时的强势,业余交谈时的软,形成了一个近四十岁独身女人性格的强大反差。何子晶平时工作,待人威严,不苟言笑,当她与投缘的男人的交流和沟通时,自然而然就露出了女人的娇柔和风骚。声音和眼神里都透着性感,经常与她接触一块讨论工作,或者聊天,华世赢公司中高层男人们总结出来的。华世赢公司的企业文化包容了何子晶的性格,允许她以强势的风格开展工作。一个女人的性格的硬,到了男人们无法辩驳,多了包容的程度,并且用欣赏的眼光看待,那么女人的气质,呈现出了硬又硬的美丽,硬又硬的剔透。

华世赢公司财务部的员工不是对何子晶的管理能力和工作流程抱有偏见,而是对她的几乎无情的性格简直无法容忍,从而女员工们对她产生了仇视和敌意。大家对她的管理作风和科学设计的企业财务管理流程的远见、规划、执行业务能力一直有深深的钦佩和赞赏,因为在华世赢三十多人的财务团队中,在财务管理工作上、流程设计上,确实没有人超过性情古怪与环境格格不入的这个独身女人。她的精干,纯熟的财务管理能力,让在国有企业财务系统工作四十余年、年过六十的审计部钱部长都挑不出一丁点儿毛病。钱部长甚至放下吹毛求疵的架子,对何子晶大力赞赏一番。华世赢公司的高层领导放手支持何子晶的工作,女员工们的抽泣和抱怨就当作中工作、生活和学习插曲,平静湖水里的涟漪。正是何子晶的存在,为华世赢公司的企业文化注入了一些新的元素和活力。而思维单一、工作态度懒散、不思进取、我行我素、一成不变等造成的财务管理方法落后,运营模式陈旧的状态是可怕的。恰逢其时,何子晶的到来充当了有机化合物和催化酶的作用。蒸蒸日上、朝气蓬勃,充满活力的企业氛围真的是需要有性格的人加入,但是这必须建立在企业老板允诺的前提条件下。否则会被残酷地扫地出门,或者让你坐冷板凳,拍屁股走人。与公司企业文化格格不入,或不能有机和谐地融入环境的人没是有生命力的。而何子晶是百花园里的一朵奇葩,华世赢允许的一个例外。例外就会有不同,例外就能创造奇迹,例外就是出类拔萃的代表,例外就要有硬度和光芒,例外就要敢于挑战旧的制度,例外就要征服老板的虚伪外壳包裹下的软弱的尊严。

在人们的评头论足后,在财务部女员工们的无奈后,调整心态、面对当下、按部就班、尽己本分、平静地做好工作,这是工作的需要和做人做事的准则。敌意和仇视显得脆弱和徒劳。权利的力量在于一个人本来就有力量来行使职权。大家逐渐地知道,何子晶以非同寻常的毅力和刻苦的学习精神,认真总结工作经验;以娴熟的工作能力,财务业务水平,丰富的财务知识,优异的成绩,用两年的时间,考取了具有国家级的注册会计师资格证书和税务最高资质的注册税务师资格证书。这不仅仅需要学习大量的专业知识,要具备丰富的财务管理工作经验、业务策划的实战能力,而且要具备较扎实的财务法律知识和深厚的财务管理工作的功底。何子晶来华世赢后对公司总部及各分公司的财务记账和科目进行了研究和梳理,找出了可以改进的项目,完善新的要素。她把效率、清晰、便于操作,作为华世赢财务流程设计的核心理念,重新搭建财务流程体系,拆除了金字塔式的管理模式,使销售收入集中汇集,日报、周报、月报、季报、半年度报等进行分析汇总,加速现金流运转周期,减少闲置率,加强资金回笼,聚集利润资本金,让资金形成庞大金融资本,统管统筹,杜绝跑、冒、滴、漏及大额资金的无效闲置。成立成本管理中心,以成本最小化利润最大化为原则,量化管理成本、采购成本、招待成本、广告成本、薪酬成本、催生销售和服务,提升销售数量,增加日销售量,全面增加企业效益,加速资金流动、减少周转时间,催生新的利润源。

何子晶是一个女人,是一个长相并不出众却白净耐看的瘦削女人。她的能量不能小看,她根据华世赢公司的实际业务情况,开发设计了的财务管理流程,经过两个月的验证,相比以前落后的陈旧的财务管理模式,这套财务管理流程发挥了更大的作用。她的近乎无情和没有理由的强硬的执行力是十分正确的。

何子晶说："面对一圈柔软流油，懒惰放纵的女人，若不采取铁腕手段，不管你有多么优秀的计划，播下多么饱满的种子都会胎死腹中。"何子晶的这句话，引来了华世赢公司许多高层男人们的开怀大笑，分公司马跃深总经理说："工作的艺术，与人的感觉一样，让人浮想联翩。何总有一套。佩服。"

"我这是在经过大量实践工作的基础上，反复演练修正后的有效执行，是通过业绩证明的必然结果。女人们回家喂孩子、搂男人，来公司上班倒像休息度假。我就是要扭转她们的观念，改变她们惰性思维。让她们上班与给孩子喂奶，伺候老公一样有责任心，想尽办法做好本职工作。来公司上班挣薪水是让企业满意，让领导满意，可正巧遇到了我这个不近人情的女人。"何子晶说。

马跃深开玩笑地接过话茬说："女人嘛，喂孩子，让老公满意，这是女人的天职，不满意能行吗，孩子、老公满意了，她才心满意足。女人的温柔在家里释放尽了，才能来跟你干仗。"

马跃深的话引来了领导们一阵笑。当笑声沉静下来后，人们感觉何子晶把女人的思维观念剖析得近乎赤裸。一个不结婚的女人把比自己岁数小，在工作上让自己不满意的女下属们懒惰的性格剥了个精光。执行能力超强的何子晶，有着与一般的女人们不同的超强观察问题的思维方式和解决问题的实战能力。

"怎么啦？我说得不对吗？让你们男人们大惊小怪，好像挠到了你们的痛处。"何子晶笑着说，情绪却在平静中高昂了起来。

会场上的气氛如此轻松，这是何子晶来华世赢以前从没有过的。开会现场，大家畅所欲言，不用避讳，没有恶意，并且从工作成绩到现在的开会效果都是正向的、积极的。大家发现何子晶的性格中有一种特有的棱角分明，不牵强，不做作。大家对何子晶的性格有个生动的比喻，说她像带刺的仙人掌，开着黄色的花。何子晶本人也这么认为。聪明和愚笨，有时是一对孪生姊妹。女人们，结婚后体会到女人的快乐，使自己变得情感丰富；独身者的孤独和寂寞，让一个女人更加硬和愚。

向文波一直翻阅着从董事长办公室档案柜取来的材料，默诵、咀嚼、体会，要在企业的发展历程中，找出创业者们初创时的热情、激情和梦想，还要体会到企业在发展的每个阶段，或者说在数个公司雨后春笋般的发展起来的过程中，找寻领导者的远见卓识，以及睿智策略中形成的一个文件、一个触点、一个想法，要给这些促使企业发展的原始火花罩上光芒文化的名词。哪怕不足挂齿的一句话、一个话题等都可以加工成经典案例。何况企业的发展像一台转动轮子的机器，它是有环环相扣、由众多零部件组成的有机系统。以时间形成的文件作为关注点，用时间贯穿企业发展历程进行概括、描述。主题片要宏大且富有激情，不是简单的流水叙述，也不是简单的影像叠加和堆砌，而是有思想、有策略、有文化，彰显企业形象，在社会受众中形成焦点新闻和“晕轮效应”。企业的作用是创造经济效益，实现利润最大化，这只是其中的一个方面，关键是影响、提升和改善社会大众现代化的生活品质，更重要的是推动社会物质文明和精神文明取得实质的进步。向文波在企业专题片的撰稿上，是从阅读大量素材的基础上，从潜意识入手，放下心态，理顺企业发展脉络，找到宣传撰稿的中心思想和重大事件，然后归纳、总结、提炼企业发展的哲理，加强专题片的文化内涵和启发意义。向文波认为，仅仅这些还不够，他要自己沉下去，静下心来，认真体会；当一切想通了，到时候就会信手拈来，一气呵成。他要求自己，撰写的专题片文案一定要文化性强、思想性深，要有艺术感染力，声音效果要有穿透力，音乐要亲和温润，视觉效果冲击画面色彩对比震撼，制作精良，思想精神，气象高远的企业形象专题大片，而且细节要严谨，结构要完美。

向文波没有急于下手，通过这么一个专题片的任务，他想通了好多事，领导的信任放手让他去做，看自己能不能在闪光的时候发挥作用。什么叫人才？做出来，并且领导和观众看了都满意，这就是人才的作用。他到华世赢工作，真正第一次体会到了人才的分量和任务的艰巨。他没有逃避，而且在内心里自动自发地要求自己要做好策划、撰稿、创意和执行四位一体的角色。他要做出满意的企业精神文化产品，让大家享受。他要给自己压力，在煎熬中破茧，在孤独中绽放。

向文波从办公桌前站起来，走到落地大窗前，看着窗外远处起伏连绵的山脉，把视线逐渐地从远处的山脉慢慢地注视山下的树林、田地，还有华世赢公司外川流不息的宽广马路,修整的平整的观景草坪,院内停放的一排排的车辆。向文波扫视整个办公大厅,他想到了自己,一个曾经在风雨里奔来奔去,对青山充满了陌生感的异乡男人,好像今天才有了一点对公司熟悉的感觉。他要用心去感觉去体会,用步子去丈量华世赢大大小小的数家公司,这样去适应它、感知它、热爱它、读懂它,才能写出具有文字精彩,人物形象刻画鲜明的华世赢公司五周年企业发展的专题片文案。

向文波从华世赢公司最北边的一楼开始,观察公司的建筑,观察路边的树木和小草,浏览公司的标语口号,抚摸公司的产品;与客户交流沟通,真诚谈心,谈他们的吃穿住行;与服务代表沟通,谈他们的服务准则,谈他们为公司服务的历史,谈他们的欢乐和苦恼,谈他们的辛苦、绩效和薪资,谈他们的理想和观点。公司开发的产品不一样,专营店的建筑风格也迥然不同。一个建筑代表着产品的特点和厂家的经营服务品质所附着的企业文化,那么对员工的要求自然也就不一样,或细腻或粗犷,或殷勤或大方,当然都要体现真诚的服务品质。与客户谈话,客户的嬉笑怒骂,客户的强势要求等,他都认真地倾听、体会和揣摩。而这些正好反映了公司员工处理问题的方式方法,以及公司在争创效益方面所表现出的核心价值。向文波有了实地去基层采风的经验,对公司的经营管理、客户服务工作有了切实的了解,对员工的一线工作环境有了亲身体会。他拿到了一线的基础材料,第一手材料让他刻骨铭心,让他了解了文化形成的基础。有了这些资料他写起稿子来便会更加得心应手。向文波意识到,撰写内容要涉及面广,不能仅仅局限于公司内部,那样不能彰显公司的宏大和气度,不能从实质上表现产品在市场上旺盛的生命力,广阔的发展前景,让局限变成无限,让思想高远,让心智开阔,让想法实现。向文波立即行动,深入市场、厂矿,走访更偏远的用户,去找材料,抓拍影像,调查统计。向文波向任副总说明情况争取领导的同意, 要到公司产品销售网络的终端,老百姓的身边去搜集资料,以表现公司的开拓进取和科学规划,统筹谋局市场的远见。当向文波说明情况后,任副总全力支持,派专车进行实地和现场采访。强大的后盾关怀支持,给向文波莫大的鼓励和慰藉。向文波风餐露宿、日夜兼程。他体会到了公司发展的强大生命力,在于工作细节的到位和落实,在于科学的预见和规划。向文波记录了详细的数据，抓拍了每一个真实感动的瞬间。向文波在调研期间，他的脸上布满了疲劳和沧桑，骨子里却滋生了自信的力量，对美好生活全新的诠释。人们以不同的游戏规则，演绎着人生的历程；山川，不会因为一个人内心的波动，而改变固有形态；日月，不会因为人的行动，而改变前行方向。自然宇宙的包容是无私的，而且无声无息地给予能量和观照。员工们从一切为客户服务的企业文化理念出发，他们的行为都把服务放在首位，不管是造福于人类，还是服务于个人，从心里由衷地散发和务实行动。向文波外出考察，是一次禅意的修行。向文波积蓄了能量，焕发了精神，强劲了力量，而他的内心愈加朴素、平实和平静；人格和品质随着时间的游走，向文波的精神，在宇宙万物的包围中升华。向文波感觉，山有感情，河会说话，树有情，云有意，牛马驴子全都充满了温情。风霜雨霜是大自然的恩赐，是润泽万物和人类不可缺少的养料，太阳、月亮、雷电是给万物补充能量的源泉。向文波顿悟了、开化了。向文波一直都是以乐观的心态对待生活，对待自然万物。这一刻，向文波变得更加坦荡和从容。向文波做人处事率性，毫无做作的哲学式的生活态度，全身心地做好该做的一切。

为爱走出是为了重新出发。向文波从丰盈宝公司出来，为改变生存现状，凭着激情和憧憬决定试图做一些人生的改变，现实常常把梦想击得粉碎，让充满美好的心灵遭受煎熬，伤痕累累。男人相信改变。向文波在挫折中增长力量，在不折不挠、勤奋踏实中开辟前进方向，在奉献和善良的行动中默默工作，收获成长。

在眼睛结霜，心灵结茧，经济至上，利欲熏心心渐黑，思想畸形突变滚滚洪流的世俗里，向文波始终尽职尽责，做好本分，得到了领导和员工们的支持，他的优秀的业绩，卓越的战略管理才能，大家是有目共睹的。即使有人对他设置障碍，布满难堪，他都当成一个谜语、一个游戏解开、闯关了，这增强了他的信心。向文波推开窗户，曾经眼里都是灰色，现在是放眼世界，处处是充满绿意的大自然，生机盎然。曾经的忧郁，像咸涩的退潮的海水一样，被一波清澈的浪花推走了。

二十四

向文波把印刷好的《华世赢人报》按照部门人数进行了分发。各部门主管领导又把报纸下发到员工手中。《华世赢人报》的选题策划、创意、组稿、编辑、校对等都是由向文波一人完成。说他是把华世赢企业文化建设，把丰富的内容与多样的形式深入员工心中的实践者，是企业形象、品牌树立的传播者一点都不为过。他把停留在口头上的理念，公司里的事件撰写成材料，拍摄成图片，并设计、创意、排版、印刷成报纸，送到员工的手中，以报纸为载体丰富员工的精神文化生活，从而以企业文化的形式和内容积极影响增强员工的凝聚力和使命感、责任心。

何子晶坐在她的玻璃办公室里，仔细地翻阅着《华世赢人报》，而且她看得仔细且专注。从第一版的要闻到第四版的"员工文苑"，可以说篇篇必读。她注意到这样一个问题，一张四个版面的报纸署名向文波的文章足足占了三分之一。从具有重大思想意义吸引眼球的标题新闻到光鲜亮丽的摄影图片，从企业管理理论文章到富有哲理的散文、诗歌，她觉得向文波是一个有思想有文化，文学素养较深，管理能力强，富有创意思维的写作高手和惯性的策划专家。何子晶从心底里佩服说话直爽，做事干练利落的普通员工向文波。然而，她思考这样一个问题，向文波多才多艺，工作恪尽职守，勤奋认真，在偌大的华世赢集团公司里仍是个普通员工，实事求是地讲应该升任部长，以他的思想品质、文化素养、战略眼界、业务能力、创意才能等综合素养，一点都不为过。她总觉得华世赢如此对待向文波是不公平的，弄得她心里有种酸楚和五味翻腾的感觉。向文波在华世赢公司的言行举止，善良博爱的气度胸怀，游刃有余的工作能力，已经在财务总监何子晶心里打上了很深的印记。何子晶反复翻阅着向文波的文章内容。新闻稿件用词恰当，描述理性，沉着严肃；散文描写情怀饱满，情景交融，语言流畅，文风清新，散发着豪迈激情，让阅读的人充满积极向上正能量；而他的经营管理理论文章，更是观点鲜明，论据充分，逻辑严谨。向文波文如其人，阳光、智慧、善良。何子晶眉宇舒展，阅读向文波文章的过程显然浸润了她的情绪，一种对向文波的偏爱油然而生。嘴里不停地自言自语：向文波这个小子不错啊。

人们对向文波的正面认识仅仅从《华世赢人报》开始的。一个企业在发展壮大过程中，员工们之间是需要信息交流，《华世赢人报》正是满足了员工们的精神需求，为交流沟通提供了一个十分有意义的平台。其貌不扬的向文波鼓舞了每一位员工。向文波的笑容是他在华世赢商贸公司的一张名片。

叮铃铃，向文波听到电话响声，伸手拿起话筒，电话屏上显示的是何子晶办公室的电话。

向文波有礼貌地说："何总，您好。"

何子晶从玻璃房子里看到正在接听电话的向文波噗嗤一声笑了，佯装严肃地说："向文波，忙吗？不忙的话，你过来一下。"

"何总，我正在写一部电视纪录片的文案，还有编辑创意大型画册，不算忙。"向文波说。

"那你忙吧，我不打扰你了。"何子晶理解地说。

向文波体会到何子晶有所保留地做了回答，她对自己说话总是以商量的口吻，而不是对自己的属下那样。

向文波彬彬有礼地说："何总，您尽管吩咐，我马上过去。"

向文波挂了电话离开座位，走向何子晶的办公室。他轻轻地敲响了玻璃门，何子晶示意地点点头。向文波轻轻地走进去，关了玻璃门。在何子晶的玻璃屋里有一种温馨，无言的默契。何子晶已经告诉过他，只要进了她的办公室，就要关上玻璃门。他记住了，并且遵守着。

“向文波，你挺忙吧，本来不应该让你过来的。”何子晶笑着激动地说。

何子晶在向文波面前，总是显得亲切、放松，没有丝毫总监的架子。

“何总有事，我一定遵照服从；您请讲，何总。”向文波礼貌地说。

“没什么事，你要休息一下呀，过来说说话，紧张的大脑需要放松，愉悦地放松身心有助于提高工作效率的。”何子晶说话时语音透着娇软，她转了话说：“你看，我的电脑死机了，让你给我调试调试，看看怎么了。”

“哦，是这样，来，我看看。”向文波站起来走近前。

向文波感觉到在偌大的办公大厅里，在五个部门四十余人的团队中，有任副总、黄总经理，有向文波、审计老汉、财务老光棍，另外还有一个后勤管理员。何子晶对向文波情有独钟，向文波体会得出，何况两个人已经不用言语交谈都达到了心有灵犀的默契。何子晶怕他工作繁重劳累，想让他休息。体贴关怀是真，电脑死机只是一个借口而已。

向文波走到何子晶的办公桌前，何子晶从转椅里站起来，转身走到沙发坐下，翘起二郎腿，嘴里说：“你坐上去吧，慢慢地看看，不用忙。我给你倒杯水。”

何子晶从右膝盖上把翘着的左腿放下来，转过身取了纸杯，从她的办公桌抽屉的咖啡瓶里用小勺舀了咖啡倒进纸杯里，从热水器上接了热水，用小勺轻轻搅过后放到了向文波前方右手处。

何子晶说：“停一会儿，慢慢喝了吧。”

“我不渴，你喝吧，何总。”向文波说。

“给你弄的咖啡，我还有呢。”何子晶看了一眼向文波说：“陪你好吧，我给自己倒一杯。”

何子晶以同样的动作给自己倒了一杯，放在沙发旁边的茶几上，坐在沙发上。

向文波看了何子晶的电脑，对于电脑死机问题的解决办法他的确一窍不通，但是任何事情是可以摸索尝试的。他想按下电源开关，关掉主机，重新按下启动主机的开关，看是否会恢复正常。但向文波没有马上去做这个动作，他怕这个动作完成后，何子晶的电脑死机的问题解决得太快了，会让何总感觉自己太忙了。何总的意思一是来让自己休息，二是来陪陪她这个女人。所以他没有启动主机，而是一次次地刷新界面。向文波刷新了两次界面，电脑就恢复了正常。他若无其事地打开了一些网页，胡乱地看着。何子晶提醒他把咖啡喝掉。向文波把咖啡端在手里，呷了两口轻轻地放在桌子上。

“向文波，你真厉害，除写得一手好文章。还有这本事。”何子晶看着报纸得意地说。“不是每个人都能写得那样晓畅、雅致、有思想。”

“我是瞎写的，没有什么诀窍。哎，何总，您当财务总监才厉害呢。”向文波说。

“那有什么厉害的，天天看数据，就是用信念找规律，培养数字的敏感度罢了。”何子晶的话语说得倒也轻巧。

“兴趣就是成绩，这是真理。”向文波喝了咖啡说。

“哎，向文波，你给我推荐一下书目，我要博览群书，与你在一起，我要培养一下文学的兴趣。”何子晶说。

“何总，那可是苦差事。”向文波说。

“我可以阅读，看故事，不用去写，不就减少苦恼了吗？”何子晶说。

“好的，你可以看一些小说，中国的四大名著《水浒传》《三国演义》《西游记》《红楼梦》，唐宋元明的诗词、戏剧、小说是必须要看的。当代的有王蒙、莫言、张炜、李存葆、梁晓声、路遥、铁凝、贾平凹，扎拉嘎胡、刘震云、余华、刘恒、苏童等，他们的语言朴实，有的文风浸透着朴素的乡村之美，思想深刻，而且都是普世的价值观、人生观和世界观，可以说代表了中国文学艺术的最高水平。还有北岛的、舒婷的、汪国真的青春诗歌足足影响了改革开放三十年，许多优美的句子，富有哲理，鼓舞人们以阳光的心态迎接新生活。还可以涉猎一些国内外伟人传记，去了解伟人的思想，大国的格局和气象。还有外国文学，如《人间喜剧》《哈姆雷特》《雾都孤儿》《漂亮朋友》《茶花女》《黑玫瑰》《基督山伯爵》《马背上的水手》《博尔赫斯谈艺录》《傲慢与偏见》《金蔷薇》《泰戈尔诗选》等代表了国际文学艺术的最高水平。每一部作品都是一个纷繁的世界，都是芸芸众生的社会，写的都可以说是经典，都值得仔细认真地阅读。”

“我就按照你推荐的,买几本看看。和你在一起,我应该提高文学方面的修养,培养更多的共同语言,增加文学气韵,文化素养。”何子晶笑着说。

向文波听后没有回答。何子晶对向文波多了一份说不清的感情,除了同事,领导与员工。向文波关掉主机后,做了重新启动,又刷新了两次页面。

向文波说:“何总,电脑好了。您可以工作了,一定要学会休息呀,你都把电脑累得怠工了。”向文波说完哈哈地笑起来。

“你不怕电脑累着,我真的是怕你累着。”何子晶看着向文波说。

“谢谢何总的关心。”向文波说。

“你写稿子,一定是很累的,伤身劳神。”何子晶说。

“还好,习惯了,不写还难受呢。”向文波说。

“你厉害呀,我们却写不出来。”何子晶敬佩地说。

“何总就不要羡慕了,很煎熬的。”向文波说。

“你终于说出了心里话。”何子晶说。

“对我来说,煎熬也是一种享受,在煎熬中孤独,我是一个简单的人。”向文波笑着说。

“向文波,你千万别这么说,每个人都一样。别人不具备你的文化素养。任由他们张狂和自不量力,而你不同,博爱、善良、隐忍和平静,这不是一般的修炼。”何子晶说。

“何总,电脑好了,您可以工作了,一切正常,不打扰了。”向文波站起来离开何子晶的办公桌往外走出去。

“谢谢你,向文波,没事的时候过来呀。”何子晶的眼睛里流露出真诚语气轻柔地说。

“好的,何总。”向文波推门走了出去。

向文波感到何子晶对自己的偏爱和好感,他有自己的见解。虽然何子晶在华世赢商贸公司身居财务总监的要职,但是作为女人深层次的精神本质的需求,需要找到合适的对象进行刺激和释放。或许,何子晶个体心理的缘故,何子晶没有安全感,小心谨慎地与男人们共事。她觉得与向文波在一起是情感共鸣,心灵震颤。向文波反而觉得何子晶更多的是内心的寂寞和脆弱,反而觉得让她对自己好,是他向文波的责任和义务了。

二十五

向文波喜欢孤独。

向文波认为孤独可以思考更多的问题，可以聚精会神地把思路理清，把文案写好，把画册做得画面震撼，视觉效果好。向文波的性格，让人对他有一种距离，所以也就形成了他在员工中，在华世赢商贸公司尴尬的地位。他不喜欢招摇过市，他与世无争，尽己本分，好像与企业的浮躁格格不入，但是这不影响他工作，做自己的事情到完美状态，别人便不会指手画脚，自然就形成了无人问津的小天地。他的行为方式没有影响他自己的情绪，并且他自得其乐，陶醉在自己没有声响的工作中。在他翻阅了大量材料，经过反复思考后，记录片文案几乎一气呵成。每个章节有一个引子，企业的每段发展历程都有图像、事例论证。他写出了公司的宏大规模、对社会的积极影响。向文波经过层层筛选的企业发展历程做成的大型画册，他把红色作为底色，喻义创业者的激情和执着，绿色作为辅色调，表现企业发展的希望，未来无限广阔的前景和活力。素材组成仅仅抓住科学管理，全面发展这一主线，不允许半点有损主题，或者牵强的图片，几乎没有半点纰漏和瑕疵。向文波为自己独自完成的工作感到兴奋和骄傲，内心里有些许的自豪，而且情绪目光平静如常。一个人的修养表现在内心的踏实和文化艺术思想哲理的浸润。

向文波把打印好的企业专题片文案和画册组图送到了任副总面前。任副总连忙站起来,满脸笑容地说:“小向,请坐。”

向文波自然地说:“谢谢。”

向文波轻轻地坐在了椅子上。

“好家伙,光专题片材料就写了这么厚,画册也做出来了。”任副总随便翻看向文波递过来的两打稿子,又看看向文波说:“这段时间你一定忙坏了。”

“写东西对我来说不是难事,只要材料充实,企业发展历程的事例打动了我,所以写起来就会得心应手。”向文波平静地说,“哦,对了,任副总,我阅历浅,认识短,有不足之处,或者需要修改的地方还期待您指正。”

向文波的踏实和谦虚着实让任副总感到欣慰。

任副总说:“你能写成这样,并且从过去你办报的质量和文字表述来看,应该没有问题。华世赢商贸公司一千二百余人中,在写作方面,能超过你的文化水平,我敢说目前没有。”

向文波听出了任副总说话的艺术,对自己的表扬和肯定都说得让人回味。一个有思想远见的人,有丰富经验的人,从眼神和语言中都能体会一个人的品质,敏捷的思维,独到的见解。

“其实,我能写出这些东西来,离不开您的培养和支持。”向文波感激地说。

任副总点点头,他坦诚地接受了向文波对自己发自肺腑的感激的话语。任副总十分欣慰,在他的全力支持下,让向文波这个小子做了一件十分有意义的事,其实任吾行一开始对向文波是有疑虑的,不曾想他真的做到了,并且这件事引起了大老板们足够的支持和重视,并要求他全权负责做好庆典策划组织工作。这项工作需要清晰的思路,高度归纳概括的能力,偌大的华世赢确实很难再找出第二个向文波。许多人始终就是中看不中用。

“小向,按照你的思路做的企业形象宣传片文案、企业发展历程画册和员工手册,有必要让黄总看一下,因为黄总是股东,是老板,咱们都是打工的。让黄总看看,提些意见,即使没有意见,也是一种尊重。一切要以老板满意为基础,这便于我们开展工作。”任副总看着向文波说。

向文波明白任副总的意思,征得老板同意才能更好地开展工作,这是公司的生存法则。只有老板首肯，才能具体到实施阶段，才能进行录像剪辑、企业文化手册、画册的印刷装订工作。

“任副总，我把材料放下，您给予详细指点，到时候，我再做完善。”向文波说。

“小向，我看后马上拿给黄总，让他提些意见，如果有其他的吩咐和安排，我会及时通知你。”任副总说。

第二天上午，任副总来到向文波办公桌前，对向文波说：“昨天下班前，我把宣传片文案、企业文化员工册、大型企业发展画册打印稿交给了黄总。黄总告诉我，关于华世赢五周年庆典期间的对外发布报道材料，需要让省日报社、新报社、如芒市晚报社、晨报社等几家报社主编、策划和首席记者指点、修改、完善和润色，以达到发表的标准，庆典活动要形成连续报道态势，要求集团下属公司各出两篇新闻稿。今天下午要开新闻稿件通气会，所以你写的专题片文案与其他二十多篇稿子要一起上会讨论和修改。”

向文波觉得自己的稿子，让省地市各大报社主编和重量级的记者审稿是一件大好事，可以给自己找差距、寻不足，是完善和提高写作素养的契机，验证一下自己在写作方面到底处在怎样的层级和水平。再者，检阅一下自己是否适合从事策划创意的工作，华世赢公司中员工稿件质量到底孰优孰劣。向文波在省会城市明平市的丰盈宝饲料集团公司已经做到了品牌总监的位置。如今换了环境，他认为，接受本次考察和检阅的不是自己，而是报社大笔杆子们的功夫，华世赢高层领导们用人的眼力，真金不怕火炼。向文波神情自若。

向文波笑着说：“任副总，谢谢您，这样通过专家的评审和修改，我好知道自己到底处在怎样的文字水平，我真诚地欢迎指点，因为，我曾梦寐以求地找专家指点，一直却未实现，今天领导帮我完成了这一心愿。”

“不错，是个好机会。开评稿会时，我会通知你过去，昨天晚上黄总与他们一起吃饭喝酒，把华世赢公司的二十余篇稿件都交给那些主编、记者们。下午他们过来应该是公布稿件质量和修改要点。好了，你忙吧。”任副总说完转身离开了向文波的办公桌。

向文波感到华世赢公司五周年庆典活动的成功与否，主要不在于自己做了多少，而在于老板对该事件重视的程度，并采取何种的态度和措施进行贯彻布置。向文波庆幸自己做了一件让华世赢老板们十分重视且对他刮目相看的事。向文波笑着看着办公桌上盛开的蝴蝶兰。

荒凉、遥远、陌生是向文波对青山的评价。这种评价一直在向文波的心底。起伏的山脉、稀落的厂房，时断时续的地形雨，簸箕一样的陡坡，这是青山的地形特点。向文波如是描述。然而，正是青山的辽阔和苍茫点燃了向文波火一样的激情。青山的自然、空旷，在向文波的眼中体会到别样的美丽世界，力量、粗犷、高亢。向文波觉得空旷的环境让胸腔扩大，放眼望尽苍穹，不需要与某人言语倾诉。体味青山的自然风光，就是与宇宙万物相互交融，滋生能量。

向文波走在华世赢公司北面苍松翠柏的园林苗圃中，踏着步子听着婉转的溪水声，眼睛眺望着云雾缭绕的山岚，脑子里闪过万马奔腾的雄壮场面。他把思绪拉回到现实，现代化的车辆奔驰在崇山峻岭中的高速路上，风驰电掣，景象壮观。向文波平静的躯体中涌动着排山倒海的力量，炯炯有神的目光描绘着一幅奇幻无穷气象万千的山水画卷。

叮铃铃。“喂，你好。”向文波接起了手机。

“小向，来一下会议室，新闻稿件通气会十分钟后召开，你马上过来。”任副总电话里说。

“好的，任副总，我马上就到。”向文波答应着。

向文波关掉手机后，意犹未尽地转身走向华世赢的办公大厅 3 楼 1 号会议室。会议室里坐满了各大报社的主编和记者，黄总和任副总坐在东家位置。任副总摆手示意向文波找个座位坐下。向文波坐在会议室门旁靠墙角的一个椅子里。

黄总说：“大家都到齐了，我给大家介绍一下，今天咱们省各大报社主编、首席记者、专家老师都来到了华世赢公司，这些主编、记者、老师专家们深入咱们企业，给我们指导工作。华世赢公司将以良好的精神面貌，精诚团结的氛围，开拓进取的干劲，开放包容的企业文化向新闻界的老师们汇报，请各位老师们提出宝贵意见。”黄总的话说得大家哈哈大笑，气氛轻松而热烈。

“是呀，黄总，华世赢给我们新闻记者提供了难得的机会，给我们提供了下基层进企业采风的机会，与企业员工面对面心贴心的交流。"省报的皇主编说。

"我来介绍一下，这是咱们省日报的皇主编，也是咱们的党报。他这个皇不是我这个黄。他是天子脚下的皇阿玛的皇，分量重得很。"黄总的话把在场的每个人都逗笑了，会场的气氛一下子像个马戏场。

"还有李主编、张主编、关社长、李记者，还有这些记者老师，我就不一一介绍了，大家可以互换一下名片。"黄总笑着说。

黄总的介绍，像一个交易博览会一样，主编、策划、著名记者们从没有经历过如此幽默的新闻改稿通气会，每个人都感觉十分新鲜，记者们照相机的快门弄出一连串的咔嚓声，一片刺眼的闪光灯，焦点一定是华世赢的黄总。

"今天，我和董事长特地把大家请来，就是昨天晚上我发给大家的二十多篇稿件，这些稿件是作为华世赢商贸公司五周年庆典连续报道的样稿。各位领导、老师和记者们都看过了，可以给我们指出缺点，我们好进行修改完善，达到报社编辑们在报纸专版刊发的要求。"黄总虚心地向在场的人说。

"这二十多篇稿子从不同侧面、不同角度反映了华世赢公司从创业发展、开辟市场、壮大规模、增加效益、服务客户、做好公益事业，全面稳健创新发展企业的历程轨迹。稿子内容范围广，各有侧重，这个无可厚非，不同岗位自然表述的内容就不一样。就稿子整体质量和内容来说，99%的稿件都要进行修改，才能达到的报社刊发的要求。这些稿子当中，只有一篇写出了华世赢商贸公司的企业发展关键核心内容，格局气魄符合要求，案例典型，论述全面，记录丰富，情感饱满，文采充盈，润笔丰富，语言流畅，所要表达的思想鲜明，文风清新自然，5000字的稿件全面涵盖了华世赢从艰苦创业，扩大发展、精心策略、建设市场、增创效益、创新发展、规划蓝图等，我通篇阅读，一字未改。这篇文章就是'奋进中的华世赢'，难得的好文章，比我们的记者一点都不差，甚至还超过了我们许多记者的思想水平。文字功底，写作技巧灵活扎实不是一日之功，应该是默默修炼数年达到的境界。文如其人，我们不用知道这个人是谁。我们省日报专版全文刊发。"省报的皇主编说。

"是企管部的向文波写的。"任副总指着墙角里的向文波说。

“是的，这是一篇上乘的稿子，说实在的，只有这一篇稿子是成熟稿件，其他稿件都需要修改。”新报报社李主编说。

“这篇稿子可以拿去评奖，充分表现了华世赢商贸公司创业发展的激情，企业创新发展的动力之光。”关社长煽情地说。

戴评论说：“这篇稿子画面感强，视觉穿透力强，应该是一部十分优秀的企业发展专题纪录片脚本。撰稿人有剧本创作的基本功底。”

“不错，戴评论说得好。我们还是想作为一篇报道稿件。”黄总说。

“可以，我们新报将整版全篇刊登，争取在庆典的前三天刊发，可以起到新闻的助推作用。”李主编转身看看坐在门口角落里的向文波说。

“谢谢李主编对我们华世赢的支持。”黄总说。

“为企业进行积极正面的宣传报道是我们的责任和义务，华世赢的发展有目共睹，所以作为企业发展典型，为更多的企业发展起到示范标杆作用，也会影响和启发更多的企业家在又好又快新一轮非公有制企业发展中做好生态和效益同步发展，公益和文化共同促进，节能减排和调节结构转方式做到科学合理，统筹规划的大文章。华世赢公司在这方面做得有声有色，我也希望在座的新闻同仁都抓住华世赢企业发展的特色进行全面的宣传和报道。”张丰编说。

“通过庆典活动组稿会议，让我们认识到我们在内部企业宣传报道方面的差距和不足。感到欣慰的是，在我们的员工中，有出类拔萃的佼佼者，比如向文波，能得到报社主编、专家、首席记者、老师们的一致称赞，说明该同志对企业发展历程、企业的管理工作、企业文化做了细致的研究，他的文字写作专业能力是很扎实的。当然，我们的大多数写稿者都要找差距、寻不足，提高写作素养，争做有心人，立足岗位写好稿子，做好庆典工作的宣传报道工作，凝心聚力，扩大影响，树立品牌，扎扎实实，争创效益，推进企业的创新发展和全面繁荣。”任副总总结似的发言，鼓励了在场的华世赢公司的领导和员工。他讲话丰富生动，面带笑容，尤其那双眼睛一直看着向文波。向文波感觉到了任副总对他的信任和肯定。坐在角落里的向文波，好像坐在聚光灯下，好像光芒万丈照射在他一个人身上。向文波深有感触，有他自己独特的体会：信念的种子,只要心态端正,默默耕耘,一样能结满丰硕的果实。

向文波自参加了黄总主持的媒体主编记者交流通气会后,他不但开阔了眼界,还增加了自信,活络了思路。小溪在经过叮叮当当的山路汇集到湖泊,然后流到江河,涌入了澎湃激扬海洋的怀抱;小鸟经过沉寂的冬天,在万物复苏生机盎然的春天里,羽翼丰满,满眼望绿,唱出婉转动听的歌声。向文波用丰富的内心,温暖的情感,敏锐的目光,体会美好,发现美丽,感知生动,这一份成绩是心存美好,务实行动的结果。

向文波好像永远不知疲倦,上班时间全天都精神饱满,举手投足间充满善意和稳健。伏案创作,挑灯夜战,黑缎子一样的夜没有淹没他对写作的专注和激情,正如他的日光灯一样,充满能量,光彩耀眼,熠熠生辉。

向文波把制作完成的13分钟及25分钟的华世赢公司企业发展专题纪录片样片、大型画册彩印稿、企业文化手册交到任副总面前。任副总像个小伙子一样,眉开眼笑地站起来,连忙摆手说:“小向,请坐,请坐。”

向文波对任副总的热情感觉有些不自在,平静地说:“谢谢,任副总。”

“小向,以后不用那么客气。”任副总笑着看着向文波说。

“好的,任副总,我把纪录片样片和画册彩页、企业文化手册稿件拿过来,请您过目。”向文波礼貌平静地说。

“小向啊,你的效率很高。这个嘛,还得老板说了算。我打电话给董事长,让他过来一块观赏一下。”任副总说。

任副总说后,拨通了董事长的电话:“王董事长,五周年庆典专题片已经做好,大型画册、企业文化手册已经定稿,请您观赏一下提点意见,这毕竟是咱公司场面的事啊。”

“好的,我马上过去。”王董事长电话里说。

“董事长,我告诉一下黄总,咱们就定在1号会议室吧。”此时任副总的高兴和得意无法言表。他站起身对小向说:“你坐着,我告诉一下黄总。”

一分钟光景,任副总风风火火地回来说:“小向,告诉工作人员马上开投影仪,董事长和黄总要观赏样片。”

“好的，任副总。”向文波转身出去的时候，任副总就拨通电话做了安排。

董事长、黄总陆续走进了 1 号会议室，向文波跟在任副总后面，坐在了靠墙边的一个座位。董事长和黄总正襟端坐，严肃而视，整个会议室一片寂静。

工作人员把 13 分钟的专题纪录片样片光碟放进电脑驱动里，屏幕上画面显现由远及近，音乐由低及高，空旷高远，激情高昂。纪录片画面视觉冲击力极强的效果震撼每一个人，解说人员浑厚的中音解说企业的发展历程，从公司的选址到布局市场，从产品单一到多元之发展，从企业文化说到事业的深入，从领导的高瞻远瞩到团队出海，每一个细节都表现得深入人心，每一个故事单元都激情无限，每一个案例都启发创新。

向文波发现董事长的面容由凝重转为舒展，黄总有意无意地弄出一些声响。向文波明白，这是领导满意的表现。董事长转过 90°直角扫了一眼坐在墙边的向文波，然后又看起了播放的形象宣传纪录片的画面。

13 分钟纪录片接近尾声，董事长致词是一个放大的效果，董事长发声的每一个音节，向文波都让编辑做了特效处理，用回声通过穿透力达到较强的听觉效果。字幕出现，总顾问：王董事长、黄总经理；总策划：任吾行；策划、创意、文案、统筹：向文波。

黄总做出让在场的人十分惊讶的发言：“任副总做得不错。”

王董事长说：“老任，你全权负责吧。”

向文波听了这句话，笑容不由自主地爬上了面庞，老板并没有表扬向文波，但是向文波知道，其实是老板对自己工作成绩十分认可，竟然没有挑出一点毛病。

二十六

叮铃铃，向文波听到办公桌的电话铃声，接起了电话："喂，你好。"

"小向，你来我办公室一下。"向文波听到电话是任副总打来的。

向文波抬起头看着玻璃屋他与任副总目光相对。任副总隔着玻璃连忙朝向文波招手。向文波起身走了过去，轻轻推门而进。

"任副总，您好，您请讲。"向文波身体微倾，站在任副总办公桌旁边。

"不要那么客气，请坐就是啦。"任副总和蔼可亲地说，"这一段时间以来，你一定很忙吧。两个老板对你撰稿的纪录片，设计、策划的企业文化手册、企业发展大型画册，十分满意。宣传报道刊登在省日报的专版。一个字不少，你看看，还署了你的名字。这是黄总刚刚给我送过来的。企业文化手册、企业发展大型画册做得很好，紧紧围绕企业发展这条主线，设计新颖，装帧精美，印刷上乘，选图配文，恰到好处。"任副总呷了口茶接着说："庆典日子不足十天，还有一件十分重要的事情需要你来完成。

任副总平静地看了看向文波，沉默着。向文波明白，任副总要让他主动地去接受他不知道的任务和安排，而不是领导强加给他的。

向文波说："任副总，您尽管吩咐，看看我是否有完成您布置的任务的能力。"

"庆典当日，董事长和总经理是会场的主角。那么重头戏就要发言讲话，而且发言是具有分量的，讲话要有大场面、大思想、大气魄。我讲的话要有高度、深度，要高屋建瓴，不仅要显示一个年轻企业家创业的智慧和气度，而且还要具有战略全局的眼界。讲话内容不仅叙述企业发展的经历，而且要描绘企业未来发展的前景；不仅在科学经营管理上浓墨重彩，还要在探索经营理管理模式、推动民营企业发展、增创经济效益和社会效益上大做文章。参加庆典现场的人员有政府、工商、银行、媒体、社会各行业负责人，有厂家领导，有客户代表，有咱们华世赢商贸集团公司的1200多名员工，还有各地的营销业务人员。这么一个场面，老板们也是第一次经历。”任副总说。

向文波明白，任副总是让他为董事长、总经理写庆典发言稿。这个任务他觉得有点严肃，而且有强人所难之意。他来到华世赢从来就没有与董事长、总经理谈过话，没有参与过企业重大的战略决策，甚至中层领导召开什么会议、谈论什么内容他都无从知晓。他写文宪企划书里面也有主观的成分。至于讲话稿，是需要与董事长、总经理有过良好沟通，并且知晓了解企业的发展方向，对老板们的风格、喜好要有把握。他认为完成这项工作，必须是在老板眼中、心中有一定地位的人。

“任副总，这件事对我来说有点难度。首先，董事长、总经理他们都有自己的秘书，我不能越俎代庖，秘书们了解老板们的思维方式。领导和秘书之间都是思维默契的人。虽然我在华世赢工作经年数月，可是蚂蚁的手掌无法把握大象的脉络。前几天，我去董事长办公室找李若溪取材料，看到从大公司新挖来的秘书，那一定是重量级的，对于我来说，还是不去插手的好。太阳底下的人，不管怎么样都能胜过菜叶下的小虫子吧。”向文波说完哈哈地笑起来。

这次向文波与任副总开诚布公的谈话，让他感觉到了从来没有过的轻松。向文波有一种蝉蜕的感觉，穿在身上的羽翼像禁锢思想的枷锁，忽然间卸掉了，谨小慎微的语言，左躲右闪的眼神，惶惑不安的隐藏，如一层捆绑自己多年的甲壳，在这一刻剥落，瞬间卸下了。

任副总听了向文波中肯的话语，他不露声色地说：“你要积极地做好写发言稿的准备工作。你说的新来的秘书，那是无关紧要的，她可以去写给董事长看看，依我的直觉不一定写得好。一个人的眼界和思路，与在谁的身边没有关系;一个人的待遇和得到的可以衡量的价值与在谁的身边有关系。咱们不能决定老板的财产可以分给谁多少,但是凭我多年管理工作的经验分析,在董事长身边多年的秘书都写不出什么像样的东西,更何况来华世赢公司半个月的秘书能写出让老板满意的发言稿来,我看有点天方夜谭,写出有思想、有深度让老板满意的发言稿还是需要时间的。我之所以让你写,是让你试试看,不仅仅是试试,而是一定要完成得很好。我认为,你写发言稿件,只要你认为满意了,他们自然会满意。新闻稿件通气会上省日报的皇主编、新报的李主编、日报的张主编,还有晨报的主编一致通过了你的长篇纪实报道稿件,而且一字未改,还发在了省日报的专版上,李主编表态,新报还要占一个版面全文刊载。他们可是专家的功夫和眼力吧。"

向文波越来越觉得任副总是以一种强迫的责任,让他去完成他需要在许多条件下才能完成的任务。任副总不看好新来的女秘书,然而却让向文波对那位盛气凌人的女秘书产生了怜悯和同情,他希望女秘书能尽快进入角色,写出让领导满意的发言稿,否则,未来在华世赢公司立足,在华世赢公司工作的每一天不是一件轻松的事。至于对新来美女秘书的一些建议,向文波都告诉了李若溪。单纯的李若溪但愿能告诉新来的、漂亮的、靠笔杆子吃饭的女秘书。

向文波说:"任副总,我可以按照企业发展历程,尽量站在董事长、总经理的视野格局去撰写,但是我需要了解董事长、总经理的一些思路,需要进行短暂的对话和交流。"

"这就对了,你对如何写好讲话稿能在极短时间内做一个很现实的考量,说明你是很用心地去找解决问题的办法。我跟董事长、总经理说一下,你们面谈一下,你可以根据他们的要求去写,写作脉络自然就好把握了。"任副总端起茶杯喝了一口茶笑着对向文波说。

任副总的行为着实感动了向文波。他觉得任副总是让他这个幼蝉加速蜕变的催化酶。蝉蜕要经过煎熬、寂寞,要让头颅充血,让身体疼痛,让精神煎熬,让思想成长修炼。他的工作顺利完成,并且得到领导和专家的认可,任吾行副总是一个推手,他是善意的利用,自己是在利用中成长、进步,而且成绩不同凡响。

在任副总的安排下,向文波与华世赢的董事长、总经理进行了面对面的沟通和交流。对话的气氛相当轻松,老板们充满了赏识和热情的目光,对向文波进行了褒奖,说了他们对发言稿的思路。老总们滔滔不绝、口若悬河的讲话和阐述,向文波没有听出新意和前瞻的思想决策,但是他听出了其中的要点。按照老板们说出的喜欢的要点去写,再增加比要点更新的观点和企业未来发展科学决策的思路。向文波是一个专业的笔杆子,曾经在省政府秘书处调训学习,与省长、副省长的秘书们在一起撰写、批改政府公文,受过专业的训练,这一点他从未向别人说起过。一个人的素养决定了他的眼界和思想,决定了他从事本职工作的专业态度,以及完成任务的自信和能量。写讲话稿不能照本宣科,秘书的思路和行为要比领导的思想快半步抑或一步的距离。他心领神会地做了记录。之后,向文波利用两个晚上写出了华世赢公司未来经营发展的主要论述。

一切都在预料之中,当向文波又一次去李若溪处查找原始材料时,宽大的办公桌前的高背皮椅上空空如也,从大公司挖来的女秘书在为董事长撰写庆典讲话稿的重大课题面前,没有顶住压力,没有让董事长满意,自动辞职。向文波听了李若溪的讲话后有些伤感。

李若溪告诉向文波说:“女秘书的实力真的不如向哥呀,但是人长得确实像个模特儿。”

向文波同情地说:“时间太短了, 对她有些不公平。脸皮厚一些不就成了吗。”

“向哥,我猜差不多,过完节,这个高背皮椅非你莫属了。”李若溪笑着说。

“啊,我可是自由人,我害怕,我坐进去你会找不到人的。”向文波调侃地说。

“你坐进去,我天天给你倒水,端到你面前,自然会看到你。欢迎你来,除非你不愿意来。”李若溪笑着说。

“我不敢奢望,我现在做的工作只是一个项目而已。”向文波说。

“项目是跨越的阶梯和程式,可以变成一个常态呀。”李若溪说:“我可以跟你学些东西呀。”

“要是真的,那就共同进步吧。”向文波随意地说。

“向哥,我等着这一天到来,祝福你。”李若溪说。

李若溪就是单纯,她还伸出手来与向文波拉了个小钩钩。向文波看着李若溪的手指很纤细、很性感。

一切正如李若溪所说。华世赢商贸公司庆典活动在五星级的美丽都大饭店举行,活动气氛严肃热烈,活动程序设计严谨,气势宏伟,大放光彩,震动了整个如芒市,其强势的立体媒体宣传效应全面地提升了华世赢商贸公司的品牌形象,整个庆典活动过程光彩夺目,大大地增加了向文波在华世赢商贸公司的分量和地位。

任副总过来告诉向文波说:“庆典活动过去了,公司高层研究了华世赢商贸集团公司未来发展规划,你准备参加明天的干部聘任大会。”

“任副总,我只管做好工作就是了,会议我就不要凑数了。”向文波说。

“那怎么行呀,公司要发展就要尊重人才、用好人才,华世赢需要你的参与。小向,记着明天上午九点钟 1 号会议室。”任副总认真地说。

“好的,任副总,我明天准时参加。”向文波说。

向文波参加了华世赢集团公司的干部任命大会。会议由华世赢商贸集团公司任吾行副总经理主持。会上,董事长、总经理讲话,领导们阐述了华世赢集团公司未来五年的发展战略和经营使命。董事长宣读了华世赢集团公司中高层干部的聘任通知书。向文波被聘任命为华世赢集团企管部部长兼董事长秘书。当董事长念到向文波的名字的时候,整个会议大厅里,中层以上的领导们把目光转向向文波,以示祝福。任副总慈祥地看着向文波笑着,以示鼓励加油。

向文波过完春节后坐进了被挖来的女秘书没有坐热的高背皮椅里。李若溪欢呼雀跃起来,把一杯上等的铁观音端到了向文波的面前,放到他的办公桌的右手边。

向文波感激地说:“谢谢。”

“向哥,以后咱俩在一个办公室工作,请你多指导。你不容易啊,两年多的煎熬，黎明前总有黑暗，大难过后必有后福。我那时心如明镜。以后给你更多的服务和祝福。”李若溪说。

“别，以后我自己来，独立自主，这是我的个性，谢谢你曾经给我坚持下去的鼓励。”向文波真诚地看着李若溪说。

“我李若溪永远支持你。你让那个大美人受到了威胁，谁让你表现得那么优秀呢。当时的理由，就是因为你太优秀，所以就挖空心思的裁员，让你好自为之地走开。你不简单，以你的才学坐到了大美人曾经的办公桌前。”李若溪忿忿不平地说。

“我释然了，我特别感激她。”向文波平静地说。

“经历是一笔财富呀，所以让你今天如此平静、平和、坦然。”

“知我者，李若溪也。”向文波收拾着办公桌看着李若溪说。

李若溪扭过脸，做了个鬼脸，伸出右手做了个 ok 的手势。

数日来，向文波心里久久不能平静，可以说思绪万千。现在晋升为企管部部长，就是换了工作内容，换了工作环境，那么就要换个心态和思路来开展工作。他要转换角色，做好董事长办公室的工作，要熟悉董事长的秉性，思维逻辑、处事和工作方式，企管部长的岗位职责，持续开展各项业务。关键是他回想那一年前的煎熬岁月。他觉得李若溪仅说对了一半。

二十七

向文波来华世赢商贸公司在营销部从事策划工作。这份工作要比其他应聘者来得痛快和容易。向文波与姜晓君爱的缘分散尽,他离开丰盈宝饲料公司,到了这个名不见经传的区域城市如芒市。他去了一家叫做未凯咨询公司,在那里任策划部部长职务。工作对于他来说,一切驾轻就熟。为了揽下华世赢商贸公司一个分公司的庆典业务,他经过精心策划,撰写文案,在华世赢商贸公司领导组成的团队参加的开业庆典招标方案优胜劣汰角逐中,未凯咨询公司向文波的方案击败六家礼仪策划公司脱颖而出。华世赢商贸公司分公司庆典开业的执行总监是张明开。张明开拿到向文波的策划案十分欣喜,数个连环创意和开业流程,他觉得是华世赢庆典开业的亮点,一环扣一环,环环相扣,高潮迭起,对于入驻该城市不久的华世赢来说,是宣传企业形象,树立品牌的好机会,所以此次庆典引起了华世赢董事长、总经理的高度重视。对于刚刚进入华世赢三个月的张明开来说,此次庆典正是向华世赢证明自己执行能力和展现领导能力的好机会,他丝毫不敢怠慢。黄总是张明开的大学同学兼室友,张明开投奔其同学发展事业,黄总正在通过一项分公司的庆典招标任务和实施计划,把张明开调任为华世赢的行政副总。向文波和业务员为了更有把握地拿下华世赢分公司的庆典项目,特意拜访了张明开,宴请张明开。张明开按时赴约。张明开是一位中等个头,身体肥硕,性格儒雅的人,圆脸,白皙的面庞，一副金丝眼镜，说话声音清细，微笑且亲切。

向文波礼貌性地举杯说："祝张总事业大发展。在庆典策划案上，请多提宝贵意见。"

"写得挺好，当然还要修改。"张明开看着生疏的向文波笑着说。

向文波看出了张明开说话的动作。张明开扶了眼镜微微看了一下自己，话语一转说出了下半句。而且向文波听出了张明开浓重的山东方言味道。至于什么地方的人，向文波没有必要去问，但是他认为此人绝非华世赢团队的主流。业务员向张明开斟酒夹菜。业务员的精明抓住了领导喜欢尊重和被崇高的感觉。张明开的脸上始终绽放着花朵一样的笑容，吃饭氛围十分融洽，大家心情舒畅。向文波没有献多余的殷勤，给张明开倒了杯水。张明开左手上抬扶着金丝眼镜，右手礼貌地放在茶杯边上。

向文波从这个细微动作之中，感觉到张明开的确是一个礼貌优雅的男人，朴实、端庄的行为举止，恰到好处，没有一点矫揉造作，心里由衷产生敬意。

"张总，您是哪里人呀？您不是本地人吧，您是山东人吧？"向文波笑着说。

向文波的确幽默，前半句吐字清晰，标准的普通话，后半句用地地道道的山东话说。

张明开一脸茫然地看着向文波说："俺是山东潍坊的，你老家是山东的？"

两个人相对而笑，一种缘于乡音的默契，把两个人心理距离一下子拉近了。两个人不由自主地、面面相觑地笑起来。向文波站起来向张明开伸出了右手，张明开兴奋地站起来，两个人紧紧地握在了一起。拘谨、陌生、寒暄、心照不宣、客套、皮笑肉不笑，心理设防，从面容到心理，从语言到情感的面具全部撕掉了。举杯庆祝，乡情意浓，大有他乡遇故知，酒逢知己千杯少；老乡见老乡，两眼泪汪汪的畅快淋漓。

微醉的张明开说："这个谁也抢不走了，原来我还想三想四，现在庆典项目彻底给你们了。千万别给我搞砸了，咱们要团结一心，做好做好再做好，给我表个态，立个誓言，千万别给我掉了链子。到时候，咱们要浓墨重彩，共放光彩。"

业务员说:“张总,今天,当着你老乡的面叫你一声张哥,我们给张哥撑门面,希望张哥事业大发展。”

“我就是等着事业大发展,发不发,看庆典效果,庆典成功的程度。我从部长到行政总经理全靠这次庆典了,这是跳板,一定给我长脸。”张明开道出了心里话。

“张哥,我一定给你长脸,当然前期需要模拟,关键是要把握好各个环节,至少我这里鼎力相助,布置庆典活动是由策划组、秘书组、执行组、动作组共同完成,只有小心谨慎,确保万无一失。”向文波说。

“你说得没错,我的行政老总的宝就押在庆典上啦。”张明开笑着说。

“我们会尽力。”向文波说:“职业经理人好煎熬呀,这个团队我还要适应。头顶上的天和胸怀一样大呀。我的任务到此为止,我负责文案、创意和思路,执行的环节我不参与,但是把握好每个环节顺畅完成庆典是重中之重。张总一定要跟踪未凯这边每个小组的负责人。”向文波说。

“张哥说得好,我们要好好学习,争取把每个环节做到位。”业务员说。

后来,向文波与张明开关于庆典策划方案进行了多次修改,两个人每次会面都是那样的默契自然。两个人都以文笔见长,相互欣赏,而且每次修改后,庆典方案都得到了完善和丰富。心领神会,合作起来,高度统一,高度一致。未凯咨询公司的向文波与华世赢商贸公司的张明开合作无间,鼎力相助。

轻松的后面背负着沉重,得意的后面隐藏着失望。华世赢商贸分公司庆典现场,红地毯一席铺开 50 米,名流、贵宾、工商界人士、厂家客户,一个个身份显赫、尊贵,场面不亚于好莱坞明星领奖。向文波策划的这一宏大场面,足以彰显华世赢的人脉气场。第二个项目是少儿围棋大赛。其实,向文波设计的是五子棋大赛。用五子棋代替围棋大赛是合理控制时间,重在开启少儿大脑潜能,智力教育,培养少年儿童收放自如的心智模式。通过宣传报道引起全市对少儿教育活动项目的重视。副市长、开发区招商局、董事长、总经理等先后出场讲话。关键的程序是嘉宾们共同拉开由五彩气球制成的大幕。十位人士围绕一个大幕,每个人一根绸绳,轻轻一拉飞出十只信鸽,气球升空。当主持司仪话音落下,十位尊贵人士使出浑身的力气都没有拉开布幔,十个信鸽全部闷死,气球在布幔里噼里啪啦地炸响。庆典现场十分尴尬,在惶恐不安和失望中收场。华世赢领导十分大度。漂亮的女士现场弹奏悠扬的钢琴声缓解了现场的主办方和客人们的难堪和焦虑。向文波明白,最难过的要数靠庆典提升行政总经理的张明开。庆典前的试验一切正常。当天给布幔打结的人换了人选,问题恰恰出在于此。

事情往往就是那么巧合,庆典过去两个月,张明开没有得到晋升,依然干着名不正言不顺的企划部主管的工作。在华世赢没有企划部这个部门,因张明开特设。后来,张明开告诉向文波,那天庆典现场,他脑子像进入了一个魔幻世界,自己能量巨大,双手一挥,布幔缓缓地拉开,被染成五颜六色的信鸽纷纷飞散,气球像巨大的蘑菇云缓缓地散开升上了空中。领导们站成一排,纷纷鼓掌。他庆祝,他成功,挥舞着拳头一次次伸向空中。他的头颅在云里摇晃,崇高鼓满胸腔,伟大充斥头脑。当然,现实总归是现实,一切以让人扫兴告终。

如芒市的春天,冷风刺骨;沙尘暴的呼啸,简直鼓坏人们的耳膜。向文波的心情糟糕透顶。时光荏苒,生活继续。向文波隔着玻璃看着窗外的沙尘天气,眼睛里闪过一丝轻松和欣喜。他觉得黄沙天气过后一定风和日丽,春意盎然。忽然,他的眼前呈现了暖风和煦、万物生机、姹紫嫣红、生机勃勃的景象。这时,他的手机响了,他掏出手机,漫无目的地看都没看一眼,随意地放在耳边,接起了手机,说:“喂,你好,请讲。”

“是小向吗？我是张明开。”手机里说。

向文波听出是华世赢商贸公司的老乡张明开。

向文波亲切地说:“张哥,你好,最近事业不错吧。上次庆典活动,环节出了问题,实在不好意思给你打电话。”

“没事的,上次整体效果很好,只有其中的环节有些尴尬,那不是你的错,是现场行动组的错。你是优秀的。”张明开电话里说。

向文波听出了张明开一分为二的评价,打消了顾虑。

向文波热情地说:“张哥,有事呀,请讲。”

“有一件事问你。”张明开说。

“您尽管说。”向文波尊敬地回答道。

“小向,还在未凯公司工作吗,我觉得未凯公司的平台不够大,你愿意来华世赢吗?毕竟这是一家快速成长的民营企业公司,现在大力发展主营业务,还在开发衍生业务,一业为主,多业为辅,逐渐演变成多元化经营的集团公司。进来后,你要接受我的领导,这会给你以后晋升的空间。当然,现阶段要做好市场调研和企业文化工作。”

向文波听得出,张明开招兵买马,大门为自己敞开。

向文波心里为之一振,他抬头望远,做了镇静状谦虚地说:“张哥赏识,是我一生的荣幸,工作还需要积累和历练。”

“不错,平台很关键。你来我这里吧。”张明开说。

向文波顺水推舟,其实他心里早就数次地向往到一个充满勃勃生机的团队去工作,说:“既然张哥这么认可和接纳兄弟,我一定加倍努力,尽心尽力做好工作。”

“星期一来报到。”张明开电话里说。

“谢谢你,张哥。”向文波高兴地礼貌地道谢。

向文波魔幻般地实现了自己更换工作的愿望。向文波到华世赢商贸公司报到那天,他觉得通往青山开发区的道路宽广笔直,进入向文波眼帘的是美丽、是新鲜,桃红柳绿,吸入的空气清新无比,这一切都预示他将要有一个新的开始。他准备着,全身心地去迎接。

向文波第一次来青山开发区,看到的是美丽、新鲜、陌生,这里的安静与省城的繁华不可同日而语。

向文波辞职离开的省城丰盈宝饲料公司,对他来说是一家平台广阔,尽显能力,自由施展才华的公司。丰盈宝公司经过科学决策,管理者的精心治理,公司从生产到科研开发,从品牌建设到市场拓展,每一个环节步骤都显示了企业发展强大的活力。员工勤劳,企业福利丰裕,绩效考核,多劳多得,各种保障应有尽有,诚信经营的品牌深入人心。公司的发展势头像东方冉冉升起的太阳。在企业高速发展之时,向文波进入了该公司,不仅是他,针对公司的每一位员工,凡是进入公司的员工,不管你是研究生、本科生,还是中专生、初中生，一律下车间进生产线，从基层干起，体会、融入和践行公司的企业文化。这种工作制度让人心平气和地接受企业教育，一律平等，没有等级和高低贵贱之分。丰盈宝饲料公司每年都要进行劳模评比，给人以人格尊严和物资奖励。不用凭关系，只要你产量多、质量优、守纪律、团结人、贡献大，你就不会吃亏，你就会带上大红花，就会被评为劳模和先进工作者。有的人连续多年都被评上先进工作者，甚至成为市劳模、省劳模、全国三八红旗手、全国劳模。向文波进入这家公司感觉到浑身都是力量，对未来充满希望。这里的每个人都有互帮互助、态度积极的进取精神，他们博爱善良，相互感染和熏陶。这里适合他生存，他觉得这里的人们心地纯洁，勤劳朴实。他一直用这种善良的情怀和心境要求自己。通过自己的努力，一样受到人们的尊重和认可。向文波是一个勤奋、踏实、务实的人，面对丰盈宝公司的发展繁荣，抓质量、创效益、讲安全，红红火火的工作场面。向文波融入其中，一丝不苟，勤勉尽责地工作。向文波经过实践，有了很多感想，在以往工作经验基础上结合当下的工作心得，写出了许多关于丰盈宝公司管理和宣传的报道。他心存梦想，志存高远，顺其自然地等待信鸽的飞来。一切都在向文波的预料之内，他的稿件在省日报、省电台、中央广播电台“企业文化城”栏目陆续播发。一时间，向文波不仅在本部门成了文化人，也成了总经理和全体员工关注的对象。好在大家不是以貌取人，而是给予尊重和空间，总经理在一次企业文化建设领导干部大会上表扬了向文波。他的激情务实，谦虚和自信一次次被点燃，而且熊熊燃烧。他的能力在尊重里滋养，在激情里生长，在踏实工作和自信里积淀，在付出里结出硕果。在以后的日子里，他一直进行经营管理的探索和研究工作，勤勉而务实。

做人正直，作风正派，勤奋工作，管理出色，这是丰盈宝公司朱育才总经理给予他的评价。因为接二连三在《企业文化》《卓越管理》杂志，《经济参考报》、省日报、《如芒日报》等发表了一系列的经营管理理论文章，向文波也经历了数次提拔和调动。感恩、善良如明灯一样挂在胸怀，照亮心间。放眼望去，花香四溢的美丽生活就在前方。他信心百倍，勇往直前。寂寞、煎熬不仅是痛苦，有时是一种享受，一种满足。他的体会很独特，关键是用乐观的精神、无畏的品格去拥抱、去赞美、去实践。改变的时候勇敢地走出，用欣赏的眼光对待纷乱的世界。

向文波觉得这一切发生得自然而然。一个人无法预知下一个十字路口去向何方,而是过往的积累决定一个人的未来走向,不是勉强的,没有生硬,不是不由自主的,而是冥冥之中的安排,辛苦勤勉之后的结果。当然,一个人什么都不去规划、设计、行动,不管万般理由都是没有未来的。融入社会,汇入洪流,自然而然你的恰当位置就会找到。一个人在坎坷、劳顿、阻碍、悲伤、绝望中苦苦追寻、苦苦挣扎,而他乐观面对,用勤奋播种,用毅力坚持,相信心中设计的美好,踏实地生活每一天。曲折过后就会有笔直,有蜿蜒就有平坦,有低谷就有高潮,有煎熬就会有愉悦,有痛苦就会有快乐,相伴而生。让优势大于劣势,让自主大于被动,让满意大于失望,发现和解决困难,突破瓶颈,用心感悟,那么生活的交响曲就是激昂奋进的,让平和的心情成为一种基调,生活的质量一定快乐,幸福美好就会围绕在你的身边。姜晓君去厦门读研,两个人一系列的误会,曾经的山盟海誓脆弱得不堪一击。没有爱情的省城明平市,向文波不再留恋,重新出发。一个人从头再来,他孑身一人来到了地级城市的青山开发区应聘工作。

二十八

向文波下了公交车站，步行 1000 多米来到了华世赢的办公大楼。品字造型的办公大楼，个性鲜明，好像立在大山的上面。当然，华世赢办公大楼与山脉还有一段距离，倘若把房子和山脉做个位移的话，这里的格调就是一副大写意的山水画。这里远离城市的繁华、喧闹，时尚和发达。在荒凉和空旷里，向文波发现美、体会美。快乐与环境没关系，与什么样的条件没有关系。用哪种精神和品格开创生活，且意义就不一样了。

向文波向保安打过招呼后，上了品字办公大楼的十楼，张明开笑容满面地迎出来，两个人的手紧紧地握在一起。张明开把向文波让进了办公室的沙发上。让服务小姐沏茶端到向文波面前。向文波寒暄接过。服务小姐走出去掩上房门。

张明开说："这里离市区远，远离繁华，尽显苍凉之感。"

"还好吧，视野开阔，游神走思，信马由缰，纵横驰骋，开创事业的一片热土。"向文波说。

"不错，我舍妻离子，就是为了干点事业，当然需要你的鼎力相助。"张明开坐在办公桌前抬了眼皮，用左手扶了扶金丝眼镜，然后用双手整理了一下办公桌上的文件说。

"张总，我会尽力而为。您既然能想到我，我会尽力做好本职工作，工作上需要张总多多指导。在苍凉的地方增加了乡亲的温度,在空旷里飘着春意盎然的笑声。”向文波不知道安排何种工作,他试探性地说。

“现在,让我负责广宣和企业文化建设,咱们一定要把市场调研、企划和《华世赢人报》做起来。将来有一天,我出任行政总监,你就可以做好企划主管的工作。这是我的计划。”张明开说。

“我尽力做好本职工作,市场调研需要案例和数据说话,企业文化需要活动推广。张总,您尽管安排就是啦。”向文波平静地说。

向文波发觉张明开轻松愉悦的脸色一下子严肃起来,白皙的脸成了茄子色,面无表情,脸上的肌肉有些许痉挛。

“你说得不错,关键是做好,在这个地方少说话。”张明开提醒说。

向文波意识到了自己的话语刺激了张明开。心里责怪自己不了解张明开性情的情况下,过于松弛的讲话引起了张明开的警觉和戒备。

“谢谢张总,一切以您为中心,并全力地维护您的工作和权力,我会按照您的吩咐做好各项工作。”向文波说。

张明开笑着说:“小向,十分知晓职场的游戏规则呀,没关系,你好好干就是了。”

向文波明白,走在权力中的人,把控制和专制看作是至高无上的至尊。华世赢的江湖有多大,水有多深,在以后的工作,以及与人的相处中自然体会不少。可是向文波觉得以柔克刚,止于至善,那么只要善良正直、遵守规则,少说多做,就能规避风险,安然无恙。

“一切行动听指挥,张总。”向文波说。

“你要发挥能量。”张明开笑着说:“明天正式上班,我给人事部那边打电话过去。”张明开说着从老板背靠皮椅里站起来。

向文波站起来与张明开握手道别。

新工作在面前铺开,向文波以良好的精神面貌迎接新生活。对于张明开的至交心语,在其他公司他早就领教过了,什么看见装作没看见,听到装作没听到,在前辈们的言谈举止中,他已经演绎得炉火纯青,从踏实务实到灵活运用,从才华展示到低调做人,从尊重领导到团结同事,从责任担当到谦虚坦诚,向文波的言行举止都透着一种正直和善良,这是做人的起码准则,也是他向文波的本色。他自己总结出,之所以有那么多贵人帮助自己,提拔自己,赏识自己,就是因为自己的善良、风骨、坦诚、朴实、踏实和勤勉。

向文波每天早晨六点起床洗涮完毕出发,坐第一班公交车再转两次公交汽车,赶在八点三十五分前到达西郊青山开发区的华世赢商贸公司。每天六点下班后,顶着漫天星光回家。新的环境,需要自己全身心的适应,从企业文化到与人相处,从市场调研到策划展示,他都逐渐地了解实施。有时需要察言观色,仔细琢磨;有的同事躲躲闪闪,唯恐向文波这个实力派的家伙学走了职场秘籍。

部门领导要向文波做好《华世赢人报》的选题策划、征稿、审稿、版面设计和编辑工作,需要他的两位同事的配合。这两位同事在华世赢工作三年,可以说是创业初期的老员工,其中的尹芳菲是张明开的得力干将,控制着企划、广告和客户关系的全部资源。

向文波向尹芳菲请教说:“芳菲小姐, 在这之前咱们协作了庆典工作,今天同属一门,请多多赐教。我来这里,新的环境,新的工作内容,许多情况需要了解和适应。”

芳菲小姐与向文波关于分公司的庆典策划工作上,领教见识了这个新来“和尚”的能力,数日来心情十分忐忑,惶恐不安,说话时少了原来的亲切,言不由衷地说:“没事的,你和张哥是老乡,你比我们厉害多了。”

“芳菲小姐,你谦虚了,我在华世赢的工作刚开始,可以说一片空白,不知道的事情,需要您多帮助。恭敬不如从命,张总已经说过,我是您的一个兵。”向文波说。

“你刚开始,就与我们三年工龄的工资一样高,空白田地都能丰收,长出一片绿油油的庄稼后,我们还不得跳楼呀。”尹芳菲说。

向文波与尹芳菲的一番沟通交流,简直让他十分失望。向文波觉得这就是华世赢的企业文化。现代化的办公环境,现代化的管理制度的公司里,却培养出心胸狭窄小肚鸡肠的领导和员工。

他笑着对芳菲说:“谢谢你,但愿在张总的领导下,咱们精诚团结,做好各项工作。”

尹芳菲好像没有听见向文波真诚的话语，面无表情地看着电脑显示屏。

叮铃铃，向文波桌上的电话响起来，他轻轻地拿起电话：“喂，你好。”

“你是向文波吗？”电话里说。

“是的，我是新来的员工。”向文波对着电话说。

“听说你的笔杆子挺厉害，是策划文案。”电话里说。

“不敢当，刚刚来到华世赢商贸公司，现在是小学生，好好学习。有事请讲，但愿我能帮上您的忙。”向文波真诚地说。

“我是华世赢公司 LH 公司卜经理，我公司要发展业务，需要你协助我们撰写一下分公司简介。”电话里卜经理说。

“好的，您给我提供一下公司的发展历程，诸如成立时间、下设部门、开展业务、管理特色、创造的效益，还有曾经取得的各项荣誉，以及企业未来达到的目标，企业的经营使命等。”向文波一手旋转中性笔，一手握住话筒说。

“哎，小伙子，思路挺清晰，公司成立两年了，集团企划部没有一个人能写出公司简介来。听你说话，你没有问题，你一个人顶他们一杆子人马。”电话里的卜经理说话十分轻巧，着实是在挑拨离间。

“卜经理，您过奖了，我是个小字辈，需要前辈们的大力指导和帮助。”向文波笑着说。

向文波与卜经理通话时，时不时地看了一眼对面的尹芳菲。电话喇叭十分响亮，卜经理说话的内容尹芳菲基本上全听明白了。尤其当卜经理批评企划部人员能力的时候，尹芳菲气愤地撕了一张白纸，有意把撕扯的声音最大化，以示挑衅 LH 公司卜经理。

“向文波，根据刚才说到的要点，写好后用传真给你发过去，帮我们组织、丰富一下材料，对公司开展业务一定大有好处。小伙子，谢谢你呀。”电话里的卜经理说。

“不用谢，我会在您提供内容材料的基础上进行丰富，然后给您送过去。”向文波礼貌地说。

LH 公司卜经理 15 分钟后把公司的相关材料传给了向文波。向文波看了卜经理提供的单词、断句一样的前言不搭后语的材料后，仔细地斟酌了一会儿，不到10分钟时，LH公司简介写满了一页纸。华世赢公司对于新招入的员工只给一张办公桌，没有电脑使用，只有试用期满三个月转正后公司才能配备电脑。张明开没有给向文波配备电脑的权利，这个重大决定的权利执行在后勤部，负责后勤部的是常务任副总经理。此时的向文波没有奢求，只有重新抄写一遍后送给了LH公司的卜经理。

向文波感觉完成了一项工作从心底里升起了成就感，这是他来华世赢商贸公司上班后独立完成的一份工作。他端起杯子喝了一口水。电话铃响了，他拿起电话时，尹芳菲从张明开办公室出来坐到办公桌前，鄙夷地瞟了向文波一眼，眼角露出一丝轻蔑的笑意，佯装咳嗽一下。

“喂，你好。”向文波拿起电话说。

“向文波，你来我这里一下。”电话里张明开说。

“好的，张总。”向文波礼貌地说。

向文波不敢怠慢，放下电话听筒，站起身朝张明开的办公室走去，轻轻地敲门推门走了进去。

向文波走到张明开的办公桌前，站在一旁，彬彬有礼地说：“张总，您找我。”

张明开没有抬头，目不转睛地看着他的电脑液晶屏，说：“今天挺忙吧。”

“哦，张总，我今天还算充实，刚刚给LH公司的卜经理写了一份公司简介。”向文波说。

“效率挺高，还挺神速，对方大加称赞。”张明开没有抬头地说。

张明开对向文波写公司简介的事了如指掌。向文波明白，这个尹芳菲小姐一五一十地告诉了张明开。张明开显然有些不悦。向文波对张明开的反应有些莫名其妙。

“是的，卜经理打过来电话，提供了一些材料，我就写出来了。”向文波实事求是地说。

“以后，不管任何公司的任何人找到咱们，一定要上请示下传达，两年来公司里没有给他们写公司简介，你来后三下五除二写了，有些太快了。有些人当然不能接受。”张明开说。

向文波听后着实有些后悔，自己的善良热情有些简单化，服从领导和部门的吩咐与安排是聪明之举，是上计之策。这个尹芳菲打了小报告。张明开对向文波的欠妥做法，不遵守游戏规则的行为做了批评。张明开说的话，当然有些不能接受，但是他弄明白了，而是尹芳菲和张明开却都不能接受。工作是讲求效率和质量，关键是要让领导满意，让自己的顶头上司满意。有时，一个什么都不去做的人，能让领导满意，而且快速地得到提拔和晋升，这是最小的聪明和最大的智慧。

“张总，是我考虑不周，以后提前向您请示。”向文波报歉地说。

“没关系，你与尹芳菲沟通，商量着把工作做好，不用什么事情都向我来请示，我相信你。”张明开看着向文波压低声音说。

张明开的回答具有艺术性。向文波觉得张明开原来是在大国企干事。向文波听得出以后不管干什么事，一定要向尹芳菲请示，只要她同意，向文波便可以去做。张明开信任的是尹芳菲，之所以信任尹芳菲，尹芳菲是让他最为放心的人。向文波按照尹芳菲的意愿去做即可万事大吉。

“张总，我明白，以后多与尹小姐沟通，不敢冒失地一意孤行。”向文波显然有些失望，还是故作平静地笑着说。

向文波有些窝火。尹芳菲和张明开因为这么一点芝麻绿豆的小事都要扩大化，他有些不解，但是这是现实。小报告可以撬动大力量。热情在暗流的规则下撕扯得面目全非，责任和正当也会不堪一击。向文波要做蚕蜕茧，勤勉工作，俯下身子脚踏实地地适应着华世赢商贸公司的企业文化。

二十九

向文波是个做事务实的人。华世赢商贸公司企管部部长皮之美属下缺少向文波这样善于表达，精于文笔，对外公共关系游刃有余的人。皮之美是董事长的秘书。三十八岁的年龄，已经是十二岁孩子的妈妈。按照公司人们对她的评价，皮之美有个头没面容。但是员工们在皮之美的面前都是陪着说笑，没有一个人敢有一丝一毫的冒犯。副部长以上，甚至副总级的领导都要让她三分。一是皮之美是董事长的秘书；二是大家团队合作，相安无事；三是惹她生气，或者她看谁不顺眼，都会讨到苦吃。向文波没有与这个女人说过话，因为他没有说话的机会，没有去她神秘办公室查找任何资料的理由。何况皮之美在他眼里的确不美，小肚鸡肠，心胸狭窄，打击报复，侵犯他人权益，向文波对具备这样的素质的领导没有一点认同的好感。向文波有一句经典的戏语："靠风骚取胜，是人生的下下策，是不文明的，是野性的冲动，摇尾乞怜。"自尊、自珍、自爱才是女人立足的根本。美丽的德行永远散发着素养、魅力和气质的光芒，不分男女，不分高大矮小，不分胖瘦美丑，不分富裕贫穷。

对人的看法是可以改变的，一个人的美是多方面的。感情丰富，表情丰富，表达顺畅都可以改变对一个人的看法。向文波对皮之美也是如此。一期《华世赢人报》由李若溪放到了皮之美面前。皮之美喝了口冒着香气浓浓的咖啡，拿起桌边的报纸看起来。华世赢首季度提前完成上半年营销任务，华世赢品牌建设大气、时尚、权威齐步走。如何进行团队建设,民营企业发展人文关怀不可少。头版的醒目标题:走进华世赢服务大赛掠影的新闻映入皮之美的眼睑,作者向文波,文章内容丰富,选材广泛,涵盖企业经营管理、市场营销、财务管理、客户服务、物流运输、员工生活、学习培训、团队建设、品牌发布等方方面面。《华世赢人报》四个版面,每个版面文章标题的下面,同属一个人的名字:向文波。皮之美看后,面部表情有些痉挛。

皮之美不由自主地问李若溪:"这个小向,文采何以了得,写得那么好,还那么有思想。我怎么不注意这个人呀?他人长得咋样?"

"你说的是营销部的向哥呀,人不错,爱说爱笑,小男人,没我高。"李若溪笑着说。

"是吗?你的个子一米七,比我高出好多。"皮之美嫉妒起李若溪的身高转了话说:"可向文波还是很有文采的。"

"向哥特别乐观,在营销部干得风生水起。"李若溪敲着键盘说。

"你看,把向文波调到咱们企业管理部可以吗?报纸、企业文化建设、品牌传播、推广,由咱们企管部来办。"皮之美试探地对李若溪说。

"你请示一下董事长,一切都不是事。总经理说划归企管部一句话的事。"李若溪说。

"什么董事长、总经理呀,这点小事我说了算。第一步还是需要与向文波做个前期沟通。我一次都没有与他说过话。"皮之美说。

"向哥是个随和的人,随和之下的秉性,那我就不知道了;人与人在一起,成绩的取得也是讲缘分的。倘若来咱们部门,他工作做得有声有色,可以给企管部锦上添花;若是过多限制,产生抵触情绪就不利于工作开展了。"李若溪谨慎地说。

"什么呀?这是一家民营企业,工作的选择由不得他。服从安排,认真工作,遵照执行是他必须做到的。"皮之美说:"当然,印象第一嘛。下发红头文件,把他调到企管部,你下班前打印出来,抓紧。"

李若溪抬头看了看皮之美变形的表情没有说话,打开公文模板修改了公文内容打印出来。李若溪是个聪明的姑娘,她摸清了皮之美的性格,皮部长仗着自己是董事长的秘书，以较低的素质耍着野性的威风，争强好胜不择手段达到目的。这个女人工作方法和目的让很多人受不了，第一个感受到的她李若溪。皮之美身边工作的人，换了一茬又一茬一拨又一拨。凡是皮之美身边的人都是她亲自招聘来的：第一，不能比自己高；第二，不能比自己漂亮。李若溪是个例外，皮之美穿上八公分的高跟鞋都没有超过李若溪的身高，只因为她们是沾亲带故的亲戚。李若溪是皮之美的亲戚，自然工作上一定要多关照。皮之美的过分要求，李若溪都要言听计从。女人的心思和行为，在男人看来只是一种欣赏和乖巧。李若溪常常以别样的目光看待皮之美这个女人。

李若溪过来跟办公大厅里的女同事交谈着，站在向文波两米远的地方。李若溪身上的芳香像缥缈的薄雾一样弥漫过来淡淡茶香的味道。

三个女人一台戏。有的同事笑着说："李若溪，你来了我们这里，这个香味三天都不会走掉。三天后你来，又带来了新的香味，我们可真是沾大光了。"

"哎，李若溪，你的这个玉镯，水性真好，水色白，你的皮肤又好，美玉养人。"另一个同事说。

"哎，我不仅带来了香味，还带来了巧克力呢。"李若溪把包着金色锡纸的巧克力分发给大家，过来递给了正在写着字的向文波："向哥，给你。"

向文波笑着说："谢谢。"

"向哥，谢什么呀，皮姐说把你调到我们企业管理部，愿意来吗？你要有个心理准备呀。"李若溪先是笑着，接着脸上的表情显得十分认真和凝重。

"跟谁干都一样，我干我的活嘛。"向文波轻松地说。

"向哥，肯定不一样，这是我提醒你。"李若溪说。

"呵呵，谢谢。"向文波又埋头写起字来。

果真按照李若溪说的来了，营销部的向文波、胡飞皇两个人调到了企管部，向文波做企业文化建设、品牌传播、推广工作。胡飞皇作项目公关和情报信息收集工作。

李若溪过来告诉向文波、胡飞皇去董事长办公室开会。向文波、胡飞皇敲门后，办公室里的人看过电话视频后开门。向文波、胡飞皇走进了一个长廊，然后走进开着门的办公室。

皮之美站起来说:“小向、小胡,欢迎你们。好,咱们开会。”

皮之美、李若溪、向文波、胡飞皇走进会议室。大家坐下,会议室里安静下来。

皮之美讲话说:“为了公司的可持续发展,企业文化、品牌建设、项目公关和信息情报工作再上一个台阶,根据公司发展战略部署,把向文波、胡飞皇调到企管部工作。大家要集中精神,形成团队力量,拧成一股绳,劲往一处使。当然,咱们是有纪律的,你们都应该听说了,我这个人比较严厉,谁做不好,我批评人从来不讲情面,谁不遵守时间和规矩,我是要照制度来办事,奖罚分明,大家要有思想准备。”

向文波说:“我们的工作要宽松和自由,环境的宽松,时间的自由,情绪的放松,才能出成绩,才能写出好的创意,不能给我们带上精神的枷锁,创意的镣铐。小鸟捆住翅膀无法飞上自由的蓝天歌唱,骏马捆住四蹄无法在草原上驰骋,所以还是精神放松氛围宽松一些为好,这是工作性质决定的。”

“不行,凡事必须汇报,请假写便笺,工作不能无拘无束放任自由。”皮之美变了脸色说。

胡飞皇见风使舵地说:“向哥不要跟皮姐争了, 咱们请假和汇报就是了。对于这项工作,皮姐要了解得多,她怎么说,咱就怎么做吧。”

皮之美说:“小向,你太倔强了,先认清人,然后再讲话好不好。识时务者为俊杰。”

胡飞皇笑着说:“皮姐,向哥说的都是实话。当然,与皮姐说话要讲方式方法。皮姐不要生气了。”

“哎,小胡真会说话。小向,你要学着点。”皮之美变了脸色说。

向文波笑着没有作声。

坐在对面的李若溪朝向文波使着眼色,意思是说皮之美是什么人,你可要小心点。她是一个有歪点子的人。现在她只对你说,还没有对你行动,以后不注意的话,苦头有你吃的。向文波心领神会,表情放松起来,自己的一句话引来了皮之美的小题大做。敲山震虎的威力真是要震颤整个山冈。

散会后,向文波、胡飞皇下了楼到办公桌前。

胡飞皇说："向哥，这样的女人，你千万不能跟她一般见识，得过且过，且过得过，顺水推舟，切莫逆水行舟，这是对付毛驴脾气的最好办法。"

"女人是温柔的相，可枪口是无情的。"向文波调侃地说。

哈哈哈，两个人大声地笑起来，引来了办公大厅众人的注意。

向文波十分侥幸，皮之美除了下达工作任务及查岗外，并不会天天盯住不放，还是有很多发挥的余地和空间。在工作上，他要做调研、跟踪项目、协调沟通、听汇报。他能将各种资料进行整理，高效率地形成材料，他接二连三地组稿、编辑、设计、排版和印刷报纸。

《华世赢人报》内容全面，在企业管理、客户服务、市场网络、财务管理、团队建设等方面阐述深刻到位，文字和思想水平非同一般。皮之美面对办得有声有色丰富多彩的《华世赢人报》，她有了新的主意。她要成为《华世赢人报》的主编，主编就是要对选题和规划负责，要对每期的稿件进行甄别和筛选，择优录用。这是办报的基本原则。向文波一直这样做，他调到企管部后，报纸的报头没有做任何改变，《华世赢人报》的主编一直都是署着向文波的名字。每期只是重新录入一下日期。

主编姓名没有做调整，依然是向文波的名字。在营销部时，部长对向文波说："小向，我的文笔与你相差十万八千里，虽然我是领导，但是在撰稿文采方面，我自愧不如，术业有专攻啊。你办报你负责，别给我出了漏子，我全力支持你的企划工作。"

在当时，向文波还是识时务，他一定要挂上部长的名字，部长是仁义之人，坚决不让署自己的名字。部长不要虚伪要实干，认为向文波名副其实，所以主编一直是向文波的名字。集主编和撰稿于一身的向文波，因这张报纸，做出的成绩非同凡响。在文字功底的竞争的这块地盘无人能抢占，非他向文波莫属。

皮之美艳羡报纸的文字，妒忌别人的名字在报上闪烁，所以一个红头文件把他们都划归企管部。三个月过去后，她把向文波叫了过去。

皮之美说："向文波，报纸办得不错，就是没有把领导放在眼里。"

向文波被问得丈二的和尚摸不着头脑："皮总，我有做得不周和冒犯的地方，请您指正。"

皮之美说："三个月过去了，你还发现不了问题，真是愚笨至极，还做什么工作呀！"

"还请您赐教。"向文波说。

向文波在皮之美面前翻看着每张报纸，仔细地找着让皮之美不满意的地方。他从报头看起，主编向文波，应该是这里，向文波不动声色地在心里告诉自己。然后，他用红笔把向文波圈起来划了个主编常用的修改线，写上皮之美三个字。

向文波凑上前去说："皮总，您看是否这里出现了问题。"

女人自私的满足，瞬间爬满被粉底盖住的长满雀斑的脸上。

皮之美得意地说："向文波，真聪明，你竟聪明一时糊涂一时，不跟你说，你永远糊涂吧。"

向文波意识到自己在人际关系方面的欠缺，忙说："多谢皮总指导，这个失误将惊醒我一生呀。企管部皮总，非营销部部长呀。我改正，我改正。"

向文波总是把严肃的局面弄得轻松、愉悦。

皮之美说："好了，向文波改过来就是啦。工作还要好好做，效率还要提高。"

向文波说："一切行动听指挥，请您吩咐，尽心尽力。"

以后，设计印刷发行的企业报上，主编是皮之美，向文波只署名文章作者。

向文波工作起来轻松了许多倍。

三十

李若溪新婚后喜悦的表情天天挂在脸上。一个姑娘要真正让人觉得成熟,没有稚嫩和青涩,那就只有结婚,经过男人的洗礼,经过家庭的劳动,才能使一个女人真正独立起来。李若溪是个单纯透明的姑娘,结婚不过几天时间,走路的姿势,脸上的面容,语言表达,像香蕉一样剥去了皮就剥去了羞涩一样,她一下子成为女人,身体里、眼睛里涌动着女人的春潮和风骚的味道。

李若溪在厨房里刷着厨具,嘴里哼唱着快乐的歌曲,与手里弄出的碗筷、勺子、锅的碰撞声形成了生活浓郁的锅碗瓢盆交响曲。李若溪的丈夫施非钱,掏出包烟放在茶几上,取出火机在左手心里,扫了一眼厨房,从西服的下衣口袋里掏出一只套着塑料袋的牙签。牙签是塑料的,一头尖一头平,而平端有一个小盖子,盖子上有一根细丝线,大约1厘米长,与乳白色的牙签一样的颜色。施非钱用左手拇指和食指轻轻地拉了一下平端的盖子,他用牙签的尖端从烟嘴处扎进去,一只牙签淹没进烟卷里。施非钱又把一根牙签用手轻轻地旋转着,像松螺丝一样利索地取了出来。他拔掉牙签平头的盖子,用手摄住牙签尖端,把牙签的平头送进了烟嘴里。按照原来的做法,一只牙签又全部淹没进了烟卷里,接着他向外拨了一截,让烟卷立起来,用食指轻轻地弹着。施非钱的眼睛里闪过一丝惊喜和得意,嘴角露出微笑,眼睛斜视向厨房,他迅速地拨出牙签。

李若溪在厨房里倒了一杯凉白开给施非钱端过来说:“吃过饭，就要漱口,否则,细菌在里面就会大量繁殖,龋齿、牙洞就会缩短牙齿的寿命。保护牙齿,从刷牙、漱口开始,要养成良好的卫生习惯。”

李若溪十分疼爱丈夫。小两口的恩爱,从细节上可以看出来,李若溪对丈夫关怀得周到细致。

施非钱让立着的烟卷在左手拇指的指甲盖上轻轻地磕着，说:“是呀,我要养成好习惯。让昨天晚上的千军万马在你的身体里繁殖,咱们生出个大胖小子。”

李若溪上前就去夺施非钱手中的烟卷,说:“不要抽了,想生大胖儿子就要戒烟。否则,你这样是把烟瘾和我抽二手烟的毒菌都遗传给儿子,儿子还不是个大烟棍呀。”

“老婆,饭后一支烟胜过活神仙。我爸抽烟,我们姐弟长得十分健康。那是不舍得买烟抽的人说给别人听的。等你怀孕了,我就不抽了。”施非钱说。

李若溪管理自己的丈夫像管孩子似的说:“就抽这一颗呀，以后不准抽了。咱们要养好身体完成造儿女的宏伟计划。”

“老婆的话,我一定听,一定全面服从,一百个举双手赞成。”施非钱说着从老婆李若溪手中接过经过他加工过的香烟,用两手在鼻子下横着旋转一样地打着滚耍着花样,他用眼睛看着李若溪。

李若溪看着施非钱对香烟的钟爱和纠结表情,心里有一种像被疙瘩塞堵的异样感觉,但这种感觉只是一闪而过。

“老公,你待一会儿出家门呀,那我就上班走了。”李若溪说着在更衣柜前穿上外套,脱掉拖鞋,提上了皮鞋,在穿衣镜前照照,抹了唇膏,拎起包挎在肩上。

“老婆,我等你回来呀,回来之后,咱们过家家。”施非钱说着站起来。

施非钱放下手里的烟卷,过来抱紧了李若溪,把头埋进李若溪的怀里。李若溪被施非钱弄得痒痒的。一头乌黑如瀑布一样的长发盖住了施非钱的头。

李若溪咯咯地笑着。她直起头来甩了一下头发,用两手把两腮的头发捋到身后。施非钱露出了头。

“好了,好了,我们都是老夫老妻了,这么没出息呀,有的是时间。”李若溪满意地笑着说。在李若溪的劝说后,总算把踮着的双脚放在地面上。

“老婆,我等你回来。”施非钱真会讨老婆高兴。

“好了,好了,我要走了。”李若溪说着开门走出去并关上屋门。

施非钱开门听到李若溪渐远的脚步声。他关上门,坐到沙发上,拿起烟卷,又站起身走到屋门前,拧住锁扣。待一切让他心安后,坐回到沙发上。施非钱倚到沙发背上,翘起二郎腿,用左手打起了火机,右手中指和食指夹住香烟,火机轻轻地凑到香烟上。施非钱吸着香烟的火焰燃烧足有10毫米。施非钱抬起头朝屋内的灯上吐着烟圈,他猛地在两分钟之内大口大口地抽着烟,两分钟之内一根烟吸尽,他没有吐出一口烟雾。面部鼓胀,两眼发直,表情时而迷茫时而纠结;他开始笑,在屋内来回走着,一会儿像个醉汉,双手抱头,踉踉跄跄地走回沙发蜷成一团,两眼流泪,嘴里流水,像梦呓一样不停地喊着叫着,但是每句话都无法辨清说的是什么。他好像到了天国一样,一会儿两眼放光,慢慢地平静并恢复了理智。施非钱意识到刚才发生的一切,身子像棉絮一样毫无力气轻飘飘地腾云驾雾一般,左摇右摆。之后,软软地倒在沙发里没有了声响。

这时,施非钱的手机响了,他吃力地用手去摸手机,打开手机一看是老婆李若溪打来的,他佯装精神地说:“老婆大人有事呀?”

“你检查一下煤气的第二个阀门是否关好了?”李若溪电话里说。

施非钱说:“老婆,我正检查呢。我正要把你的乳罩、袜子和裤头给你洗干净。那味道呀,真是芳香四溢。”

“施非钱,你是个病人,简直恶心死了。”李若溪电话里骂着施非钱,公交车上,上早班的人们看着李若溪大清早骂人的恶狠狠的表情。

“我这是对你的爱,爱到从头到脚。”施非钱说。

“好了,别洗了,晚上我下班回家洗。”李若溪电话里说。

施非钱狼狈一个时辰后,清醒了理智,他收拾好现场,为老婆李若溪洗红乳罩、红袜子和红裤头晾在阳台上,穿上西装外套走出了家门。

李若溪换了两趟公共汽车,旭日东升的太阳洒满金光,李若溪上三楼打开办公室的门打扫起卫生来。她抹过桌子、擦过地、烧开水后坐在了办公桌前开始了一天的工作。

公司的中层以上干部会议上，各部门汇报月度工作进展情况。分公司经营部门针对一个月的销售和服务工作情况纷纷发言，汇报销售进度，以及下月的销售计划和改进措施。

黄总经理在对销售服务部门的部长及分公司经理会议说："上个月作为LP品牌的铺垫之月，各部门分公司都对市场服务有了很好的把握和了解，熟悉了产品、销售策略和服务措施。我们华世赢不是软蛋。金核桃是攥在手心里捂出来的，佛珠是念出来的。而我们的金牌、银牌是靠产品质量、科技创新、销售服务取得的。针对未来三个月，是全年销售服务的旺季，是骡子是马不是大家喊喊口号就行得通的，是靠市场业绩说话的。"黄总经理转过身来，看了皮之美一眼说："小皮，你们工作做得不错吗。我看《华世赢人报》已经署了你的名字，你是皮主编了。皮主编要集思广益，想方设法把咱们的品牌打出去，不仅是在本市作出影响力，还要覆盖周边的几个市县和农村市场。好吧，一定想出来咯，多出创意，采取不同的宣传报道方式，广告宣传促销手段，小皮，你有困难吗？"

"黄总，向文波做事不遵守纪律，自由散漫，实在不好管理。在我的督促下，出了报纸。但在企业文化建设方面，拿不出好的方案。"皮之美一脸愁苦地说。

"哟，是吗？在营销部可没有听到对他有这样的信息反馈，去了你的部门，不服从管理了。他在男人的世界里可是大英雄啊，工作开展得生龙活虎；去了你皮之美的领地就成了草地上的豆虫。"黄总说着，会议室的人员一声不响地听着。

任副总说："公司里进行企业文化建设是一项新内容，皮秘书是怎样规划和建设啊，主抓文化和品牌工作的张总是怎样设想的，这就要上有引导和计划，下面的员工才好有条不紊地去执行开展工作。"任吾行副总以老前辈的身份接过话看了看皮之美和张明开说。

“哟,我们还没有计划,还真不知道如何开展这项工作。这个向文波就是不遵守纪律。”皮之美已经怒形于色耍着小孩子的脾气说。

黄总说:“不守纪律好说,你可以让他走。”

皮之美笑了,手里有了尚方宝剑,她心里得意地像灌了蜜一样甜。在场的中高层领导们全部明白了,黄总经理的一句话,皮之美又可以在公司里折腾出一些动静,加害一些有所作为的员工,人们心知肚明,这个女人整天妖里妖气,肯定会对做出众多贡献的向文波下手。

元旦马上来临,各部门要组织员工们聚餐来庆祝新年的到来,这也是企业文化凝聚力的一部分内容,公司将部分费用下发到各部门,让员工们举办娱乐活动。由李若溪统计企业管理部的新年聚餐活动名单,员工们需要个人筹资上交,向文波踊跃报名,他掏出 100 元钱交给李若溪。

“向哥,你一定要去呀,我偷偷地告诉你,这段时间皮姐对你不太感冒,她要找借口给你做手术。”李若溪提醒说。

“谢谢你呀,李若溪。我的疝气病,在我上小学的时候就做手术了,不会生气了。呵呵,由她去吧。”向文波笑着说。

“我知道,她是找你的麻烦,想尽办法让你离开公司。”李若溪小声说,“但是,最好你不要让她抓住把柄。”

“我明白。当然,我不会再得疝气的。”向文波说。

“你还开玩笑。她可是一人之下,万人之上。前几天,她就把人力资源部长珍姐给弄走了。现在人力资源部属于她负责。”李若溪说。

“多行不义必自毙。不要怕,别人也会弄她的。这种奶子里出坏水的女人,她老公会与她离婚的。”向文波调侃地说。

“我走了,一会儿我回去晚了她会不高兴的。”李若溪说完走了。

向文波在市内办完事等 188 路公共汽车。外面的雪下得好大, 车到了站牌,人们一窝蜂地涌进公共汽车里。车厢里,一个老太太被两个青年人推搡着,显然要把老人架起来,他们把老太太从前面架到后面。向文波站在车厢后面的高处，他看见这两个贼一样眉来眼去的年轻人，用手架着老太太佯装助人为乐的样子。其中一个青年人对另一个人使了眼色，把手伸进了老人的棉袄里，老人的钱包就这样成了两个年轻人的猎物。这两个人大声喊着学习雷锋好榜样，请大家让开别碰着老人，拥挤的车厢里人们相互让开一条缝儿。公交汽车到了站牌，两个年轻人下车一溜烟跑了，但是向文波看清了两个年轻人的面容。当公交汽车到达终点站时，车上人少，老人摸到自己棉衣口袋没有钱包时大声喊起来："我的钱被小偷偷走啦，里面是我老伴儿的退休金，一定是那两个青年人。司机，请停下车，我要去追，要回来老伴的钱，明早我还要给老伴儿去治病呀。"

老人的喊话是徒劳的。她伤心得没了力气，欲哭无泪。老人可怜的样子触动了坐在最后面的向文波，他过去拉住老太太说："大娘，天完全黑下来了，小偷已经跑掉了，您别伤心，垮了自己的身体，躺在床上的老伴儿还需要您照顾呢。您家在哪里？我送您回家。"

向文波劝着老人，老人捂着脸看着向文波哭着说："回去我怎么向老伴儿交代呀，我真是没用呀。"

"大娘，不赖您，赖那两个坏蛋。"向文波劝着说。

向文波一边扶着老太太在白茫茫的马路上深一脚浅一脚地走着。在拐过一片平房后走进了一个大门。

老太太说："这就是我的家，我把老伴儿锁家里了。"

向文波鼻子一酸，不由自主地掏出上个月的工资 1350 元，递给老人说："大娘，给您吧，您拿去给大爷治病要紧。"

老人看着向文波说："我不能要你的钱，孩子，你是好心人，你是有福报的人。"

"大娘，收下吧。我毕竟年轻，有的是力气，您收下吧。"向文波说着把一沓钱放进了老太太冰凉的手里。

"孩子，进屋喝点水吧。"大娘眼里闪着泪花说："老伴儿有药钱又能撑上一段时间了。"

向文波走了，鹅毛大雪越下越大，脚下的雪越来越厚，可他走起来路却越来越轻。

鸿雁情大酒楼里热情四溢,华世赢企管部和营销部的员工们正在举行庆新年晚宴,唯独向文波没有到达现场。大家难得一聚,开怀畅饮,分享取得成绩后的欢乐,共祝来年。皮之美热情地给领导敬酒。今天向文波没有参加晚宴。皮之美说他向文波不识抬举,给她皮之美心里添堵。

“今天都到齐了,唯有他向文波不把我们放在眼里,无组织无纪律,往他嘴里抹蜜竟还嫌苦,我要让他苦到底。早就想办法让他走人,现在办法来了。”皮之美酒后阴笑着说。

胡飞皇说:“皮姐,您别生气。向哥是个厚道人,他一定有要事,不能参加聚餐有他的理由。明天听他解释吧。”

“谁听他解释！你不要给他求情！”皮之美眨着眼睛说。

胡飞皇不再说什么,他抱怨向文波简直是给皮之美上眼药,把皮之美不放在眼里,可吃不了就要兜着走了。

“皮姐,向哥家里有事,咱们应该网开一面,都是你手下的弟兄嘛。”李若溪说。

“若溪,你也要为他求情！你这是怎么啦？不行,谁说情都不行！”皮之美恶狠狠地说。

“好,皮姐不要生气了,喝酒,喝酒,喝葡萄酒,我来给大家斟上。”李若溪打开葡萄酒给皮之美斟上。

大家的碰杯声和着五颜六色的灯光、僵硬的表情纠缠在一起。

晚上九点钟,向文波伴着雪的嘎吱声深一脚浅一脚地走在回家的路上。

第二天一大早,李若溪打来电话,让向文波去皮之美的办公室。向文波不敢怠慢。

皮之美笑着说:“向文波来公司这么长时间,工作十分优秀,因为公司减员,所以让他另谋发展之路。”

向文波明白,这是皮之美强行辞退他的理由。他知道,中国的许多民营企业情绪做事,让你走就有走的道理。但是向文波还是有必要去做一番解释。对这个无理取闹的女人,他绝不会因为一句话,自己就拍屁股走人。他回到自己的座位上，仔细思考起来，之后他去找了张总谈话。张总向他拍桌子，男人简直一副女人样。他说，一切无济于事。黄总召开中高层以上领导办公会议，他张明开一言不发，明哲保身。

向文波坐在办公桌前，问题需要解决，需要后盾来改变被动局面，打破坚冰。没有替自己说话的人，自己真的要拍屁股走人。

这时，他眼前一亮，就在前几天市级年度优秀员工、优秀作者、优秀通讯员颁奖会上。席间，向文波给付市长敬酒。他敬酒的原因是付市长为他颁奖时鼓励了他几句话，让他产生许多感慨。他觉得有必要向市领导敬酒表示感谢。

付市长拉开椅子站起来，说："小向是哪里人？在何处上班？

向文波如实回答说："是山东人，在华世赢商贸公司上班。"

付市长褒奖向文波说："小伙子，有才华，好好干，你是山东人的骄傲；我也是山东人，还负责开发区的企业建设工作，与华世赢商贸公司董事长十分熟悉。你一个人在外面闯天下不容易，若是有事就给我打电话，我会帮你解决一些难题。"

热情的付市长把手机号告诉了向文波。向文波把付市长的手机号存在了手机里。

向文波实在不愿意给付市长打电话，思来想去，改变困境和生存现状要紧，他试着拨通付市长的电话说明了身处逆境的原委。

付市长电话里说："我给开发区办公室打电话说一下，让他给华世赢的董事长说一声，不会有事的，你安心工作好了。"

山重水复，柳暗花明。付市长的一个电话打到开发区办公室，接着开发区办公室的负责人把电话拨给了华世赢商贸公司的董事长。皮之美这下子捅了马蜂窝，这个不知道头轻蛋重的女人害怕了。后来，皮之美再没有找向文波的麻烦。向文波十分感谢付市长这位贵人，他在心里默默地感谢了许多次。一个人怀着一颗感恩的心做人处事，在危难之时总有贵人帮助渡过难关。

前几天被向文波帮助的老太太，经过多方打听后找到华世赢公司。公司的任副总接待了这位老人，老人把赠给向文波的锦旗送给了任副总。向文波在任副总心里的位置又加了一个砝码。一个人的人格魅力，不仅仅是外表光鲜,而是拥有一颗仁爱善良的心。

向文波在华世赢商贸公司噩梦一样的经历就这样过去了。

三十一

向文波在办公桌前坐下之后，摘下围巾，电话铃响了。

向文波拿起话筒："喂，你好。"

"我，向文波，忙啥呢？"何子晶电话里说。

"哦，何总，最近不忙，呵呵。"向文波面带微笑应付着。

"不忙，下班后，咱们出去坐坐聊聊天，让心情轻松一下。"何子晶电话里说。

"那就听从何总的。"向文波说。

"英都川府见，不管谁先到，我们都要耐心等着。"何子晶说。

"我向文波一定恭候何总。"向文波笑着说。

"好，就这样。"何子晶说。电话里传来忙音，向文波挂掉电话。

向文波与何子晶是不能同时去英都川府大饭店。何子晶是公司的专车接送，而向文波要坐 11 路公共汽车，换乘 8 路公共汽车之后再走上约 500 米才能到达。前天下过的雪，在阳光的照射下，被来往的车辆撵成了泥浆。公共汽车马达的发动机响个不停，车头打滑，左摇右晃，车屁股上冒着黑烟。再加上上车的人多，车载重，路泥泞，自然就影响了车速。当向文波到英都川府的时候，何子晶早就坐在僻静的桌位前耐心地等待，漫无目的地看着报纸打发时间。

向文波过来笑着说:“让何总久等了”

“快坐下,喝口水,我给你倒上。”何子晶说着拿起茶壶。

向文波眼疾手快地拿起杯子放到何子晶面前:“谢谢。”

何子晶拿过杯子说:“咱要先用茶水给杯子消毒,否则细菌滋生会生病的。”

何子晶用白净的手旋转着茶碗,一手提茶壶,一手往杯子上倒着热水消毒。向文波笑着看着。他知道,何子晶是个程序性非常强的女人,她在公司里是女强人,孤傲、清高、不苟言笑,业务强而不近人情。向文波知道别人对她的评价,而他自己受到何子晶更多的关怀和温柔之礼遇。感情、好感、默契,这是说不清道不明的东西。尤其女人和男人之间,触动神经,那就是只能自己体味了。待何子晶三分钟程序后,她把倒好的一杯茶水放到了向文波面前,茶水升起袅袅香气。

“谢谢,何总。”向文波说。

“谢什么,咱们都是朋友,不要那么客气。”何子晶体贴地说。

服务生过来站在两人的面前说:“先生要什么?”

向文波接过菜谱,看着对面的何子晶说:“何总喜欢吃什么?”

“拿过来,今天我强势一回,我点菜,我买单。”何子晶说。

何子晶胡乱地翻看着,对服务生说:“一个水煮鱼、一盘拍黄瓜、一盘油炸花生米、夫妻肺片、6两饺子、两瓶青岛啤酒。”

何子晶把菜谱递给服务生。

向文波说:“何总,自来华世赢后,给财务管理部和决策层团队,甚至给整个集团公司注入了新的活力,今日事今日毕的管理理念和果断干练的管理风格,潜移默化正逐步深入员工心中。”

“对我的评语肯定少不了,由他们去吧。职业经理人嘛,只要人品没问题,工作做到位,任由他们评论。工作中难免意见不合,难免想法不一致,只要你认为自己是对的,那么你就要坚持。坚持不是与人对抗,而是坚持你的价值,在公司管理上体现你的优势和经验,把企业带到良性循环发展的轨道上。当然,从人与人的角度说,又是一种对抗,是善意的包容。你呀,小向,你是十分圆润的，除了柔软之外，一定要让他们体会到你内心的强大和性格的硬度。光有柔软不够。姐给你提这些建议，不会生气吧，是在完善你的人格和为人处世的素养。在有些人有些事面前，要展示你的强硬和不屑一顾，让他们知道你的厉害。"向子晶说。

"是的，何总，您说得都对，我就是随和了点，我改正。"向文波说。

"这不是毛病，也不是缺点，可以说是做人的优点，但是人不能只有一面，要有许多面。"何子晶认真地对向文波说。

服务生端上了两盘凉菜，一个是拍黄瓜，一个是炸花生米，并且打开了两瓶酒。向文波去拿酒瓶给何子晶倒酒。

何子晶阻止说："这不是在公司，是咱们俩个单独出来吃饭，不是领导下属，是朋友，可以叫我姐。自己喝自己的酒。"何子晶拿起酒瓶给自己的酒杯斟满说："我刚才说你，要及时改正，人与菜一样，黄瓜就是要脆，味道才能出来。做人一定要有性格。"

向文波经过何子晶的一阵说教后，他意识到自己气度和豪放略显不足，应该加强修正、完善和提升。何子晶算得上知己，是够朋友讲义气的人。

"姐，我敬你。"向文波说。

"哎，什么敬不敬的，一块干就是了。把以前公司里的不快融进酒里，争取一个小时后排泄到下水道里。"何子晶说话的风格，今天一下子像个婆娘一样。

"知我者，莫若姐。"向文波说。

向文波一口喝完一玻璃杯啤酒。何子晶看到向文波的表现来了精神，三下五除二，她利索地喝完了一杯酒，做着女汉子奉陪到底状。

"晶姐是女中豪杰，在公司里是大姐大，干工作智勇双全，睿智干练，改进了华世赢商贸公司的财务管理模式。我知道，您在工作中遇到了好大的阻力。首先作为一个外人，去运作财务管理不是一件容易的事，而且做得十分到位；在你的领导下，各公司财务管理工作思路清晰，财务报表系统工作准确，财务报表效率大大提高，您的贡献不容小觑，而且大大地震撼了空降部队。"向文波说。

何子晶端起啤酒呷了一口说:“干这份工作都是应该做好做精做细,任担当,而且必须尽善尽美。当然也有一些不完善,还有待修正和提高。有些方面需要总经理去做协调。好多方面的事,不是咱们打工的就能完全解决的。股东的事,咱们是不能插手的,做到尽力就好。”

何子晶说完,示意向文波举杯喝酒。

服务生把水煮鱼端了上来。

向文波端起水煮鱼往何子晶面前靠了靠说:“这是地道的水煮鱼,地道的四川厨师的拿手好菜,麻而不辣,香而不腻,鲜嫩入口。”

“哎,是周杰伦吧,还写了水煮鱼。”何子晶调侃地说。

“晶姐,喜欢这种感觉吧。”向文波笑着说。

“一直喜欢,一个人在外面习惯了,所以我看得开才能让自己轻松,否则,在高压环境下工作我早就得抑郁症了。你看,我到什么时候都是这个样子,傻咧咧地生活就对了。”

向文波越来越觉得何子晶是个有味道成熟的可爱女人,虽然不见得能读多少书,但是从她看过大量的财务报表里就足以使她的人生阅历丰富。粗中有豪放,细腻不会漏过蛛丝马迹。华世赢财务三十余人的团队,真的没有任何人比得上她。在财务管理领域,何子晶表现了一个高级职业经理人的优秀和卓越。

“你没发现我也傻咧咧的吗,呵呵。”向文波附和着。

“作为男人,不能傻咧咧,要精明,要大度豪迈,还要硬气。记住,男人一定有性格。性格让男人有魅力。”何子晶说。

向文波伸出手说:“晶姐,我的手愿意握你的手,真是知己。”

何子晶把手伸给向文波。她的手很小,细腻而柔软,向文波抓在手心里。何子晶愿意让这个男人多抚摸一会儿。服务生端上夫妻肺片。

向文波松开何子晶纤细的手指。何子晶看了向文波一眼,夹了新上的肺片炒菜放到向文波的盘子里说:“吃了这菜,咱们可就是一个鼻子眼儿出气了。”

“好,按照晶姐说的办,不管风多大,不管浪多高。”向文波端起酒杯说。何子晶端起酒杯,两个人一饮而尽。

夜深人静,向文波何子晶两个人手牵着手一起走过了那条长长的街道。

三十二

李若溪结婚一个月时间过去了，她发觉老公施非钱经常躲在厕所里，进了厕所后好长时间不会出来，把洗手间的门插得严严实实。她渐渐地觉得两口子之间有不可告人的秘密。

他经常悄悄地躲进卫生间，每次足有二三十分钟，出来后表情有些呆滞，言语多了闪烁其词。

一次，施非钱进了洗手间30分钟后出来。

李若溪问施非钱："女人来月经也没有你这么长时间，你这是大工程呀。"

"我养成习惯了，进了卫生间才是真的放松，可能是工作压力太大吧。"施非钱说。

"你有什么压力呀？这一个月来，你基本上没做什么，饭后一支烟，你那表情真是赛过神仙了。我觉得你与一般的吸烟人不一样，人家是默不作声，反而理智清醒，你却像变形人一样，大呼小叫，好像中魔一样，抽烟就那么享受呀。"李若溪说。

"我烟瘾大，抽烟对我来说，的确是一种亨受。"施非钱说。

"你要戒烟了，咱们应该为下一代养好身体。"李若溪劝着丈夫施非钱说。

"咱们还没有玩够呢，你就想从天真烂漫的少女一步跨进黄脸婆的门槛啊。"施非钱说。

“女人最大的自豪是做母亲，教育孩子是母亲的幸福和自豪。”李若溪说。

“以后，我少抽一些，但是咱们还没有做好生儿育女的心理准备，咱们自己先放松两年吧。”施非钱说。

“可是我不明白，你每次去洗手间都做什么动作呀？还那么长时间，有什么器质性病变，或者心理疾病就去医院看看啊！我没有嫌弃你什么。”李若溪说。

施非钱感觉老婆李若溪发现了自己什么，就急忙说：“结婚一个月，我怕身体吃不消，去做一些健阴锻炼，让自己更加刚强些，让你更满意一些。”

施非钱的这句话，让李若溪来了精神，笑着说：“你呀，真是个好丈夫，还真会为老婆着想，哈哈，那我真的要给你做些好吃的补补身子了。”

“就是嘛，男人挺辛苦，我就是害羞，因为不敢在你面前，所以一个人躲在洗手间锻炼，力争爬雪山过草地如履平地，我做个争气自信的男人是要付出巨大的代价。”施非钱说。

“别，我们房事要节制。把你累成残废的话，那可是我的罪过，你妈就你一个儿子，咱们造儿女工程没有完成，你先以身殉职，到那时候可真的空悲伤，应该保重身体，节制房事为好，重质量而不是重数量。”李若溪笑着说。

“是，我锻炼身体就是重质量。”施非钱真是个顺杆爬。

施非钱已经三十岁了，对付比他小 9 岁的李若溪，简直游刃有余。李若溪只是他手心里的一个小蜥蜴宠物而已。

李若溪说：“你歇着吧，我炖羊肉去，给你补补身子。今晚我要看看你锻炼的成果如何。”厨房里传来了李若溪唱歌切菜的声音。

施非钱朝厨房看了一眼，他取出了魔术一样的牙签，按照以前的程序，又刺进烟嘴里，淹没了整根牙签。他取出后，点着香烟，深吸后一口进入了仙境一般，一刻钟后他又正常起来。

早晨起床，李若溪洗漱完毕后，从包里取出新买的一盒化妆品放到架子上。她从架子上拿到手里粘了油膏按在掌心里，两个掌心相互轻柔，之后在脸上揉搓起来。她从包里左翻右翻取出一只金属笔，又从包里取出了两节 7 号电池从底端装进去。打开了开关插进了一个圆圆的乳白色杯子里。杯子里装满了五颜六色的化妆笔,她轻轻地走出去。

李若溪跑到卧室喊施非钱起床。施非钱睡眼朦胧地抓住李若溪,自言自语地头都没有抬地说:“我又累又困,还是你厉害呀,老公真的老了。”

李若溪满意地说:“你胡说什么呀,你当大哥好多年。哎,牛奶熬好了,在保温杯里,洗漱完后自己倒出来即可,我要上班去了。起床后,开窗户换换新鲜空气。”

施非钱紧紧地抓住李若溪说:“你不能走,我想死你了。”

“什么想死了,这么多天了,你该去看看有什么项目可做,应该干点事了,或者找个单位上班,上班更充实些吧,精神状态也好。”李若溪劝着施非钱,任由施非钱的手伸进自己的胸部胡乱地摸着。

“我不上班,照样能给你挣来钱,还要挣好多,到时候,你瞧好就是了。我要把那些钱全部交给你。”施非钱说。

“好,我看你的表现,你现在颓废成了什么样子。你妈那儿过去看看,两位老人有没有需要做的活,你帮忙做做。”李若溪说。

“你真是个好儿媳,我替我爸妈心领了。去吧,我没事,上班别迟到。”施非钱坐起来抱着李若溪亲了又亲,待满足后才放李若溪离开。

李若溪走出卧室,穿上外套拎上包走出家门。“咣”地一下关上门,惊得被窝里的施非钱像胆小的兔子,睁大眼睛,捂着心口窝,用被子蒙住了头。卧室外面的窗户台上的野猫,好奇地望着屋内被窝里的施非钱喵喵地叫着。

何子晶与财务部长房娟言语多次出现摩擦,女人之间的矛盾战争开始升级。

“你来了之后,把我财务部的人给弄得七零八落,分到下面去干什么,好端端的一个大团队,集中办公是为了集中控制。”房娟大声地对何子晶嚷着。

“我有管理财务部全体人员工作的权利,这样做是为了公司发展,理顺财务经营管理职责,现场管理办公系统需要,做到下有操作,中有管理,上有规划,使每一分收入都能进入公司的账户。一不会流失;二是上报准确;三是财务资金收入达到百分百，便于财务人员了解分公司的经营状况；四是收入和固定资产投入分配率保证准确。房姐，我这样做不是我的个人行为，完全从公司发展管理大局出发，使得公司的现代经营和管理工作明晰，不至于销售收入在顾客走了之后钱财不知流向。财务人员有权在收钱的窗口和记账的岗位上，这样就会账目清楚。这才是一个企业的财务管理工作的样子。品牌公司即使挪用都会反映在财务人员的账目报表中。我不是说各公司领导会有私心，而是强化管理，防微杜渐。不管你的 ERP 系统建设得如何完善，平台搭建的结构不管多么科学合理，可第一个基础程序少了财务人员的账款回收和程序输入一切都无从谈起。管理需要基层工作的扎实、严谨和高效。当然，弄一个团队坐在大厅里有什么用？展现奇特的团队风采，不是前呼后拥，不是甜言蜜语，而是工作细节的强化、落实和执行。你说，我这样做有错吗？任副总在这里听着，还有咱们财务的三十多名员工。要是感觉不对的话，你去给黄总说吧。这是我的工作策略，我的做法没有针对你房姐，也没有针对财务的三十多名兄弟姐妹。或许，我讲话有些偏激，这是我的性格，我可以向你道歉。”何子晶在财务管理办公会议上说。

任副总过来解围附和着说：“从公司经营管理的角度来说，何总监说得科学正确。当然，咱们要逐步落实，要开会研究、制订人员落实方案。”任副总看着何子晶扭头看了看房娟。

财务部的员工听到任副总的讲话，心里都有一分为二的评价。大家认为何子晶的做法是对的，针对华世赢公司财务管理的混乱，员工的懈怠来说，她的财务管理方法、措施是十分必要的。房娟岁数大了，在财务战略规划，财务管理方法财务制度的制定、贯彻，开展工作和执行方面确实力不从心，管理方法老套，模式陈旧，严重跟不上现代企业管理制度的发展。何子晶开展工作，干练利落，管理思路清晰，针对财务管理工作能做到科学决策，统筹兼顾，有的放矢。自她来到华世赢商贸公司，通过调研分析，实行分公司财务管理模块，集团抓战略规划，各分公司抓操作执行。从财务数据分析来看，资产负债率下降，销售收入和净利润逐年以 20%的速度增长。员工们心知肚明，这一招给分公司经理们在挪用现金、使用资金的自由度方面上了锁链，要经过财务论证、记账集团财务审批后,方可使用。财务流程的科学化管理水平大大提高,企业的发展需要科学的领导做英明的决策管理。

“小房,你不用吵、不用嚷,做经营管理工作,一是要分析利弊,查出原因;二是要冷静行为,对事不对人;三是分清职责,各行其事。何总做得没有错。你们作为公司的两个领导,不能感情用事。大家都是为了工作讲道理摆实事,工作自然不难开展,你们都是大岁数的人了。小房已经五十二岁,子晶也上了四十岁。你们的下属怎么看你们,企业管理不仅是账目清晰,也要抓好团队建设,做事和做人同样重要;你们不仅是工作上的领导,而且还是做员工们的老师才对。你们都要做好反省。”任吾行副总在肯定两个女人工作成绩的同时,也给她们打了板子。

何子晶听出了话里的意思,任副总是集团的常务副总经理,这个时候站出来,说出这些话,一是表明领导的态度;二是讲的话还是站在房娟那边;三是要杀杀何子晶的威风。意思是,你是财务总监怎么啦?不要得理不饶人,公司是黄总他们几个股东的,我任吾行和房娟是跟着股东打拼过来的,你来了几天就开始为虎作伥,你的管理思路清晰怎么啦,方法措施得当怎么啦,但是任何做法都要看清楚,认清形势才好立足,工作才好开展。何子晶明白,自己刚才讲的那一通话真是慷慨激昂,越说越痛快。她很少讲一些话,今天她讲得痛快,顾全大局,大方有度。因为房娟过来吵闹,甚至哭出声伸出手来要扯她的头发。财务部的员工们急忙把两个女人分开。分开后,何子晶理直气壮地讲了那番话。整个办公大厅的人全部围拢过来,任总在黄总办公室里听到后过来进行调解劝说。

何子晶经过权衡和思想斗争后,对房娟说了一句话:“房姐,刚才不是有意的,你别往心里去,其实我们是开展工作,对事不对人。

房娟看到何子晶先开口道歉,说:“是我不好,对你大吵大嚷。”

任副总当着她们说:“房娟,你错了,大吵大嚷能解决什么问题。”

“房姐,去吧,回你办公室吧。”看完整个吵架场面的皮之美手里托着文件,搀着房娟回办公室说:“这个女人,真不识抬举,竟敢跟房姐吵架,她简直反啦!”

房娟看到有人站在自己这一边说话，她朝皮之美笑笑说："房姐没有生气，可这个女人来了后，我心里一直堵得慌，今天终于出了一口气。"

员工们十分明白，公司里的这两个财务总管，一个是房娟，虽然没有管理财务的本事，可是服务家乡人，一晃数年过去，起初是离婚后过来跟着股东打拼的。就是天大的错，股东们都会海涵包容。真正的资金运作，她何子晶无从知晓。银行账目，资金往来，股东们让房娟去操作。任副总是个经营管理的老狐狸，在为大家做好管理的同时，尽可能地过去做好平衡工作。谁也无法在这里占到更多的便宜，就是你孙悟空七十二变的经营管理招法，一旦与他过不去，那他就会有办法让你头疼。他是个滚刀肉，就是剥你的肉，你也感觉不到疼，而且还要说声谢谢他。任吾行与房娟什么关系呀？人们全都知道，谁要是跟房娟过不去就是跟任吾行过不去。任副总比房娟大十岁。共同跟着董事长、黄总创业，他们两个可都是股东们请来的。在这几年工作生活中，任副总给了房娟很多的依靠。房娟离婚后，一直给她更多爱抚的是任吾行。明眼人一看就知道他们两个人的关系。股东们知道，他们关系稳固牢靠，利于做好华世赢的经营管理工作，何况任吾行的老婆孩子都在老家。孤独寂寞的日子不是一天两天，时间久了，在外孤独的心需要有个依靠寄托，寂寞的情也需要缠绵慰藉。中国异地的创业者打工者数以亿计，出卖劳动力、出卖智慧等问题好解决，用有价值的衡量方式处理即可；可孤独寂寞的感情，这就要自己在缘分环境缘分情意里去两情相悦，这是个体与个体的结合。要用心去物色，寻找情感依靠的有缘人。

何子晶刚才的讲话好像是向房娟道歉，其实，大家都会明白，每一句话里没有一个道歉的字眼，而是工作方法和措施。她提前讲话是对的，摆出一个高素质领导的高姿态、格局和度量。她的话，让皮之美知道何子晶不仅有工作的智慧，还是一个有勇有谋的女人。何子晶回到办公室后，不由自主地笑起来，她取了咖啡放进杯子里。

何子晶的电话铃响了她接起电话说："喂，你好。"

"何总，你是对的。"向文波第一个打电话过去劝慰说。

"我不会生气的，谢谢你。"何子晶笑着说。"哈哈，我成了你的榜样。"

“你要坚持你自己,这可是你告诉我的。”向文波说。

“我会的。”何子晶说。

“你没有错,我是你的后盾。”向文波说。

“我没有什么,把你自己的事处理好吧。”何子晶说。

“我已经处理好了。”向文波说。

“再见。”何子晶说。

何子晶挂了电话,她的电话接二连三地响个不停,员工们给她打电话,鼓励她,劝她想开些。何子晶的脸上洋溢着笑意,她没有想到竟然有大部分员工给她在电话里给予支持和安慰。

关于房娟与何子晶两个女人吵架的事,任吾行之后向黄总做了汇报。黄总笑着赞扬何子晶的脾气和率性,说:“何子晶工作没的说,脾气的动静就是大些了点。

任吾行笑着附和说:“两个女人真是对付了,一个离婚的,一个独身的,病是闷出来的。”

“哟,任副总,财务工作一定按照何子晶的思路进行开展和部署,毕竟对公司好,我对她的财务管理措施持赞成态度。房部长太僵了,明知不对,非要横插一杠,职责不清。咱们请何子晶来就是开展工作的。这样吧,你去主持,我就交代给你了。我把她们两个女人召集起来开会,万一一打仗,两个女人不理性,你有做好工作的办法。就这样。”黄总对任吾行副总说。

“那我就按照何子晶的说法,先行做个试点。”任吾行说。

“不是试点,是开展和执行。何子晶说得没错,对公司进行有序管理,从而优化财务管理,岗位职责清晰,调动财务工作人员积极性,一定会为公司创造看得见的超乎想象的经济效益,做企业要讲战略,我们何乐而不为呢。”黄总坚持己见地说。

“好,我马上就召集开会吩咐下去。”任吾行副总说。

“最后,把分配的人员名单给我报一份,我要验证一下财务经营管理工作的进展,不是吵架了事,而是拿数据来说话。”黄总说。

“今天是 29 日,后天就是下月 1 日了。我明天就分配好。”任副总对黄总说。

任副总召集何子晶、房娟、财务部全体员工，各分公司总经理召开了财务管理工作会议，按照何子晶做出的人员调整分配方案，把财务人员进行了分工，还附上了岗位职责，任吾行副总没有想到这个独身女人竟然把这一切做得这么顺理成章。

三十三

星期天是让人放松的日子。李若溪在被窝里睡觉,老公施非钱早早地起床夹上包走出了家门,本来今天李若溪让老公陪着去看望爸爸妈妈。爸爸的老肺病一直折磨着他。问候爸妈,帮着老人做些力所能及的活儿,以显示儿女的孝心。可是施非钱昨晚说要与朋友们谈生意,星期天人们休息的时间,他们就越忙。李若溪没有问清楚是什么工作,施非钱只是说关于物流中介的工作,需要宣传、介绍和推广。

李若溪与老公的结合纯属偶然。一次她去饭店吃饭,邻桌的大哥朝她一个劲地笑,主动过来搭讪套近乎,两家都住在面包厂附近,一个路东一个路西。大哥抽烟吐雾,左手食指上的金疙瘩戒指引起李若溪的注意。两个人攀谈的甚是热乎。

李若溪说:“你认识李洁吧?”

“怎么不认识啊,他有一个弟弟去年考上了中国人民大学,她的工作不错,在一家服务公司作客服。”戴戒指的男人说。

“我们多年不联系了,你倒了解个清楚。”李若溪说。

“我怎么不清楚,你不知道,她妈是我二姨。”戴戒指的男人说。

李洁是李若溪的初中同学,那姑娘十几岁时长得条子很顺,那嘴溜得都能响出鞭炮来,是个直爽的好女孩儿,屁股后面跟着四五个男生,那些男痞子像夜猫似的盯着李洁。那些男生可没少给她买饮料、雪糕,据说还给她买时髦的小熊猫抽。

“我妹李洁学乖了,我给她介绍了我们一块做生意的哥们儿,仅一年时间两个人打得火热,卿卿我我,恩恩爱爱,结婚后她做了老板娘;现在她穿金戴银,生出的崽儿,那可是金娃娃,拉出的屎儿都是金黄金黄的。”戴戒指的男人说。

“那可是你妹妹的福分,你还真有本事,让她一下子长了分量。”李若溪笑着说。

“那还用说,谁让她是我妹妹,别人只有艳羡的份儿。”戴戒指大哥说。

“不谈你妹了,那你认识镐哲哥吗?”李若溪像出测试题一样。

戴戒指的男人侃侃而谈地说:“镐哲哥,以前就知道在咱们门外的大街上骑一脚踹,人家当兵后学好了,身体倍儿棒,学了擒拿、武术、格斗,在武警部队执行消防任务时,在一次救火过程中三闯火海,救出 13 人,还多次荣立二等功。他在交警大队上班,前几天,我的车违章,给他说了一声,车就开走了,完好无损,你有事吗?说是他要调往某个街道派出所。”

李若溪小时候认识张镐哲,她知道,镐哲哥是个大胡子,身材魁梧,膀大腰圆。他家里条件好,小时候不学好,打架斗殴常有的事,但是那人仗义,从不欺负人,路见不平,拔刀相助,是他们这西片儿有名的义气哥。西片儿在城外全是平房,路还没有铺油漆。张镐哲的一脚踹发动起来,那股烟儿都不会看到电驴,只听声儿,冒出一溜土烟儿。那时,李若溪只是五六岁的小姑娘,由妈妈领着站在街边看一脚踹。听伙伴们说,骑电驴子的叫镐哲哥。李若溪记得,小时候光屁股的三个小男孩挡住路不让她回家,欺负她。镐哲哥看到后吹胡子瞪眼睛,把三个光屁股的小男孩吓跑了,李若溪大胆地走回家。她还回过头来喊着:谢谢镐哲哥。李若溪到了家门口,看到镐哲哥还站在那里看着自己,生怕被小男孩欺负到这个害羞的小姑娘。

“哎,你对咱西片儿了解得可够详细的。说了两个人儿都跟你有瓜葛,你的人际关系可够广泛。”李若溪笑着说。

“那还用说,一个是亲妹妹,我做的媒;一个是镐哲哥,弟兄们有点事保准好使。”戴戒指的男人说。

戒指男人说得行云流水，眼里泛着光儿。旁边的弟兄们过来递烟，小弟兄打着火机给他点上。

李若溪家境不好，父亲从30多岁起，由于职业关系得了心肺病一直公休在家；母亲是工厂卫生室的职员。企业效益不好，工厂倒闭，一直在家闲着，买断的那几个钱早已花光，每个月的680元钱只能将就着把全家人的肚皮填饱。爸爸的医药费，经多方找关系，公家给报销70%，余下的还要挤对和拼凑。李若溪技校毕业后，先是去商场卖货，又到工厂上班，工资少，也不安稳，拿回去的工资一分不少地全部交给母亲，给爸爸买营养品及贴补家用。自己每个月留下50元的零用钱，她除了每月买低廉的卫生巾用，还买袋装的化妆品。只不过是剪开后倒进高档化妆瓶里，看起来高档，仅仅是聊以安慰。衣服穿着只要端庄大方就行。现实摆在那儿，人与人的家庭条件摆在那儿，李若溪是个好姑娘，为了给爸爸治病生吃俭用，一分钱也不舍得奢侈。

戴戒指的男人来到李若溪吃饭的桌前，李若溪看清了，这人儿戴的真是个金疙瘩。她想，一定值不少钱，这个男人是个有钱的主儿，他没有钱，老子一定有钱，家庭条件应该相当不错。弟兄们前呼后拥的劲儿，她觉得这个男人有场面。李洁竟是他的姨妹，那时还是李若溪的同桌，两个人真是铁姐妹儿。如今人家穿金戴银做老板娘。自己还是女光棍一个，生就的薄命人。

“我还没有问你叫什么名字呢？我与李洁多年没有见面了。”李若溪好奇地问。

“我叫施非钱，不是是非钱。我的姨妹，你可见不上。她在老公的大哥的公司上班，天天接送。简直从铃铛儿换成了金锣喽，大得很。”施非钱神乎其神夸张地讲着。

“哎哟，你真是做生意的主儿，越说越玄乎。”李若溪笑着说。

“弟兄们，哥今天要交桃花运，这可是你们未来的嫂子呀。”施非钱看着弟兄们说。

当中的一个兄弟去柜台取了两瓶饮料回来，一瓶递给施非钱，一瓶递给李若溪。李若溪推辞着。

施非钱说:“这可是我的好心呀,我的兄弟重情义,没用我说就给你买饮料,说明大哥看得起你。”说着他从上衣口袋里掏出50元给了买饮料的小兄弟说:“给你的饮料钱,不用找了。”

小兄弟点点头把50元大钞塞进口袋里,一声不响地坐在旁边。

施非钱用牙一边开饮料一边支支吾吾地问:“我还不知道你叫什么名字呢?”

“我叫李若溪,住路西面包厂36号门。”李若溪回答说。

“我知道,你家后面有水塔,前面路口处有颗大果树,我们可没少去偷果子。小时候,夏天光屁股,肚子上都划出了一道道痕儿,印出血迹儿;我们就跑到面包厂卫生室找阿姨抹药,三两天就结痂儿,慢慢地肚皮胸前就出现一条条的白线儿。”

“你说的面包厂卫生室的阿姨,那是我妈妈。”李若溪说。

“那时,你妈妈长得可真漂亮,虽然结婚生了孩子,眉清目秀,特有女人味儿。我那时心想,就比着这个白衣大夫找媳妇儿,竟然这样巧。”施非钱得意地说。

李若溪听到夸自己的妈妈漂亮,心里十分得意。她觉得母亲年轻时长得稳重、干练、水灵、漂亮,不知道为什么嫁给了比自己大15岁的爸爸。她想,爸爸沉稳、老实、眉清目秀。现在爸爸虽然有病,年纪也大了,但仍然可以看得出年轻时的帅气和风度,是值得妈妈深爱的男人。

“你还在耍贫嘴,呵呵。”李若溪说。

“快喝了吧,红牛饮料,你看看你都瘦成麻杆儿了,喝了就有劲儿,这可是功能性饮料,谁舍得6块5毛钱给别人买呀。”施非钱递给李若溪说。

“那时,我怎么没见你偷果子呀?”李若溪说。

“我与你相差有10岁吧,我偷果子时,你还不知道你是妈妈的哪颗卵泡泡呢。”施非钱说的弟兄们一阵笑,这句话把李若溪逗笑了。

李若溪交了施非钱一帮哥们朋友,自己饭钱是施非钱付的,回家还是施非钱开着他的旧夏利送回去的。弟兄们跟在车屁股后面一溜小跑,在尘土飞扬中把她送回了西片场36号的大门前。

李若溪认为这就是缘分，她与施非钱互留了手机号码。

李若溪用手使劲地“咣”的一声关上了大门。她走路的姿势有了变化，激动地把身体扭成了S形曲线，可能是红牛饮料的功能起了作用。

施非钱对弟兄们说：“这个女人是个嫩鸟，单纯得很，是哥的媳妇，用不了多久，我定会娶回家。”

弟兄们笑了，他坐进了驾驶室，五六个弟兄一窝蜂挤进了快要散架的不堪重负的夏利车。

李若溪想起初遇施非钱时的美妙时光，心里的快乐爬上了脸庞，映着红润，泛着激动。女人经过男人的爱抚，便失去了理智，不自觉地陷进了爱情潮水的漩涡里。李若溪简直就像吃了迷魂药一样，每天神志不清。两个人的闪电恋爱没用几天时间，狡猾的施非钱就把李若溪这不经世事的处女变成了女人，服服帖帖地穿上婚纱，不由自主地钻进了他的被窝。她想着脸上露出了得意的笑。

李若溪起床洗漱完毕，梳洗打扮一番。星期天是人们放松的日子，李若溪简单地洗脸、刷牙，把昨晚释放野性弄散的头发梳齐拢到脑后。李若溪的美丽、端庄又显露出来。女人的美，从眼睛、鼻子、嘴唇、胸脯、高挑的身体里溢出来，就是她转过身去，看到背后都流着女性的雌性之美。

大约有一星期时间，李若溪没有关闭她设置好的录音笔。她拨弄了几下听不到动静。录音笔上两节7号电池的电量已经十分微弱，她回到客厅，从挎包里取出两节电池替换上去，把两节废电池扔进垃圾桶里，她轻轻地插上屋门，回到洗手间。她认为，在洗手间放出声来是最切合事宜的。真的环境、真的音效，没有做作，录音笔里传来“哎哟哎哟”的声音，接着是号啕大哭，还有呜咽，流泪抹鼻涕的声音。李若溪越听越害怕，始终弄不明白，施非钱在厕所里怎么会弄出这个声音来，上厕所拉屎、尿尿应该不会如此难受，即使练壮阳功不应该伤到如此地步。录音笔在一阵静音之后，发出一段哎呦、哎呦、好受、大笑的声音，像苦恼人的笑，甚至阴森、恐怖、难受、痉挛、呼吸、拍打脑袋的声音，直到传来走出洗手间关门的声音；场景、声音都是歇斯底里，不可控制，丧失理性地爆发，大喊大叫、悲痛欲绝、呜咽、兴奋、击打头部，这些动作发出的声音是伴随录音的整个过程。

李若溪平时没有发现施非钱有任何不良习惯，在厕所里关上门一等就是二三十分钟，走出来洗得干干净净，表情和眼神有些异样。每个人洗涮前后的表情都是不一样的，没有了疲惫，多了理性和放松。但是从声音中，她感觉施非钱对他隐瞒一些事实和行为。她要彻底查个清楚。

李若溪陷入了茫茫的沉思，可转念一想，施非钱没有什么不好，也可能是自己敏感多疑，自己的心病对施非钱的不信任所致。既然是夫妻就应该信任、包容，不应该随意疑神疑鬼地生出些端倪来。一个好妻子就要从各方面服侍好丈夫，让他满意，家庭才会幸福和谐。

三十四

自向文波与皮之美发生不愉快之后，皮之美知道了向文波不是平凡之辈。皮之美见了向文波之后恭维地打起招呼来。话语亲切动人，声音的语调不是恶语相加，眼睛里充满了温情而不再是目中无人和不屑一顾。向文波会十分礼貌地应付着，尊敬地称呼着皮总。皮总一直不给他安排工作，说让他好好地休息，而且工资照发。什么旷工、迟到、打卡、请假之类的批评话语，皮之美再没有对向文波提起过。树大招风，大风过来受不了。皮之美被权势震撼，因为青山管委会方面人员给董事长打过电话后，董事长意识到问题的严重，马上给她打来电话。皮之美简直慌了手脚，这是点灯不巧烧了自己的被褥，真是骚味冲天，自讨没趣。皮之美的威风昨天还像充满气即将美上天的皮球，一天的工夫就像个臭皮囊一样瘪在那儿。

向文波听服务处的同事讲，皮之美已经在黄总面前告状向文波多次了，只要一开会就会数落向文波。

同事姚飞说："这是他们开会回来后说的，向文波马上就要离开。"他还说："斯匹尔品牌的鲁总在开会的时候，可是给你说了好话。当黄总说让你走时，人家鲁总可是第一个站出来说，公司需要向文波这样的人，文采、策划，华世赢一千余人的公司就他这一个，应该是公司的宝贝。张总、皮之美与在场的人只是听着，默默地听着，这之后加速了让你离开华世赢公司的步伐，这些简直就像一场梦呀。”

向文波与姚飞打乒乓球，两个人你来我往，乒乓球在台子上上下翻飞。

“姚兄，你的消息可真灵通呀。”向文波说。

姚飞说：“文波，什么时间走？我可是要为你送行；咱们去金汉斯喝啤酒喝个痛快，你走了，我就没有办法和你打球了。呵呵，乒乓球有办法打，就是没有你这个对手了。这么多天过去，你还没有走的意思啊？皮之美不赶你走了？”姚飞好奇地问。

向文波笑笑说：“没到时间吧，我没有听说皮之美让我走呀；让我走的时候，我一定请客，让姚飞兄喝得哇哇的。”

“好，一言为定，这段时间就是想喝酒，总是找不出理由，你看看，你走我送行。”姚飞说：“哎，走之前，你怎么都要看看鲁总吧，人家可是给你说了好话的，不管怎样，在那个场合给你说话的人才够朋友啊。”

“姚飞，谢谢你。今天你对我说出来这么多真心话，说明我向文波是个真男人。有使绊子的跳梁小丑，还有仗义之人鼎力相助。这是人生的常态呀。”向文波说。

“向文波，你厉害着呢。皮之美羡慕嫉妒恨，怕你挡了她的道吧，你没看见她开始培养人了，培养任何人都达不到你的地步，你是经过修炼的，有造化啊。”姚飞苦笑着同情地说。

“咱们在一起打几天球，你就会吹捧人了呀，是哥们不能这样说。呵呵。”向文波说。

“怎么啦？这个时候哥们说这些话是给你鼓劲加油，让你认清人。一直坚持坚守，这是你的定力。我只是说我心里想的。”姚飞说。

“够朋友，你还算是本地人里面相对地道的朋友。呵呵。”向文波轻松地说。

“你这是咋说话的，本地人也有厚道的，我就是那个厚道的。”姚飞白着眼卖乖地说。

“姚兄，向文波交你这个兄弟，值。”向文波笑着双手抱拳作揖说。

“好了，要上班了，文波，再见。”姚飞说。

“再见,姚飞。”向文波收拾球拍拿起衣服走出了活动室。

向文波把乒乓球拍和球放到办公桌抽屉里,去洗手间洗了汗津津的脸,用毛巾擦干净后穿上西服上衣轻轻地走出去。向文波走在华世赢商贸公司1500米长长的绿荫道上,看着一排排一幢幢现代化办公大楼,造型各异的店面设计和布置,反映着不同风格的公司文化。这个地方有生机,槐树、柳树、杨树都长得蓬勃茂盛,郁郁葱葱,大自然的美丽景象让人陶醉。向文波走到了斯匹尔公司二楼西面鲁总的办公室。向文波看到里面只有鲁总一个人,他轻轻地敲门。鲁总看到是向文波,招手让其进来。鲁总站起身招呼向文波坐在沙发上。

鲁总坐到沙发上说:“文波,我听说皮之美让你走了。”

“呵呵,遇上了。”向文波轻轻地笑着说。

“在会议上,我就极力反对让你走,并且力保。这个女人太张狂,虽然工作能力没有多少,但是人家是董事长秘书,我们都让她三分。你知道,我们都是跟着董事长总经理来如芒市打天下的。她是老虎屁股呀。”鲁总半是严肃半是调侃地说。

鲁总的随和让向文波五味杂陈,他陪着哈哈地笑起来。

“文波,你的能力,我是知道的,并且众人都看在眼里,有些人不欣赏能力不欣赏品德,这个时候你就要灵活呀。不管你工作做得多么到位,做出多么骄人的成绩,一旦顶头上司看不顺眼,就说明‘杯具’来了。哈哈,而不是‘康熙’来了。”鲁总平静地笑着说。

向文波点点头,鲁总冲了茶叶,把茶杯端到向文波的面前说:“世事无常,没有法子,一个人的度量要么成就事业,要么毁坏人的前途。实在不行,出去找个活吧,真正的男人在哪里都一样。”鲁总说。

向文波心里有数,虽然自己没有错,而且光明正大。得道多助,失道寡助。既然来到这里坐在这儿,就要坐穿板凳,要用一个男人孔武有力的性格,顶天立地,器宇轩昂的力量征服他们直到胜利为止。

“谢谢鲁总的指点呀。”向文波说。

“哎,文波,我给你讲曾国藩,他可是大清帝国为数不多有政治抱负、胸怀国家的雄才，还能平衡家庭关系。你看看吧，雄韬伟略呀，那可是伟大的领袖毛主席最佩服的人。”鲁总引经据典地说。

鲁总和向文波两个人在办公室里谈笑风生。笑声和着茶香，相见恨晚之感，肺腑之言，溢于言表。

皮之美坐在高大的皮背椅里翻看着《读者》杂志，一会儿又拿起睫毛膏抹抹睫毛，对面是董事长的办公室，她下意识地看了对面一眼。董事长开门过来，皮之美照样抹她的睫毛膏。

董事长说：“小皮，你等一下把发改委新项目的材料送过去，一定要抓进度，不能拖拖拉拉。”

“是，我现在正在抓进度，这一根一根的毛，不好抹，膏上多了就粘一块了，上少了就容易脱落，你看性感吗。我皮之美代表华世赢集团公司的形象。”皮之美肆无忌惮地说。

“之美越来越漂亮了，代表华世赢集团公司是好事，值得表扬。”董事长夸奖着皮之美。

“皮总，向文波的工资做不做呀？怎么个做法？”在一旁打着电脑的李若溪扭过脸来问皮之美。

皮之美依旧抹她的睫毛膏。

“哎，就是办公室主任打电话的那个向文波，做，一定做上，主任对咱们项目很支持，任副总还有鲁总说，向文波是一个不气馁有思想勤奋务实的员工。之美，一定要会开展好员工的思想工作，学会凝聚人团结人，为公司发展服务，好吧。”董事长说。

皮之美听出了董事长对向文波认可。任副总、鲁总可都是董事长真正的身边人本家人，自己算什么，一个打工的，还是识时务吧。

“董事长都说了，做上吧。向文波还是咱们部门的人。”皮之美对李若溪说。

“好，皮总，那我就做上了。”李若溪轻声说。

“皮总发话了，做上，一定做上。”说着董事长走出秘书办公室。

“李若溪,你这么不懂事！当着董事长的面,你怎么说向文波的事;他向文波与我过不去,又不是与他董事长过不去;现在董事长都力挺他,这不是给我难堪吗！真是的！以后在董事长面前少给我讲话。”皮之美火冒三丈地数落着李若溪。

“好的,皮总,这是人家上个月的工资。”李若溪说。

“上个月的工资照样扣。”皮之美说。

李若溪疑惑起来:“是扣还是不扣,刚才董事长都说一定做,到底做不做？”

“董事长都说了,当然听董事长的,谁敢不做。”皮之美狡猾地说。

“好,皮总,我做。”李若溪扭过头去,她对着白白的墙壁注视着电脑屏长出了一口气,又噼里啪啦地敲起键盘来。

皮之美抹完睫毛膏,收拾妥当后托起一摞文件走了。从董事长办公室端着董事长的茶杯倒满水端进去,关上门取了东西才匆匆地外出办事。

李若溪明白,皮之美怕自己去给董事长倒水。皮部长这个女人的心小到只有杯子的空间,让人厌恶到恶心;皮之美太好笑了,真是“杯具”。皮之美的做法气得李若溪朝门口吐了吐沫。李若溪到了二楼向文波的办公室,把刚才的情况告诉了向文波,两个人笑得前仰后合。

“若溪,等我开了工资,请你吃饭,你是个心地善良的好姑娘,但是我真怕你跟你这个师傅学坏了,近墨者黑啊。”向文波说。

“向哥,她是什么人,我是什么人,俺是良家妇女,一百个善良,做人做事不能坏良心。”李若溪说,“向哥的心里有一杆秤,你的眼睛是雪亮雪亮的。”

“哎,董事长表扬你了,任副总和鲁总,还有好多副总,分公司总经理等,他们在董事长、总经理面前给你说了好话,实事求是地说了你的表现。只要你能坚持住,大难过去准有后福,保准你以后有前途,有更大的发展。”李若溪说。

“那就借若溪吉言。当然,我一直苦苦地寻找,始终找不出我什么地方做错了,就是过多的误会造成了今天这个局面。”向文波说。

“不仅仅是误会,你没有看见,别人是如何与皮之美说话的,简直把她夸奖成一朵花，满脸坑坑麻麻，一定要说成十八岁的大姑娘一样，嫩得出水。送礼的真是不少。你呢，一句言语都不会说，她不找你的麻烦找谁的麻烦。你呀，太单纯。”李若溪说。

“你教我，该怎么说？”向文波说。

“我也不会说，刚才把我骂得狗血喷头。”李若溪说。

两个人在办公室里哈哈地大笑起来。

三十五

路遥知马力，日久见人心。向文波良好的为人处世的开朗性格，善良博爱的人格魅力，优秀的工作成绩，华世赢的股东和决策层领导看在眼里记在心里，在年度总结大会上，聘任向文波为集团公司企业管理部部长的时候，就把皮之美巧妙地调出了集团公司以外的分公司。向文波深深地明白这是领导们对他个人顺利开展工作的保护，这份感恩他永远地记在心里。

换了工作环境就像换了人间一样。向文波来华世赢工作一路走来跌跌撞撞，世事多艰，造化弄人，造化助人，时过境迁，柳暗花明，向文波通过勤奋工作，以他不俗的业绩，一步步地晋升为企业管理部部长、集团工会副主席、董事长办公室主任、品牌总监等重要职务，在更重要的工作岗位上任职。今天的幸运，正是他一如既往地秉持坦荡做人的结果。正能量鼓满胸怀，以他正直的品格，厚德精神，恪尽职守，踏实工作的严谨作风，做出了优秀的成绩，赢得了贵人的尊重和帮助，给予向文波到更大的平台上施展才华。

一阵“咚咚咚”的敲门声，李若溪过来开门。施非钱由他的小兄弟们连背带推进了家门。施非钱头上缠着绷带，纱布上浸出了血水。李若溪看到施非钱受伤的惨状，小心翼翼地让这群小游民把他放到沙发上。

一个小兄弟说：“嫂子，非哥酒喝多了，从饭店出来跌了一跤，我们刚去医院包扎回来，我们把哥交给你就彻底放心了。”

“嫂子，把哥放在沙发上平躺着睡觉就行了，千万别碰他的身体，就让他穿着衣服躺着吧，腿上还有他摔倒后被玻璃划出的大口子碰着会十分疼痛。”旁边的矮个子机灵地说。

李若溪看着受伤的丈夫，感谢地说：“谢谢你们了。”

“没事了，那我们走了。”矮个子说。

六个小游民前呼后拥私下嘀咕着开门走了。

李若溪关上屋门，心里产生了疑问，这个施非钱每天都在忙着什么，天天与这些不到二十岁的小孩子混在一起。这些人的眼神充满了游移和惶惑，在西片区这一带，游手好闲，无所事事，纯属混混。他们头发长，衣服肥大，破旧不堪，给人的感觉灰头土脸，没有素质，缺少教养。而施非钱穿着干净，至于他在外面干什么工作，李若溪一直不知道。结婚以来，经常向自己要钱买烟买酒，回家没有时间规律，没有作息规律，经常醉醺醺地回来。醉酒后精神失常，动作失态，少了常人的稳重。他一旦情绪失控就会把家里的东西砸个底朝天。婚后过日子，李若溪是个粗放神经思维的人，这么小的年纪，认为男人结婚后耍脾气是常事，是男人威风的表现，所以一次次迁就施非钱。施非钱从不向李若溪上交一分钱，因为年龄比李若溪大，他的诡计花样多，经常献殷勤，带她下饭馆，有时闷在家里会把李若溪的乳罩、裤衩、衣服洗个遍来讨小媳妇的欢心，那么李若溪就会把三百五百的百元大钞递给施非钱。施非钱会哄小媳妇，而且甜言蜜语哄得团团转。施非钱说这个家他不掌权，让媳妇大人掌管。可是管家要有发钱的责任和义务。在华世赢集团公司做办公室内勤工作的李若溪要从微薄的工资中供养丈夫的烟酒及其他花销费用。李若溪不止一次想过，三百五百不多，但是日子不可长算，要从长计议和规划算计。李若溪结婚之后，从来没有见过施非钱的钱，即使为他洗衣服，可是衣服口袋里的零钱，其实还是李若溪给的。李若溪只是想想而已。

李若溪端着水盆从自来水上接了凉水，从水壶里倒进去热水，用手试着待水温适中后端到沙发近前，她把毛巾放进水里，拧干后敷在施非钱斑斑血迹的脸上，擦拭着他脸上的血迹。施非钱长的瘦削，擦拭后泛黄脸面的轮廓呈现出来。李若溪给施非钱擦洗了双手,待干净后用剪刀剪修了他的指甲。施非钱睡得香甜,李若溪把一条毛毯轻轻地盖在他的身上。这时,她想起刚才其中一个人的话来:“嫂子,非哥今天受伤了,伤得不轻,晚上就让他睡在沙发上吧,免得到了床上,一是弄脏了你们的新床铺,二是你来了性头,折腾非哥半天,身体要付出代价,不利于伤口愈合。”这句话弄得李若溪的身子一阵阵激动和颤抖。李若溪取来枕头轻轻地抬起施非钱的头,把柔软的绣着鸳鸯的枕头垫在下面,让老公睡个舒服。

太阳落山,夜幕降临。李若溪打开客厅里的暗灯怕影响打扰施非钱的休息。李若溪看着醉酒后受伤且熟睡的丈夫,仔细地打量着,想象着将来孩子的模样。李若溪轻轻地掀开毯子把手伸进施非钱的上衣口袋里,看看他都装了些什么东西。施非钱感觉到了动静,不由自主地辗转身体,面朝沙发的侧躺睡着了。李若溪把手伸了出来,抱了棉被盖在施非钱的身上。李若溪为了不影响丈夫休息关掉客厅的暗灯,她轻轻地走进卧室,坐在床前伸手拿起没有绣完的十字绣穿针飞线绣起来。过了两个小时,李若溪过来给施非钱喂水,丈夫咕噜咕噜喝了一杯后躺着睡着了,而且是深睡,还打起了长长的鼾声。夜里,李若溪经常地在床上伸出头来看上几眼睡在沙发上的施非钱。他们这是第一次分开睡觉,是迫不得已的分开睡觉。若施非钱不受伤是不会分开的,即使喝得酩酊大醉,李若溪也不会让他平白无故地睡在沙发上的。酒壮英雄胆,色起云雨欢。两个人一定嬉戏折腾到后半夜,激情过后,还要卷土重来,李若溪不能满足的话,施非钱想要睡个安稳觉那都是枉然。女人一旦好这一口,丈夫所有的缺点都会被看得很轻,甚至全部是优点。这个男人其他本事没有,就是会让李若溪舒服到底。

施非钱第二天醒来,李若溪上班去了。经常跟着他前呼后拥的一个小兄弟给他来电话说:“昨晚一切正常吧?”

“昨夜一切正常,安然无恙。老婆给我擦洗脸、剪指甲、伺候得舒服;想要摸我的口袋,一个侧转身,没有得逞,躲过一劫。”施非钱揉着惺忪的眼睛得意地说。

“非哥,为了以防万一,我们几个人解开你的裤腰带,把那东西装到裤衩里了。”电话里笑着说。

“是吗?”施非钱说着站起来,把手伸进裤裆里。

“抓紧掏出来吧,你的小鸡鸡吃了,你和嫂子生孩子就有遗传了。到时候,你们爷儿俩比吸面面的功夫了。你的孩子简直就是金娃娃银娃娃了。哈哈哈。”电话里一个小混混说着大笑起来。

“好个小兔崽子,我好了之后收拾你们。”电话里施非钱哭笑不得地吓唬那几个小混混说。

“哥,那就是你的不对了,我们跟着你这么多天,除了嘴上粘些油气,每天30元钱,不会再跟着你干了,抓住还上刑罚蹲监狱,太不值得了。”电话里说。

“好了,哥给你们涨15元,每人每天45元。”施非钱讲着价钱说。

“什么不少呀!每人每天50元,少一分我们都不会跟你干啦。”电话里一个小子强硬地对施非钱说,显然没有缓和的语气。

“好,那就50元吧。你们要给我保密。”施非钱给他们涨工钱要求说。

“一言为定。”显然手机按在了免提上,电话里异口同声地说。

施非钱发号施令地说:“老子的钱不能这么拿的轻松,你们几个小混蛋听着,今天你们都不能闲着,去给我找客户去,看他们订多少,可是按劳分配呀,那就不只是50元钱了;找不到目标客户,一分不给,只管嘴上油。”

“我们找去,哈哈哈。”电话里传来哄堂大笑的声音钻进了施非钱的耳朵里。

施非钱嘴上不停地骂着,但是电话里已经没有了应答,他气急败坏地挂掉手机。

施非钱坐进沙发里掏出一颗香烟,接着右手从上衣的左口袋里取出一支白塑料牙签,然后用手一提细线把牙签刺进香烟的“屁股”里,用火机点着,大口大口地抽起香烟来客厅里烟雾缭绕。施非钱的眼睛开始微闭,眼睛无光,脸上的肌肉开始痉挛。他渐渐地不能控制自己的身体,嘴上还使劲地抽着,浑身上下颤抖得更加厉害,开始大喊大叫,兴奋、号啕、呜咽,各种表情和动作夸张的不能自己。这次他没有去卫生间,一个人在客厅里,站着、跳着、跪着、趴着,甚至在地上打起滚来,一会儿兴奋异常两眼放光,一会儿目光呆滞绝望之极,一会儿像苦恼人的笑满脸愁苦。

窗外的小猫听到施非钱的动静,站在窗户上看着他的百般表情和动作喵喵喵地叫个不停。一只小狗听到猫的叫声跳到窗户台上,看着屋内的施非钱汪汪汪地伸长脖子吠个没完没了。一刻钟光景过去,施非钱恢复了平静,待神志清醒过来,打扫客厅一切完毕,赶走了用异样的眼神看着自己的小猫和小狗,胆战心惊的情绪渐渐平复下来。

李若溪在办公室里给向文波讲起了早晨离家后的一件奇怪的事情。一只小猫和一条小狗不知道从哪里蹦到自己面前,两个小东西在身后跟着她大约走了 500 米。李若溪看着这两个可爱的小家伙顿生爱意,停下来俯下身子抚摸两个小家伙。小猫小狗十分温顺地像老朋友一样乖巧地任由李若溪抚摸。李若溪看了看腕上的坤表继续赶往公交站牌,两个小家伙看着李若溪加快了脚步,竟然跟在她的身后一溜小跑起来。花猫和小狗的亲昵劲儿,好像商量着一定跟上李若溪,以免被她落下。李若溪到了公交站牌,这两个小家伙就停在她的近前乖乖地待在那儿。李若溪心生好奇和爱怜,从包里取出来刚从路边小卖店买的早点火腿和面包,喂给花猫和小狗。公交车过来打开车门,李若溪上车后,花猫和小狗跟着公交车跑了二三百米停了下来。李若溪觉得这两个小家伙不是冲着自己的火腿和面包来的。

李若溪面对早晨上班遇到的两个小精灵的奇特表现,她有些百思不得其解,一五一十地讲给了高背皮椅子里的向文波。

“向主任,我是不是中邪了,还是仙人指路呀?”李若溪对向文波说。

“叫向哥亲切,我要的不是官架子。你知道,向哥一直低调,平易近人,这样我才能给你解释清楚。”向文波一边看着电脑显示屏审阅着文件一边用眼睛的余光看着坐在斜对面的李若溪说。

“好的,向哥,请你解释我遇到的问题。”李若溪把脸转成 90°的直角朝向文波看过来说。

向文波对李若溪解释说:“这里面应该是有疑问的,你回想一下,小花猫和小狗应该和你在哪儿见过;当然猫和狗都是灵性动物,或许你的家中发生了什么事情,他们的温顺灵性带有某种预感。”

向文波说得神乎其神,引起了李若溪的警觉,她搔首弄姿地扬起长长的脖颈面对着洁白的墙壁回想起早晨发生的情景。

李若溪惊讶地说:“是的,向哥,今天早晨我起床前后,拉开窗户帘子发现这两个小东西在窗户外的墙上左顾右盼地站着。”

“花猫和小狗既然站在窗户外面,你已经是这两个动物熟悉的人,而且你们也没有进行过接触,说明这两个灵性动物发现了你们家预兆的一些事件,或者隐藏的某种现象。”向文波放下手中的活儿端起茶杯喝了口茶说。

“向哥,你说得蛮吓人,是不是这两个小动物显灵了。”李若溪站起来端起向文波的杯子在热水器上接了开水轻轻地放到办公桌上说,“向哥,那我应该怎么办呀?”

“若溪,很简单呀,倘若这两个小动物再次出现,像今天早晨这样的情形,说明它们和你是有缘分的,愿意与你结交朋友。再者,小猫小狗是灵性动物,提醒你告诉你即将揭开的事实和秘密。这不是传说,也不是危言耸听,你慢慢地观察好了,人们说女人是属猫的,与你同属猫科动物,好像有一定的道理。”向文波说完哈哈地笑起来。

“向哥,不能吓唬小妹呀,我听你的,还是不听你的呀。怎么还骂起妹妹来了。”李若溪挽起袖子挠着痒痒说:“你说的,我听后身上都起了痱子。”

李若溪显然被向文波的玄幻语言弄得头皮发麻,浑身紧张,并且起了鸡皮疙瘩。

“我说的前半句你记着就是了,看看到底会发生什么;后半句是逗你玩的,当着耳旁风。不管怎么样,你最好不要麻痹大意,说不定真的透着某种秘密。”向文波说。

“好的,向哥,我记着了,谢谢你。”李若溪看着向文波说。

李若溪听了向文波的话,双手敲打计算机键盘的声音恰似雨点一样噼里啪啦地响起来。

三十六

向文波作为公司的高层领导更多地参与华世赢商贸集团公司的决策管理工作。华世赢商贸公司从企业文化建设、品牌塑造、组织机构设计、人力资源招聘方案、公共关系、集团内部的标准化管理流程等都以更加包容开放的格局脱胎换骨的塑造和提升。以向文波为组长的5S管理工作推进小组成立，他从公司基础管理着手，从改变员工的工作观念、思维方式和行为习惯出发，强化细节，确定效率，降低成本，节省时间。本着环保的理念原则，改善环境，在整理、整顿、清扫、清洁、素养等企业管理工作的基础上，全面完善，循序渐进，贵在提升员工的内在品质和文化素养。现代化计算机软件技术全面更新，OA、ERP办公系统全部上线应用，提高自动化办公效率，市场一体化运营管理模式，加强远程控制，数据分析，现金流整合统一回流集团财务，强化行政管理与市场前沿、售后服务的协同效应，集合智能，发挥优势，讲求量变，引起质变，使华世赢商贸公司全面体现和符合现代企业制度下的国际化格局，为企业的下一步国际化贸易打下坚实的基础。

为了使华世赢商贸公司在今后十年的发展中做好与国际化的接轨工作，王董事长、黄总经理、任吾行副总经理及公司的全体股东和高层决策领导听取了向文波作的《关于华世赢公司未来十年开放发展规划书》，股东和高层领导无不拍手称快，全权通过向文波设计的华世赢商贸公司战略规划，并且提上日程，全面细化到部门单位深入推行。任吾行副总经理眉开眼笑，他欣喜发现了向文波是个人才，当下在企业稳健、高效、快捷的发展过程中，小伙子确实发挥了人才的智慧效应，乃至华世赢中流砥柱的作用。任吾行副总经理十分骄傲，股东们在内的高层决策领导们都多了对向文波的尊敬，股东们对任吾行副总经理都改称为任老师，增强了任吾行副总经理在高管决策层中的威信，整个华世赢商贸公司都感到任老汉在权力中心的作用和分量。一句话说得真好，厉害的人，就在你身边，像鹅卵石一样光滑的浑然不觉得样子，但是在重大关键时刻起到扭转局势积极的推动作用。王董事长、黄总经理和任吾行副总经理在中高层以上会议上，经常赞赏向文波恪尽职守勤勉工作的敬业精神，对公司高效稳健发展做出的重大贡献。向文波不动声色，他没有一丝一毫的沾沾自喜，因为民营企业的江湖，来时的路都已经让他处之坦然，波澜不惊。向文波把更多的心事放在做好企业管理部日常管理，集团的战略规划设计和管理体系的落地实施、执行、跟踪和监督工作。

向文波的经营管理学术理论成果，可以说全面涉猎，科学研究、系统开发，学术成果丰硕。涵盖到企业的信息情报收集、经济数据调研、探索企业经营管理模式、品牌管理、传播理论，工会管理和党建管理工作创新经验诸多方面，一篇篇经营管理理论文章，在《经济参考报》《卓越管理》、省日报、中外企业文化、中央人民广播电台等媒体杂志电台陆续刊载和播出。向文波的《中外合资企业经营管理调研报告》得到了中欧工商管理学院战略管理学导师 Petter 极大的关注和认可，给向文波寄来了亲笔信件。向文波的《合资企业初级阶段拉动成长要素的分析》论文发在了卓越管理杂志“金牌培训”栏目，在经营管理界引起了轰动效应。

李若溪在厨房里忙得不亦乐乎，煎炒烹炸一流厨艺，色香味俱全的炒菜盛到盘子里，一溜排在饭桌上。李若溪是个浪漫单纯的女人，她总让自己的生活里多些新花样。为了让老公施非钱体会到她关怀体贴的心思，李若溪变着戏法儿一样每天都要弄出些新意来。锅里炒菜发出吱吱的声音，而她的嘴里不停地哼唱着张国荣的歌曲。

咚咚咚，一阵敲门声传进厨房。李若溪眉开眼笑，盖上锅盖，利索地在自来水上洗净双手，细长白嫩的手指性感红润，她快速地走出来，嘴里喊着：老公，来啦。李若溪打开房门不禁一怔，派出所的两个警官站在门口。

前面的警官拿出警官证，说：“这是施非钱的家吗？你是他的妻子李若溪吧。”

李若溪用毛巾擦着手说：“是的，施非钱的家。你们进来吧，进家来说吧。”

李若溪敞开屋门把两位警官让进客厅里的沙发上。李若溪关上屋门，坐在警官旁边的马扎上。

“你是施非钱刚结婚不久的妻子小李。”胖警官说，“我姓张，叫张镐哲，你不认识我了吗？小时候，我们两家还是邻居呢。”

李若溪笑着说：“现在认出来了，张镐哲哥哥是我的邻居，后来我上中学，张哥就去当火警了。许多年再见面有了陌生感，真的不敢认了。前段时间，我和老公还提到张哥。小时候，你可是挎着木盒子枪的小孩头，别人欺负我，你还保护我。张哥，你今天过来，施非钱出事了？”

“施非钱聚众吸毒，经搜查，他有销售毒品的嫌疑。他在家有没有异常行为，或者你们结婚后有没有发现他关于毒品方面的蛛丝马迹，这些对于我们侦破案情，帮助他改邪归正提供更好的佐证及线索。”张镐哲警官深沉严肃地说。

“施非钱怎么会是这样？竟然是一个吸毒犯！”李若溪十分惊奇且自言自语地说。

李若溪万万没有想到施非钱竟是一个无所事事游手好闲的吸毒犯。她的表情悲伤失望，眼睛里神情木讷，黯然无光。

“若溪，你冷静一下，我与贾警官非常理解和同情你此时的感受，但是吸毒是违法行为，贩毒那就情节更为严重。我们知道你是无辜的，你们刚刚结婚就让你的精神受到刺激。当然，我们要面对现实。施非钱毕竟是违法犯罪，我们调查取证是防微杜渐，为帮助他戒毒、重新做人制定措施和方案。”张警官说。

李若溪在张警官的开导下清醒理智了许多。她说：“张哥，求你们警官一定帮帮他，让他改邪归正，这就是帮助我，帮助我们这个家庭。”

“若溪，我和贾警官来到你们家，就是为了帮助施非钱，帮助你。”张警官说。

“张所长和我这次来你们家，只有掌握清楚施非钱平时的情况，我们才可以制定方案，做出处理办法。”贾警官说。

李若溪听贾警官说，曾经的邻居张镐哲警官，现在已经是派出所的所长，她简直有些不知所措。她的表情紧张痉挛起来，说：“张所长、贾警官，我了解的关于施非钱的情况一定全部告诉你们，请求张所长和贾警官对施非钱宽大处理。”

“若溪，不用紧张，叫我张哥就行，不用拘束。”张镐哲所长缓和了气氛笑着说，“贾警官，你说了一个张所长，把我的邻居李若溪吓紧张了。”

“张所长、贾警官，我自结婚后，真不知道施非钱做何种工作；我知道，他的身边有一群小兄弟。我觉得他们游手好闲，劝说过他许多次，一定不能做违法和伤天害理的事。法不容情。好好工作，把家庭建设好，将来生个孩子，三口之家其乐融融，幸福快乐，平安是福。施非钱微笑着乖乖地听着我的话附和着。我每天早晨七点按时出家门上班，他还在被窝里睡觉，晚上我七点到家做饭，他习惯性地十点后回家。有一次，他喝醉了，一群小兄弟把他送回来，他好像抽风一样浑身哆嗦打颤。平时，施非钱在洗手间的时间比较长。我观察大概就是这些。张所长、贾警官，今天你们过来了，我忽然恍然大悟，他的这些细节行为是否与吸毒有关。其他的异常行为没有发现。”李若溪说。

“若溪，谢谢你的配合，提供了施非钱的细节行为和线索。你说得不错，这就是吸毒的惯常行为。施非钱暂时关押在看守所，事情调查清楚，根据吸毒犯罪情节的轻重程度，以及他的表现情况会有恰当处理的结果。”张所长说。

两位警官走后，李若溪的心情死灰一样地难受，她欲哭无泪。她回到厨房，看着一桌子的饭菜，她没有了兴致。今天她下班后兴高采烈地赶回家买菜做饭的缘故，因为她一直惦记着这是一个特别的日子，是她与施非钱初次相识的日子，还是施非钱的生日。叠加在一起值得纪念的日子却成了施非钱吸毒犯罪押进看守所的日子。心强的女人，浪漫的爱情，充满美好希望的生活被严酷的现实打得粉碎，她对丈夫彻骨的灰心和失望。

生活要继续，精神要振作，不争气的丈夫施非钱是自己的丈夫不是人家的流星不能不管不问，不能袖手旁观任其发展下去。倘若破罐子破摔，不但自己没有幸福，他会在犯罪的道路上越走越远越陷越深，却会给她和整个家庭带来更大的悲伤和痛苦。李若溪哭过后，痛定思痛，要对施非钱负起责任。李若溪去派出所找了张所长，去看守所看望施非钱，骂他不争气骂他不思进取。施非钱在李若溪面前泪水鼻涕挂满面庞哽咽着忏悔起来，说自己一定改邪归正，说自己无辜，三克毒品是别人嫁祸于他。李若溪说尽千言万语，丈夫施非钱低头认错。施非钱跪在地上抱着李若溪的大腿求她，写下保证书，要李若溪花重金救赎出去，以后坚决洗手不干，重新做人，自食其力，找工作养家糊口，为建设美好家庭贡献力量。李若溪用为数不多的积蓄为施非钱交了保证金，施非钱在看守所关了三个月后释放出来。浪漫单纯的李若溪像得了一场大病一样抑郁寡欢，面黄肌瘦。

三十七

铃铃铃,向文波打开手机,是何子晶总监打来的。

向文波接起电话说:“喂,何总,你好。”

“向主任,下班后不忙吧?”何子晶说。

“何总,真是财务的魔方专家,一个名副其实的预测大师,今天我是应该放松放松,连着半个月都没有休息。好的,听从何总的安排,请吩咐。”向文波从办公桌前站起来伸展着腰肢笑着说。

“一年来,华世赢商贸公司的中高层领导和全体员工都是围绕着你设计规划的十年战略目标大力建设进行全面管理深入发展企业,我没有看错人,当初我说过的话,你在合适的发展机遇,你的才华一定在平台上大显身手,一定让股东和全体员工刮目相看,你做到了,而且做出了不俗的业绩。”何子晶说。

“谢谢何总的鼓励。何总精准眼界看清了我前方的路;何总是我的榜样,是我的福星,激励着我向前发展。”向文波说。

“你自己的努力,任何人抹杀不了改变不了。你向文波淡定从容,波澜不惊的行动,却能震撼华世赢商贸公司每个人的心。”何子晶说:“我有一个思考许久的计划想说给你听,与你一起分享。”

“你的咖啡厅见。”向文波说。

“咖啡厅见。”

向文波何子晶一个小时后，两个人相继来到市内的何子晶的万事缘咖啡厅。那里可是谈心交流的去处。这个万事缘咖啡厅何子晶已经经营六个年头了。

咖啡厅里，中国民乐《春江花月夜》《高山流水》《二泉映月》《别亦难》《快乐的姑娘》的曲子，有的情绪明快，有的激昂澎湃，有的低沉哀婉，有的热情豪放，有的收放自如；班得瑞的轻音乐《你的眼神》《天堂》《春野》《奇迹》《飘雪》《翡翠谷》等音乐舒缓、开放，把天高地阔的自然与人的恬淡情怀相互交织，融为一体。人们在品尝咖啡滋味的时候，中华管弦丝竹乐，西方的钢琴曲，涤荡着心灵，让情感纯净，让思想丰富，生命在这一刻宁静、璀璨。

何子晶告诉服务生让玉翡翠经理来一下。

玉翡翠经理过来说：“何总，您找我，请吩咐。”

“我来介绍一下，这位是华世赢商贸公司的向总，集团办公室主任兼企管部部长，向总以后还有一串头衔暂且省略。来到咖啡店，不可怠慢，自己人不用付账。向总与客人的消费，我全部签字即可。”何子晶说。

“向总，您好，何老板说话了，您随时光临万事缘随时吩咐。您在我们何老板心目中的地位可是不低啊。”玉翡翠经理笑着说。

“小玉，咋跟何姐说话呢。向总可是像我的亲弟弟一样。”何子晶笑着说。

“姐，您别往心里去，咱们姐妹这么多年，当着向哥的面，咱们别再装着了，挺难受的。”玉翡翠说。

何子晶噗嗤一声笑出声来，说：“其他我不说了，你明白就行了。咖啡店管理得效率太低了，我们两个饥肠辘辘，怎么还不给我们上点心，猫咖啡，拉斐葡萄酒。你们动作太慢了，服务生这样的效率可不过关呀。”何子晶说。

“何总，对不起。您叫我过来，弟兄们端着盘子，你看在十米远的地方候着呢。”玉翡翠喊话说：“给何总、向总上点心、拉斐尔，猫咖啡。”

两位服务生一前一后来到桌前，毕恭毕敬，一个端上咖啡，一个端上葡萄酒和花样繁多的点心。

玉翡翠说：“请何总、向总慢慢品尝。”

葡萄美酒霓虹影，舒缓音乐上心头。对酌小饮娇羞笑，举杯换盏畅谈旺。

何子晶说："我准备离开华世赢，这个命题我思考了许久，现在觉得到了成熟的时候，约你过来告诉你。"

"何总，你来华世赢公司三年来，公司的财务管理工作达到新高度，实现了新跨越。财务制度日益完善，财务管理体系和管理流程落地实施，采购成本大幅度降低，领导干部离任审计顺畅，库存下降，现金流管理，投融资管理等各项财务管理工作都进入良性循环发展的快车道。你此时离开不仅是华世赢的损失，我觉得你在华世赢还大有作为。"向文波看着何子晶认真地说。

"向文波，不是可为不可为，也不是大有可为，我觉得这些都不重要，不仅仅我要离开，我希望你坚定地支持我的计划，与我一起离开。我不是强人所难。我们要对我们的人生负责，我已经做了规划。向总在华世赢商贸公司的价值已经得到股东和决策层的认可；你已经实现了进入华世赢商贸集团公司决策层高层次的工作梦想，体现了高级职业经理人的人生价值。我的计划是，与你一起去西部旅行，去西藏布达拉宫转佛筒，去甘肃敦煌体验飞天的奇幻、大漠奇观，去新疆看天山美景，喀喇昆仑山冰雪无限，去青海领略青海湖的碧水清澈。我们去探访大兴安岭的莽莽森林，呼伦贝尔大草原生生不息，一望无际的壮阔。旅行结束后，我们去西部沙漠植树造林，用五年的时间，我们创造造林奇迹，争取一个县级市植树造林的绿地面积。这个计划宏伟刺激吧。当然，需要大量的费用，我有多年的积蓄，国家植树造林扶持政策，我们号召企业代表、社会组织支持西部生态环保植树造林计划。你这个志愿者的号召力影响力都可以在我们的沙漠植树造林计划中发挥积极的作用。"何子晶机敏地说。

何子晶在葡萄酒琼浆的滋润下，猫咖啡的刺激下，精神飒爽，气质端庄，美丽大方，双眸传情，娇媚动人。

"何总，你的人生规划与我写的小说里一个主人公的理想如出一辙呀。"向文波笑着说。

"向文波，自从看了你签名送给我的小说后，我悉心研读，你的小说有较高的思想价值，引起了我在人生观、价值观、世界观方面的思考和重新规划、定位和设计。我人生的下半部分，就是在人生的历程中去实现你写的小说里主人公的理想变为现实。”何子晶抬头看着向文波说。

“何总,那只是我虚构的一部小说而已,不仅引起了你的关注,而且你还要去效仿实践,你的精神可嘉,但你一定要树立起一往无前的雄心,但你一定要做好面对失败的心理准备。”向文波轻轻地笑着说。

“是呀,这就是小说的人文价值、美学意义,魅力所在。具有励志导向作用,它唤起了人们的正能量和积极地进取精神。我去效仿、实践,作为我的人生终极目标,做一些对自然生态保护,社会大众有益的事情。”何子晶说。

“让自己在日月里浸泡,自然里风化,生命会变得与众不同。生命匍匐在时空里奏成交响,脉搏在乾坤的银河里澎湃。你的这项事业无需被人关注,让日月星辰自然风霜电闪雷鸣自然赞许。你的人生境界之高, 我仰慕崇敬何总。”向文波双手合十尊敬地说。

“向文波,你的思想境界与众不同,悟性纯净自然;与你在一起共事,我们的身心都受到启迪,领悟,提升,开化。”何子晶说。

“何总,你要做好风餐露宿吃苦的准备,你才能与自然为伍,肌肤、目光、心灵由外而内的变化。”向文波说,“杰克伦敦、亨利梭罗、海明威、托尔斯泰等都是与自然为伍的英雄,到那时你可是一位自然主义的女英雄。”

“你给我戴上了冠冕堂皇的名号,虽然我不懂得那么多,但是我会义无反顾地坚持做下去,享受活着的生命与自然相守。今天我思故我在;生命终了,化为泥土、风声、晨露,甚至一粒微尘,因为我对得起亘古不变的大自然。”何子晶说。

“是呀,肉身的欲望短暂,何必欲壑难填;自然的规律长存,我要与自然同气共眠。我在经历世事后,看了自然生态系列著作:《瓦尔登湖》《封闭的循环》《只有一个地球》《多少算够》《沙乡年鉴》《寂静的春天》《增长的极限》《新人口论》《伐木者 醒来》《我们需要一场变革》; 文学著作:《马背上的水手——杰克伦敦传》《博尔赫斯谈艺录》《金蔷薇》《建筑意》,及美学、伦埋学、心埋学、逻辑学、社会学、人类学、地理学等学科,渐渐地心态上发生了些许变化,与大自然及宇宙万物有了心灵上的契合。浩瀚宇宙,乾坤天地,格局宽大,气象高远,已经充盈了我的胸腔。书籍对我的人格素养、品德情怀有着深远的影响,滋养、温润了我的灵魂,安放、成长、纯正、茂盛了我的思想和文学审美素养。旅行对我有脱胎换骨的塑造,旅行让我更愿意亲近自然。在草原、森林、河流、旷野、蓝天里行走穿梭,甚至在波浪滔天,风雪交加的旷境里领悟和修行。我的心态已经融进生生不息、山高水长、日月星辰的自然里。”向文波平静地说。

“向文波, 自然的哲理的美学的地理的书籍和行走的脚步把你滋养、哺育。你的思想深刻,哲理灵动,每一句话都像绽放的美丽的带着饱满感情的灵动的花瓣,花蕊里溢着沁人心脾的芬芳,还有闪光的灵魂。你的言行举止,早已把我影响,你的思想、情怀、人格、魅力,眼睛里发现的自然美,早已把我灌醉。今天的话,咱们要提上日程,逐步落实行动。”何子晶激动敞亮地说,“你有你独立把握爱情权利,我只要你和我一起走的灵魂,帮助我实现英雄主义与生态主义的和谐交融。”

向文波看了看何子晶,他拿起左手边的公文包取出了一张图纸展开后递给何子晶。何子晶疑惑地看着向文波,双手接过图纸。上面写着:西部沙漠植绿规划设计示意图。

“向文波你都设计好了,你怎么知道我的想法的。”何子晶看到图纸心情激动万分。

“我不知道你的想法,这是我当时创作小说时,根据小说描写画出来的。在今天看来,小说的生态意义大于文学价值,并且还能成就一个人的梦想,甚至更多人的梦想。接下来的日子,不是憧憬,而是去全心全意地去实现。我们做着一项励志全世界的事业。”向文波说。

高山流水的旋律涤荡胸怀,翡翠谷的曲子牵动思绪。猫咖啡刺激异常活跃的脑细胞,拉斐尔点燃着红色的血液。向文波小说里主人公的梦想成了何子晶的人生目标。经过向文波何子晶两个人考量权衡,欣喜的是向文波小说里的一个情景描写,确实是一个可行的人生发展实践计划。

三十八

向文波和何子晶的西部沙漠造林计划，经过五年的坚持，不懈的努力，秃山渐绿，沙漠有溪，从而造就了一个县级市的绿地面积。

李若溪的丈夫施非钱不思悔改，又一次进入监狱，李若溪又一次花钱把他救赎出来。施非钱简直屡教不改，弄得倾家荡产。李若溪彻底地绝望，两个人办理了离婚手续。李若溪来到西部沙漠的望绿泉加入了向文波何子晶的造林团队，在茫茫的沙漠中，她亲手栽下了一棵棵树苗，浇灌着小树苗壮成长。

姜晓君刻苦学习，攻读博士学位，研究中国社会管理学和行政管理学，她注重调查研究，注重知行道法和西方绩效考核合一的社会行政学的管理研究。她的学术理论成果可谓硕果累累。后来，姜晓君成为南方和合市的市长，在快速发展的和合市遇到了她在明平市一样的问题。她肩挑重任，大胆科学决策，把一个重度污染的城市，用三年时间建设成了一个蓝天绿地美丽洁净的旅游城市。姜晓君仍孤身一人，她等着向文波。她以一个女人的忠贞为初恋的男人绽放。

茫茫沙漠中，本没有望绿泉，没有翡翠溪，更没有晶波湖。向文波何子晶的西部沙漠植树造林行动改变了生态气象，改善了大气环境。一切都朝他们预想的发展，绿树成荫，涵养水源，下自成蹊，有了望绿泉、翡翠溪和晶波湖。只因文学的虚构描写，现实人生的设计，沙漠变绿洲，这是一个史无前例的造林奇迹，这是一个科学治理沙漠，涵养水源，改善生态环境，推进生态改良建设的成功案例；这是一个国际化沙漠植绿，参观、考察，学习的示范基地。

南方和合市市长姜晓君看到沙漠植树造林创造奇迹的报道，她惊喜植树造林的速度，惊喜于植树造林诞生的望绿泉、翡翠溪和晶波湖的美景，像海市蜃楼一样，在她的心里挥之不去。姜晓君组织和合市政府和企业家组成考察团来到西部沙漠绿缘基地学习考察，实地调研科学生态治理的成功案例。在接待晚宴上，向文波和姜晓君不期而遇，两个人面面相觑。姜晓君喜极而泣，向文波递上纸巾拭去姜晓君激动地泪水。

友谊，像玻璃透明，因为我们呵护它。爱情，像玻璃易碎，因为我们儿戏它。只要用心呵护，就会像玉一样温润。爱情，只要用忠贞相守，就会光彩夺目，更像自然一样悄无声息。最好的爱情和友谊，就像我们激情过后的生命，恬淡自然，美丽如初。

后记

陶铸梦想，青春直前；迎着朝阳，快乐无边。默默无闻，勤奋心言，播种理想，耕耘信念；爱的收获，在坚实的脚印上闪亮，璀璨满天星光。砥励前行，向着爱的方向。

我的圆润，我的刚强；我的博爱，我的善良。苦中为乐，煎熬滋养。心窝里没有阴暗，眼神里没有忧伤。饱满的种子，又在夜黑日明中，孕育、破土、向上，注满端正还有无尽的向往。

美的山水，美的风光；美的文章，美的思想。在心海描摹，在现实徜徉。严寒酷暑，风霜雨雪；淬炼文字，萃取思想；身体力行，注满能量。雕刻玲珑，塑成豪放。游刃太极，洒脱飘逸；风履浑然，呼出胸膛；饱览美景，深情无疆。

用爱和热情浇灌，用时间犁铧，精心学习，蓬勃心罡。深《周易》，自强不息，厚德载物。悉《论语》，正心诚意，人文世界。悟《老子》，道法自然，蓄德无量。兼爱《墨子》，和谐心罡。《兵法》护佑，智慧同光。书香入髓，肌体力量。品端立身，明哲大行。

草原无际，文化茂壮。繁荣希望，共勉世上。爱像阳光，哺育成长。感恩前辈，呵护绵长。爱的情愫，接力弘扬。高原情怀，瑞霖浸染。长河日圆，浩然气象。

一路走来，矢志不移。文海游墨，激情酣畅。清绝精悍，丰腴博大；文以载道，朴素至祥。著书立说，正如太阳霞光；凝神运思，奔腾我的想象。赤胆红心，笃志信仰。对祖国忠诚，对人民热爱，对自然拥抱，对生活向往。惠仁为本，健恒致远。美德苞蕾，报恩吐哺；博爱和着衷肠，倾诉、绽放。

槐花沁芳香，梧桐安凤凰。一身乾坤志，两袖意象光。

是为记。

作　者

臻于 2017 年 5 月 8 日